हाँसदा सौभेन्द्र शेखर

हाँसदा सौभेन्द्र शेखर का जन्म, लालन-पालन व शिक्षा झारखंड में हुई। उनकी प्रथम पुस्तक, *द मिस्टीरियस एलमेन्ट ऑफ रूपी बास्के*, को साहित्य अकादमी युवा पुरस्कार 2015, और म्यूज़ इंडिया-सतीश वर्मा यंग राइटर अवॉर्ड 2015 से पुरस्कृत किया गया; और द हिन्दू प्राईज़ 2014, क्रॉसवर्ड बुक अवॉर्ड 2014, व इन्टरनेशनल डबलिन लिटररी अवॉर्ड 2016 के लिये नामित किया गया। *आदिवासी नहीं नाचेंगे* (*द आदिवासी विल नॉट डान्स*) उनकी दूसरी पुस्तक है। वे पेशे से चिकित्सक हैं और झारखंड में कार्यरत हैं।

आदिवासी नहीं नाचेंगे

हाँसदा सौभेन्द्र शेखर

राजपाल

अनुवाद

रश्मि भारद्वाज

ISBN : 9789350642504

प्रथम संस्करण : 2016 © हाँसदा सौभेन्द्र शेखर

हिन्दी अनुवाद © राजपाल एण्ड सन्ज़

ADIVASI NAHIN NACHENGE (Stories) by Hansda Sowvendra Shekhar

(Hindi edition of *The Adivasi Will Not Dance*)

First published in English by Speaking Tiger Publishing Pvt. Ltd.

लेखक के चित्र का साभार–नम्रता चतुर्वेदी

मुद्रक : रेप्रो नॉलेजकास्ट लि, इंडिया

राजपाल एण्ड सन्ज़

1590, मदरसा रोड, कश्मीरी गेट, दिल्ली–110006

फोन : 011–23869812, 23865483, फैक्स : 011–23867791

e-mail : sales@rajpalpublishing.com

www.rajpalpublishing.com

www.facebook.com/rajpalandsons

“मारांग्-बुरु हिर्-ल, जाहॅर्-आयो हिर्-ल

बोंगा-बुरु आर् हापड़ाम् को लागिद्,
आर् बाबा-बो-बिटी लागिद्”

"मारांग्-बुरु की शरण में, जाहॅर्-आयो की शरण में

देवी-देवता एवं पूर्वजों के लिये,
एवं बाबा-बो-बिटी के लिये"

क्रम

पुस्तक में प्रयुक्त सन्थाली शब्दों के अर्थ

पाठकों की सुविधा के लिए इस पुस्तक में प्रयुक्त सन्थाली शब्दों के अर्थ नीचे दिये जा रहे हैं:-

आयनोम — काजल

करवा — एक दलित जाति का उपनाम

कुद — जामुन

कुमंग — फूफा

चाँदो-बोंगा — हे भगवान!

चावरिज् — बालों में लगाने के लिए परान्दी

झी — बुआ

टामाक् — नगाड़ा

टोला — मोहल्ला, या गाँव का कोई एक हिस्सा

दाक्-माड़ी — पकाये चावल जिनमें से माड़ निकाला नहीं गया है

तिरियो — बाँसुरी

तुमदाक् — एक लम्बे आकार का ढोल

दिकू — उच्च जाति का व्यक्ति जो आदिवासी नहीं है विशेषकर बंगाल, बिहार और उड़ीसा से

नूतोन आलू — नया आलू

पेतनी — प्रेतनी

बारभातारी — औरत जिसके बारह पति हों; चरित्रहीन

बाहू — इस शब्द के विभिन्न अर्थ हैं—पत्नी, बहू, भाभी

भारत-दिसोम — भारत देश

माची — लगभग एक फ़ुट ऊँची लकड़ी की पीढ़ी जिसका ऊपर का हिस्सा चारपाई की तरह बुना होता है

यो — माँ

रायबार — स्त्री या पुरुष, जो दो परिवारों के बीच शादी तय करवाता है

राचा — घर के बीच का खुला आँगन

रेजा — स्त्री मज़दूर

सहिया — मान्यता प्राप्त स्वास्थ्य सेविका। हिन्दी भाषी प्रदेशों में इन्हें आशा या आशा दीदी भी कहा जाता है

हाँड़ी — चावल से बनाई एक प्रकार की शराब

वे मांस खाते हैं!

वर्ष 2000 में वडोदरा आने के बाद से पानमुनि-झी ने नियमित रूप से रेस्तराँ में खाना शुरू किया। भुवनेश्वर में—जहाँ वह वडोदरा से पहले अपने पति बीरम और बेटों, होपोन और रबी, के साथ रहती थीं—वह संक्रमण और पेट खराब होने के डर से बाहर खाना खाने से बचती थीं। उन दिनों में जब यह परिवार घाटशिला के बाहर के अपने गाँव से भुवनेश्वर अपनी मारुति ओमनी गाड़ी से राष्ट्रीय राजमार्ग 33 और 5 से होते हुए देर रात लौटता था, पानमुनि-झी खाना बना सकने के लिए बहुत थकी होती थीं। इसलिए वे लोग सड़क किनारे के किसी रेस्तराँ से अपना रात्रि भोजन पैक करा लेते थे, लेकिन पानमुनि-झी रेस्तराँ के खाने को लेकर इतनी सशंकित थीं कि मुँह में एक भी कौर रखने से पहले ही उनका पेट खराब होने की आशंका से गड़गड़ाने लगता था।

बीरम-कुमंग उन्हें डाँटते, ''तुम्हें हमेशा अपने हिसाब से पका खाना नहीं मिल सकता,'' बीरम कुमंग सोरेन केन्द्रीय सरकारी उपक्रम ग्रामीण विद्युत निगम में निदेशक थे, जो कि गाँवों में बिजली उपलब्ध कराता है। वह इस कम्पनी में बीस सालों से भी अधिक समय से काम कर रहे थे। नियमित यात्रा करना उनकी नौकरी का हिस्सा था और वह भोजन को लेकर कोई पूर्वाग्रह नहीं रखते थे।

पानमुनि-झी कठोरता से कहतीं, ''अगर मुझे मेरे हिसाब से पका खाना नहीं मिलता है तो मैं नहीं खाऊँगी।''

बीरम-कुमंग अपनी पत्नी से बहस नहीं करते थे। पहली बात तो यह कि उन्हें अनावश्यक बहस से चिढ़ थी। दूसरी कि वह उन उच्च मानकों से परिचित थे जिनका पानमुनि-झी अपनी रसोई में पालन करती थीं। नियमित दाल-भात और रोटी तरकारी के अलावा, पानमुनि-झी बहुत ही उदारता से कुकरी शो और *वनिता* व *मेरी सहेली* जैसी पत्रिकाओं से सहायता लेकर नये प्रयोग करतीं। उन्होंने अंडे, दूध, सूजी, और सीताफल से प्रयोग किये, यहाँ तक कि टमाटर और आलू के छिलकों से भी। उन्होंने सिर्फ़ सूजी का प्रयोग कर इडली बनायी, प्रेशर कुकर में बिना अंडे का केक बनाया; तीखे, खट्टे स्वाद वाला टमाटर का अचार और चावल के आटे से कई व्यंजन बनाये।

रबी अक्सर बहुत ही स्नेह से यह कहता, ''अगर मेरी माँ को गाय का गोबर भी दे दिया जाये तो वह उससे भी पीठा बना डालेंगी।''

पानमुनि-झी ने रेस्तराँ और सड़क किनारे लगने वाले स्टॉल पर मिलने वाले बहुत सारे 'फ़ैन्सी' व्यंजनों में भी सिद्धहस्तता हासिल कर रखी थी : जैसे पुचका, मसाला डोसा, चाऊमीन, चिली चिकन आदि। अगर उन्हें पता चलता कि उनके बेटों ने कहीं चिली चिकन खाया है तो वह यह व्यंजन घर पर बनातीं और उनसे पूछतीं कि कौन-सा बेहतर था।

यह कोई आश्चर्य की बात नहीं थी कि 1999 के अन्त में जब बीरम-कुमंग को अपना तबादला वडोदरा होने की खबर मिली तो पानमुनि-झी की सबसे पहली चिंता भोजन को लेकर थी।

''हमें वहाँ खाने को क्या मिलेगा?'' उन्होंने तेज़ स्वर में अपनी चिंता प्रकट की।

''वे गुजरात में जिल्ल-हाकू नहीं खाते, खाते हैं क्या?''

घाटशिला में परिवार और दोस्त भी चिंतित थे।

वे पूछते—''तुम लोग कहाँ रहोगे?''

''तुम लोग क्या खाओगे?''

''इतनी दूर जाकर तुम सब प्रबन्ध कैसे करोगे?''

ऐसे प्रश्न बीरम-कुमंग और पानमुनि-झी को और भी बेचैन कर देते। बीरम-कुमंग को अपने तबादले की ज़रा भी उम्मीद नहीं थी, अपनी इस उम्र में तो बिलकुल नहीं। सेवानिवृत्ति से दस साल पूर्व यह समाचार उनकी ज़िन्दगियों को पूरी तरह अव्यवस्थित कर देने वाला था। वे वास्तव में देश के एक छोर से दूसरे छोर पर जाने वाले थे।

हालाँकि पानमुनि-झी ने हमेशा की तरह व्यावहारिक होते हुए अपने गुजरात में रहने वाले जान-पहचान के लोगों से सम्पर्क साधना शुरू किया। झापान-दी—एक हमारी बहन, वडोदरा में रहती थी। उसके पति केन्द्रीय औद्योगिक सुरक्षा बल (CISF) में कार्यरत थे।

"हॅलो, झापान। हाँ, मैं, तुम्हारे कुमंग का तबादला गुजरात हो गया है।"

"ओह! क्या आप वडोदरा आयेंगी, झी?"

"हाँ, कैसी जगह है?"

"यह जगह अच्छी है, झी। यह एकदम साफ़-सुथरी और व्यवस्थित है। एक बार जब आपको इस जगह की आदत पड़ जायेगी, आप इसे पसन्द करेंगी।"

"यह तो हमें करना ही होगा, झापान। मैं इस बात के लिए अधिक चिंतित हूँ कि कहाँ रहना है और क्या खाना है। तुम समझती हो न, झापान?"

"मैं समझती हूँ, झी। और यह एक समस्या हो सकती है।"

"एक समस्या?"

"हाँ, झी, आप समझिए, यहाँ भोजन की आदतें बहुत अलग हैं। आपको खाने में कुछ चीज़ें छोड़नी होंगी जिन्हें आप अब तक नियमित रूप से लेती रही हैं।"

"कौन-सी चीज़ें झापान?"

"हूँ... जैसे, लोग यहाँ मांस नहीं खाते। मछली, चिकन, मटन कुछ नहीं। यहाँ तक कि अंडा भी नहीं।"

"ओह!"

"परेशान नहीं हों, झी। यहाँ ऐसे लोग भी हैं जो मांस खाते हैं। और कुछ जगहों पर मांस और अंडे बेचे भी जाते हैं, ये चीज़ें आसानी से उपलब्ध नहीं। लोग यहाँ उन लोगों से हिलना-मिलना पसन्द नहीं करते जो मांस और अंडे खाते हैं। बस यही बात है।"

"ओह! तब क्या किया जाये, झापान?"

"परेशान मत हों, झी। अगर आपको अंडा या चिकन खाने का मन करे तो आप हमारे घर आ जाइएगा। सी.आई.एस.एफ (CISF) परिसर के अन्दर सब कुछ आराम से उपलब्ध है। उसमें कोई दिक्कत नहीं।"

वर्ष 2000 के अन्त में सोरेन परिवार वडोदरा में था। रबी जो कि मेडिकल कॉलेज में था, कटक में ही रुक गया लेकिन होपोन, जो नवीं कक्षा का छात्र था, अपने माता-पिता के साथ आया और ओ.एन.जी.सी, केन्द्रीय विद्यालय में उसका दाख़िला कराया गया। स्कूल से उनके नये फ्लैट की दूरी कार से एक घंटे की थी, जो कि सुभानपुरा कॉलोनी में भूतल पर स्थित था। वह एक पर्याप्त जगह वाली दोमंज़िली इमारत थी, जहाँ वृद्ध दम्पति राव का निवास था। वहाँ एक हॉल से जुड़ा भोजन कक्ष था, दो शयनकक्ष, दो स्नानघर और एक रसोई थी। एक बरामदा आगे की ओर, और एक छोटा बरामदा पीछे था : कुछ स्थान आगे ख़ुला था जो द्वार के बरामदे, फूलों की क्यारी और कार पार्किंग सबका एक साथ काम कर रहा था; और पीछे के हिस्से में छोटा किचन गार्डन था। घर के बगल से एक सीढ़ी प्रथम तल और टेरेस तक जाती थी। वहाँ बस एक गैराज था जहाँ राव परिवार अपनी पुरानी मारुति 800 रखता था, लेकिन आगे के फाटक के बिलकुल बगल में ही एक शेड डाला गया था जहाँ एक अतिरिक्त कार रखी जा सकती थी। परिसर में आने के लिए एक ही रास्ता था, जो कि मुख्य फाटक से होकर आता था।

राव आंध्रप्रदेश के तेलुगू दम्पति थे। मिस्टर राव बीरम-कुमंग की तरह केन्द्र सरकार की एक इकाई के कर्मचारी रह चुके थे। वडोदरा आने से पहले

वह नौकरी के दौरान पूरे भारत में नियुक्त रह चुके थे और यहाँ सुभानपुरा कॉलोनी में एक घर बनाने के बाद वह सेवानिवृत्त हुए थे। राव के दो बेटे थे। बड़ा लड़का जर्मनी में कार्यरत था। जबकि छोटा किसी और राज्य में इंजीनियरिंग का विद्यार्थी था।

घर में आने के बाद मिस्टर राव के साथ हुई पहली मुलाकात बीरम-कुमंग कभी नहीं भूलेंगे। "मिस्टर सोरेन," मिस्टर राव ने चाय और बिस्कुट के साथ हुई कुछ इधर-उधर की बातों के बाद कहा, "मुझे आशा है, आप मेरे यह पूछने का बुरा नहीं मानेंगे। क्या आप मुझे अपने बारे में कुछ और अधिक बता सकते हैं? आप कहाँ से हैं?"

"हाँ, ज़रूर। जैसा कि मैंने पहले बताया, हम झारखंड से हैं," बीरम कुमंग ने कहा।

"देखिये, मैं झारखंड में रह चुका हूँ," मिस्टर राव ने अपनी झिझक से बीरम-कुमंग को थोड़ा चकित करते अपनी बात शुरू की। "राँची और पलामू में...यह बहुत पहले की बात थी, तब यह सब बिहार में था। झारखंड एक अलग राज्य तो कुछ दिनों पहले ही बना है।"

"हाँ, नवम्बर में," बीरम कुमंग ने कहा।

"हूँ...मिस्टर सोरेन, मुझे उम्मीद है आप मेरे यह पूछने का बुरा नहीं मानेंगे...नहीं मानेंगे न?"

"नहीं सर, बिलकुल भी नहीं," बीरम-कुमंग ने थोड़े तनाव से कहा, "कृपया पूछें।"

"हूँ...क्या सोरेन एक आदिवासी उपनाम नहीं? कृपया बतायें, मैं बस जानना चाहता हूँ, अपनी जानकारी के लिए।"

बीरम-कुमंग यह प्रश्न इस तरह सीधा पूछ लिये जाने पर हतप्रभ थे, विशेषकर भद्र दिखते मिस्टर राव द्वारा, लेकिन उन्होंने अपना धैर्य बनाये रखा।

"हाँ, सर," बीरम-कुमंग ने उत्तर दिया, "हम सन्थाल आदिवासी हैं।"

"कृपया आप बुरा मत मानें, मिस्टर सोरेन, मुझे आदिवासियों से कोई

दिक्कत नहीं। मैं पूरे देश में अपनी विभिन्न नियुक्तियों के दौरान बहुत सारे आदिवासियों के साथ काम कर चुका हूँ। मैं राँची में रहा भी हूँ। मैं सभी समुदायों का सम्मान करता हूँ। और इस शहर में, आप देखें कि हम भी बाहर वाले ही हैं।''

''मैं...मैं यह समझता हूँ, सर,'' बीरम-कुमंग ने मिस्टर राव की बातों का रुख नहीं समझने की दुविधा के साथ कहा।

''देखिये, मिस्टर सोरेन, मैंने यह इसलिए पूछा क्योंकि यहाँ हर किसी का रवैया मेरी तरह नहीं होगा।''

बीरम-कुमंग के कान वहीं लगे थे।

''वडोदरा एक कट्टर हिन्दू शहर है,'' मिस्टर राव ने अपनी बात जारी रखी, ''लोग यहाँ शुद्धता से रहते हैं। मैं इस बारे में बहुत निश्चित नहीं हूँ कि यह शुद्धता क्या है, लेकिन इतना मैं जानता हूँ कि यहाँ लोग मांस नहीं खाते हैं। आप समझते हैं? मांस, मछली, चिकन, अंडे। न ही वे उन लोगों को मान्यता देते हैं जो मांसाहार करते हैं।''

''हाँ, सर,'' बीरम-कुमंग ने सिर हिलाया।

''आदिवासी, यहाँ तक कि नीची जाति के हिन्दू, वे अपवित्र माने जाते हैं। मैं आशा करता हूँ, आप समझते हैं,'' मिस्टर राव ने बहुत ही ग्लानि के स्वर में यह कहा।

''हाँ सर। मुझे इसका थोड़ा अन्दाज़ा है,'' बीरम-कुमंग ने कहा।

''मुसलमान और ईसाई, उनके लिए यहाँ कोई अवसर ही नहीं। उनके लिए अलग स्थान हैं, जहाँ वे रहते हैं। शहर के अन्दर शहर। मुसलमानों और ईसाइयों के लिए अलग बस्तियाँ।''

बीरम-कुमंग ने सिर हिलाना जारी रखा।

''मिस्टर सोरेन, आप एक अच्छे आदमी दिखते हैं, एक परिवार वाले। हम आप पर भरोसा करते हैं। लेकिन क्या मैं आपसे एक अनुरोध कर सकता हूँ?''

बीरम-कुमंग झिझके, फिर कहा, ''वह क्या है, सर?''

''आप समझ सकते हैं मिस्टर सोरेन...लोग आपके बारे में जानना चाहेंगे। वे हमेशा जिज्ञासु रहते हैं। अगर वे आपसे पूछें कि आप कहाँ से हैं, कृपया आप उन्हें सिर्फ़ यही बतायेंगे कि आप झारखंड से हैं? बस इतना ही, ज़्यादा नहीं। इससे भी बढ़िया, क्या आप उन्हें कह सकते हैं कि आपका स्थानान्तरण भुवनेश्वर से हुआ है? एक बड़े शहर का नाम लेना सामान्यत: हवा को तेज़ी से साफ़ कर देता है। आप समझते हैं, समझते हैं न?''

''ज़रूर, ज़रूर, मैं समझता हूँ।'' बीरम-कुमंग थोड़ा सहज हुए। उन्हें इन सब की उम्मीद करने के लिए कहा ही गया था।

''जहाँ तक मेरा सवाल है,'' मिस्टर राव ने जोड़ा, ''अगर किसी ने मुझसे पूछा, मैं कहूँगा कि मैं आपको अपने सहकर्मियों और दोस्तों के माध्यम से जानता हूँ। मैं कहूँगा कि आप अच्छे इन्सान हैं।''

बीरम-कुमंग ज़बरन मुस्कुराए। ''बड़ी मेहरबानी होगी।''

मिस्टर राव ने राहत की साँस ली, ''शुक्रिया, मिस्टर सोरेन। आप देखिये कि हम भी मीट और चिकन खाते थे और अंडे भी। हम लगभग रोज़ ही नाश्ते में अंडे खाते थे। मेरे बेटे, वे मांसाहार करते हैं। लेकिन तब जब वे यहाँ नहीं होते। जब हमने यहाँ बसने का निर्णय लिया—क्योंकि यह जगह इतनी साफ़-सुथरी है—हमें इसके लिए यह छोटी कीमत अदा करनी पड़ी। आशा है, आप समझ रहे हैं।''

बीरम-कुमंग सिर्फ़ इतना ही कह पाये, ''बिलकुल, मैं समझता हूँ।''

''लेकिन हम अभी भी निश्चिंत नहीं हो सकते। किसके मन में क्या है। वहाँ शिष्टाचार के तले जाने कौन-सा तनाव छिपा हो। मैं नहीं जानता कि इस कॉलोनी के कितने लोग हमसे इसलिए नफ़रत करते हैं कि हम गुजरात से नहीं,जबकि हम यहाँ एक दशक से रह रहे हैं। किस मन में क्या है, कोई नहीं कह सकता। वह परिवार जो वहाँ रहता है,'' मिस्टर राव ने संकरी सड़क के पार वाले घर की ओर इशारा किया, ''उनका नाम मुहम्मद है। कॉलोनी में उनकी उपस्थिति से बहुत लोगों को असुविधा है, इसलिए आप समझ सकते

हैं कि हर समय सजग रहने की कितनी ज़रूरत है।''

''यह सही बात है,'' बीरम-कुमंग ने सहमति में सिर हिलाया।

''अम्म...मिस्टर सोरेन,'' मिस्टर राव ने थोड़ी हिचकिचाहट के साथ फिर कहना शुरू किया, ''जब सावधानी की बात है, तो क्या मैं आपसे एक और सहायता के लिए पूछ सकता हूँ?''

बीरम-कुमंग ने एक-दो क्षणों के लिए सोचा। जाने आगे अब और क्या आने वाला था? ''हाँ,'' उन्होंने कहा, ''वह क्या बात है?''

''क्या आप मुझे यह विश्वास दिला सकते हैं कि आप मेरी रसोई में मांसाहार नहीं पकायेंगे? मटन-मांस-अंडे-चिकन-मछली। कुछ भी नहीं।''

बीरम-कुमंग नीचे आये और अपनी बैठक की सारी बातें पानमुनि-झी के सामने दुहरायीं। सब कुछ सुनकर उन्होंने सिर्फ़ हाथों से अपना माथा पकड़ा और बहुत देर तक चुपचाप बैठी रहीं।

''झापान, हम कहाँ आ गये?'' पानमुनि-झी ने अपनी भतीजी से मिलने पर शोक प्रकट किया।

झापान-दी ने कहा, ''झी, आप परेशान मत होयें, आपको इस जगह की आदत पड़ जायेगी।''

पानमुनि-झी ने आवेग से पूछा, ''लोग कैसे उन लोगों को नापसन्द कर सकते हैं, जो मांस खाते हैं? हमें हर रविवार हाकू और सिम-जिल्ल चाहिए और लगभग हर रोज़ अंडे!''

''क्या कर सकते हैं, झी?'' झापान-दी ने उदासी से कहा, ''ज़्यामोन देस, त्यामोन भेष। हालाँकि यहाँ परिसर के बाज़ार में हम सब कुछ खरीद सकते हैं—मटन, चिकन, अंडे, शराब—हम ऐसा बाहर नहीं कर सकते। वैसे भी, बाहर कुछ भी उपलब्ध नहीं, पूरे वडोदरा बाज़ार में नहीं।''

पानमुनि-झी ने अविश्वास से अपना सिर हिलाया।

''मत परेशान होयें, झी,'' झापान-दी हँसीं और पानमुनि-झी को घुटने पर थपथपाया, ''जब भी आपका जिल्ल-हाकू खाने का मन हो, हमारे यहाँ आ जायें। क्या आपका फ़ोन कनेक्शन लग गया?''

''नहीं, अब तक नहीं,'' पानमुनि-झी ने कहा, ''शायद हमें यह अगले हफ़्ते तक मिल जाये।''

''ठीक है, झी। जैसे ही आपकी फ़ोन लाइन आपको मिल जाये, हमें फ़ोन करें। फिर हम दोपहर या रात के भोजन की तिथि तय कर लेंगे। एक पारम्परिक सन्थाल भोजन—दाका और सिम-जिल्ल। ठीक है?''

जब लैंडलाइन फ़ोन लग गया, पहला कॉल पानमुनि-झी ने रबी को उसके कटक के छात्रावास में किया, ''बेटा, हमने दो हफ़्तों से चिकन नहीं खाया! अंडे भी नहीं!''

''यह अच्छी बात है, बो!'' रबी हँसा।

''अच्छा?''

''हाँ, कम-से-कम आप अपने पेट को नुकसान नहीं पहुँचाएँगी। जब भी आप चिकन खाती हैं आपको बदहज़मी हो जाती है।''

''तब नहीं जब मैं खुद चिकन पकाती हूँ, बेटे।''

''कोई बात नहीं, बो। अपना भोजन बदलें। आप लोग अब उम्रदराज़ हो रहे हैं। बूढ़े लोगों को मांस और अंडे नहीं खाने चाहिए। उनसे हृदय की समस्या, कॉलेस्ट्रॉल, मोटापा और बदहज़मी होती है। और गठिया भी!''

इस बात से पानमुनि-झी और चिढ़ गयीं।

अपने भोजन पर नियन्त्रण लगने के बाद भी पानमुनि-झी एक साल के अन्दर वडोदरा से प्रेम करने लगीं। बाज़ार, सड़कें, सब कुछ इतना

साफ़ और सुव्यवस्थित था।

वह एक पुराना शहर था लेकिन वहाँ बहुत ख़ुली जगह और हरियाली थी। यह उड़ीसा और झारखंड से बिलकुल अलग था। उनकी वफ़ादारी में आये परिवर्तन पर अन्ततः मुहर लग गयी जब वह शहर के एक रेस्तराँ में खाना खाने गयीं।

"आज बाहर खाना खाते हैं," बीरम-कुमंग ने एक दोपहर खरीददारी अभियान के दौरान सुझाव दिया।

"बाहर?" पानमुनि-झी अचम्भित थीं।

"अरे! तुम्हें यहाँ के रेस्तराँ कैसे हैं, यह देखने के लिए बाहर खाना होगा। वे हमारे भुवनेश्वर के होटल की तरह नहीं हैं। वे अलग हैं, ज़्यादा साफ़।"

उत्सुकतावश, वह बीरम-कुमंग के पीछे भोजनालय में आ गयीं।

वह एक साधारण जगह थी, लेकिन ख़ुली-ख़ुली, हवादार और—जिस बात पर पानमुनि-झी का घुसते ही सबसे पहले ध्यान गया—वह थी वहाँ की साफ़-सफ़ाई। मेज़ों के बीच सहायकों और कर्मचारियों के आने-जाने के लिए पर्याप्त जगह थी। मेज़ों का ऊपरी भाग सफेद था, लेकिन वह बहुत अच्छी तरह साफ़ किया गया था, उन पर कोई हल्दी का धब्बा, गिलास की तली या सॉफ्ट ड्रिंक का दाग नहीं था और कहीं भी पानी का कोई जमाव नहीं था, किनारों पर बिलकुल भी धूल जमा नहीं थी, जूते या कीचड़ का कोई दाग नहीं। यह पानमुनि-झी के अपने घर की तरह था।

बीरम-कुमंग और पानमुनि-झी दोनों ने एक-एक गुजराती थाली मँगवायी। पानमुनि-झी को भोजन का स्वाद पसन्द आया, क्योंकि वह सादा था। हालाँकि यह सफ़ाई थी जिसने पानमुनि-झी के ऊपर सबसे गहरा प्रभाव छोड़ा।

सोरेन परिवार नियमित रूप से झापान-दी के यहाँ जाता था। लेकिन जैसे ही परिवार व्यस्त हुआ—बीरम-कुमंग अपने दफ़्तर और होपोन अपने स्कूल

में—और पानमुनि-झी भी वडोदरा की अभ्यस्त होती गयीं—उनकी मुलाकात की आवृत्ति कम होने लगी। फिर भी, वे महीने में कम-से-कम एक बार मिलना ज़रूर सुनिश्चित करते थे।

इसी प्रकार, उनको खिलाये जाने के लिए तैयार होने वाले झापान-दी के मेनू में भी परिवर्तन आया। झापान-दी झारखंड से आयीं अपनी बुआ के परिवार की मेहमाननवाज़ी के लिए बहुत अधिक उत्सुक थीं, और ढेर सारा मुर्गा और मछली बनाती थीं। हालाँकि, अब सोरेन ने मांसाहारी भोजन लेना बहुत कम कर दिया था और वडोदरा के होटल में जाकर अक्सर शाकाहारी भोजन का आनन्द लेने लगे थे, उन्होंने झापान-दी से परेशान नहीं होने का अनुरोध किया। भात, दाल, एक तरकारी, और मांसाहार के नाम पर कुछ भी एक, अंडा करी से ही काम चलाने लगी।

"वास्तव में, यह शहर साफ़-सुथरा है, झी," झापान-दी ने पानमुनि-झी से कहा, "यह यहाँ रहने का एक आनन्द है। यहाँ सब कुछ एक व्यवस्था में है। आप अब तक अहमदाबाद नहीं गयी हैं, गयी हैं क्या, झी?"

"नहीं," पानमुनि-झी ने कहा, "मैंने उसके बारे में हालाँकि सुना है। वह एक अच्छी जगह है, नहीं?"

"अच्छी? वह सुन्दर है!" झापान-दी की आँखें चमक उठीं, "इतनी अच्छी सड़कें, आप उन पर लेट सकते हैं। और बाज़ार और दुकानें...।"

"हम्म...मैं कुमंग से कहूँगी कि हमें एक दिन वहाँ ले जायें।"

"आप ज़रूर जायें, झी। आप देखें, झी, गुजरात के शहर भी बहुत गन्दे थे। सड़कों पर ढेर सारा कचरा और भीड़। लेकिन यहाँ एक बार प्लेग संक्रमण फैला—आपको याद है? कोई छह-सात साल पहले?"

पानमुनि-झी ने सिर हिलाया। उन्हें याद था। वह उस साल एक दिन घाटशिला रेलवे स्टेशन पर थीं जब स्टेशन मास्टर ने घोषणा की कि अहमदाबाद-हावड़ा एक्सप्रेस स्टेशन से होकर गुज़रेगी, और लोग प्लेटफॉर्म से हटने लगे। जैसे ही अहमदाबाद-हावड़ा एक्सप्रेस बेतहाशा सीटी बजाती दाख़िल हुई, हर किसी ने

अपना चेहरा घुमा लिया और अपने मुँह और नाक को रुमाल से ढँक लिया।

''उस संक्रमण के बाद से, यहाँ सरकार ने यह निश्चित किया कि कस्बों और शहरों को साफ़ रखा जायेगा,'' झापान-दी ने कहा।

पानमुनि-झी अक्सर दोपहर को सन्थाली भोजन के दौरान झापान-दी से कहतीं, ''मैं भुवनेश्वर में हमेशा सड़क किनारे के रेस्तराँ में खाने से बचती थी। जब भी रबी और होपोन मुझे बाहर का कोई भी खाना खरीद कर देते, मैं बीमार पड़ जाती थी। पेट दर्द, गैस। मैं इतना डरी हुई थी कि मैं शायद ही कभी बाहर खाती थी। अगर तुम्हारे कुमंग मुझे बाहर खाने को कहते, तो मैं उन्हें अच्छी और साफ़ जगह पर ले चलने को कहती, जैसे कि स्वोस्ति और मेफ़ेयर, या मैं जाती ही नहीं। लेकिन यहाँ झापान, मुझे बाहर खाना पसन्द है।''

''मैंने कहा था न, आपको इस जगह की आदत पड़ जायेगी, झी।''

लेकिन पुरानी आदतें आसानी से नहीं छूटतीं। सोरेन ने बहुत सफलता से पुरानी आदतें छोड़ी थीं और मछली, मुर्गे और मांस से बहुत हद तक दूर थे। हालाँकि, कभी-कभार उनमें अंडे के सहज अपराध की लालसा जागती।

सुभानपुरा कॉलोनी के बाज़ार के अन्तिम छोर पर एक छोटी दुकान थी, जिसे एक बिहारी अप्रवासी चलाता था। यह पूरे बाज़ार की एकमात्र दुकान थी, जहाँ अंडे मिलते थे और उस दुकान में बहुत संख्या में लोग हुआ करते। बीरम-कुमंग या होपोन वहाँ जाते, चारों ओर यह सुनिश्चित करने के लिए देखते कि कोई परिचित आँखें जासूसी तो नहीं कर रहीं, दो अंडे खरीदते, सावधानी से उन्हें लपेट कर, कपड़े के शॉपिंग बैग में डालकर, घर लौटते।

अगर अंडे खरीदना मुश्किल था तो उन्हें पकाना भी अपने आप में एक मिशन था। एक बार में एक से ज़्यादा अंडे पकाने में पकड़े जाने का डर रहता। अगर होपोन किसी दिन एक अंडा खाता तो दूसरा वह एक हफ़्ते या उसके बाद ही खाता था, जब पानमुनि-झी इस बात के लिए निश्चित हो जातीं

कि जो अंडा उन्होंने पकाया उसकी गन्ध घर के बाहर निकल गयी है, यहाँ तक कि सुभानपुरा कॉलोनी के भी बाहर चली गयी है।

अंडे के छिलकों को फेंकना भी एक समस्या थी।

हर सुबह, सोरेन परिवार सारा कचरा उस पोलिथीन बैग में एक जगह बाँधते जो वे कचरे के डिब्बे में लगाते थे—सब्ज़ियों के छिलके, रैपर, बेकार कागज़, चायपत्ती—और या तो बीरम-कुमंग या होपोन उस बैग को कॉलोनी के बाहर नगरपालिका के कचरे के डिब्बे में फेंक कर आते। उन दिनों में जब कचरे में अंडे के छिलके भी शामिल होते, वे उससे भी दूर निकल जाते। उन कुछ दिनों में, जब वे अंडे के छिलकों को कचरे में नहीं फेंक पाते, वे उसे किचन गार्डन में गाड़ दिया करते थे।

ऐसे दिनों में, पानमुनि-झी भुवनेश्वर की आज़ादी को बहुत याद किया करती थीं, और बंगाल की खाड़ी की ठंडी समुद्री हवा को जो हर व्यक्ति को समान रूप से छूती थी। पानमुनि-झी याद करतीं कि वह नियमित रूप से रबी और होपोन के लिए दो अंडों का ऑमलेट बनातीं। वह स्वादिष्ट कतला-माछ पकातीं जिसकी शहर की सन्थाल औरतें बहुत तारीफ़ करतीं। और, बेशक चिकन और मटन के नियमित व्यंजन। अंडा, मछली, मुर्गा और मटन के व्यंजनों की सुगन्ध उनकी रसोई से निकलकर पूरी एच.आई.जी. हाउसिंग बोर्ड कॉलोनी में फ़ैल जाती। कोई भवें नहीं उठाता, कोई उनके घर उनके पति का कॉलर पकड़ यह पूछने नहीं आता—"सोरेन, क्या मैंने तुम्हें नहीं कहा था कि मांसाहार नहीं पकाना?" नहीं। इसके विपरीत, उनके पड़ोसी उनसे सिर्फ़ यह पूछते—"भोउजो, एइ डिश त्वमो केमते तैयार कोरोछो?" और वह खुशी-ख़ुशी उन्हें बतातीं कि उन्होंने यह व्यंजन कैसे तैयार किया।

उड़ीसा में, पानमुनि-झी सन्थाल, ओड़िया या बंगाली हो सकती थीं। गुजरात में वह सिर्फ़ गुजराती थीं। भुवनेश्वर में, शहर के सभी सन्थाल मिलकर बाहा, सोहराय और साकरात मनाते। वे नंदन कानन चिड़ियाघर अपनी वार्षिक पिकनिक मनाने जाते और सभी मेहमानों के लिए जिल्ल-लेटो पकाते। वे उड़ीसा के अन्य स्थानों जैसे, कटक, पारादीप, राऊरकेला, बरीपदा और कोरापुत में रह रहे अन्य सन्थालों को भी आमन्त्रित करते। वह एक शानदार जमावड़ा

हुआ करता था। पानमुनि-झी को झापान-दी से पता चला कि गुजरात में भी सन्थाल रहते हैं। दफ़्तरों में काम करते हैं। पानमुनि-झी ने आश्चर्य से सोचा कि क्या गुजरात में यह सम्भव होगा कि सभी सन्थाल मिलकर पिकनिक पर जायें और ख़ुले में जिल्ल-लेटो पकायें। और जब उनके मन में ऐसे विचार आये, तो जिस समाज में वह रह रही थीं, उसमें एकरूप होने की माँग ने उन्हें जकड़ा हुआ होने की अनुभूति दी।

फिर भी, वडोदरा उन्हें निरन्तर प्रभावित करता रहा। 2002 में होपोन की बोर्ड परीक्षाओं से पहले, झारखंड की अपनी अन्तिम यात्रा में, पानमुनि-झी ने अपनी तीन साल की भतीजी के लिए एप्लिक और शीशे के काम की लहंगा-चोली खरीदी। उन्होंने अपने घर के लिए भी वडोदरा जिले के शिल्पियों द्वारा बनाया गया पारम्परिक लकड़ी का सोफ़ा खरीदा। उस पर अद्भुत नक्काशी थी और बहुत बढ़िया लाख की पॉलिश जिसके कारण वह खूब चमक रहा था। उनका पुराना सोफ़ा पीछे के बरामदे में रख दिया गया और नया गुजराती सोफ़ा उनकी बैठक में सुसज्जित हो गया। पानमुनि-झी ने बाद में अपना घर भीतिया वॉल हैंगिंग, मनके के काम वाले तोरण और गुलदानों से भर लिया।

एक साल से भी कम समय में, सोरेन परिवार नये शहर में सुस्थापित हो गया। उन्होंने पड़ोस और बीरम-कुमंग के दफ़्तर, दोनों ही जगह दोस्त बनाये। और जबकि अब यह सबको अच्छी तरह पता था कि सोरेन परिवार आदिवासी मूल के थे, वे परम्पराओं का पालन करते थे—वे मन्दिर जाते थे, हिन्दू त्योहार मनाते थे, खास दिनों में व्रत रखते थे, घर में धूप-बत्ती जलाते थे—और इसलिए स्वीकृत कर लिये गये थे।

मिस्टर राव इस बात से ख़ुश थे कि बीरम-कुमंग और पानमुनि-झी ने बहुत ही शीघ्रता से वडोदरा को अपना घर बना लिया था। उनकी गेट पर बीरम-कुमंग के साथ की गयी सांध्य-वार्ता अब हर दिन और अधिक आत्मीय और सहज होती जा रही थी। उसी दौरान पानमुनि-झी और मिसेज़ राव में भी दोस्ती हो गयी थी।

एक सुबह, जब बीरम-कुमंग काम पर निकल गये, मिसेज़ राव ने अचानक आकर पानमुनि-झी को आश्चर्यचकित कर दिया, क्योंकि वह अपने

फ्लैट के बाहर कम ही देखी जाती थीं। कुछ हल्की-फुल्की बातों के बाद, उन्होंने अचानक कहा, ''मिसेज़ सोरेन, क्या आप अपनी रसोई में मुझे अंडा तलने की अनुमति दे सकती हैं? मिस्टर राव मुझे कभी नहीं करने देंगे।'' पानमुनि-झी थोड़ी देर के लिए स्तब्ध रह गयीं और कुछ क्षणों तक उन्हें समझ नहीं आया कि क्या कहा जाये। यह बहुत विचित्र था। कोई भी इस तरह की बात अचानक कैसे कह सकता था? और वे एक-दूसरे को ठीक से जानते भी नहीं थे। शायद यह एक चाल थी। क्या मिसेज़ राव ने होपोन को किचन गार्डन में अंडे के छिलके गाड़ते देख लिया था? अब क्या होगा?

''मिसेज़ राव—'' पानमुनि-झी ने कहा और रुक गयीं,

मिसेज़ राव शायद उनकी दुविधा समझ गयीं और कहा, ''नहीं, कृपया मुझे गलत नहीं समझें, मिसेज़ सोरेन। वह परिवार जो आपसे पहले यहाँ रहता था...मिस्टर राव ने उन्हें हटा दिया। मैंने महीनों से कोई भी मांसाहारी भोजन नहीं खाया। वह मुझे नहीं बनाने देते हैं।''

उस सुबह, पानमुनि-झी ने आंध्र की मसालेदार अंडा करी बनाना सीखा। भोजन के बाद, मिसेज़ राव स्नानघर में गयीं और पानमुनि-झी ने कुल्ला करने की आवाज़ सुनी। जब वह लौट रही थीं, पानमुनि-झी ने उन्हें एक इलायची मुँह की बास हटाने के लिए दी।

अगले कुछ महीने, पानमुनि-झी और मिसेज़ राव सी.आई.एस.एफ. में झापान-दी के घर हर पखवाड़े जाकर मांस के अपने पसन्दीदा व्यंजन बनाती थीं। कई बार, होपोन स्कूल के बाद वहीं आता और अपनी राय देता कि कौन-सा व्यंजन स्वाद में बेहतर था।

बुधवार 27 फरवरी 2002 की सुबह, बीरम-कुमंग और होपोन वडोदरा रेलवे स्टेशन पर घाटशिला के लिए टिकट बुक करने गये थे, जहाँ की यात्रा वे होपोन की परीक्षा खत्म होने के बाद करने का विचार कर रहे थे। लगभग ग्यारह बज रहे थे। बीरम-कुमंग ने टिकट खरीदे और निकास द्वार की

ओर बढ़ने लगे, जहाँ होपोन उनका इन्तज़ार कर रहा था कि तभी अचानक खलबली मच गयी।

कोई चिल्लाया कि एक ट्रेन में आग लगा दी गयी है।

पलक झपकते—बीरम-कुमंग अभी होपोन के पास पहुँचे भी नहीं थे—आरक्षण खिड़की पर अव्यवस्था उत्पन्न हो गयी।

"गाड़ी जला दी गयी? कहाँ?"

"यहाँ नहीं? फिर कहाँ? क्या हुआ?"

"कौन मरा?"

"कब?"

"दंगा? कहाँ?"

टिकटें भूल गये। आवेदन, ट्रेन समय सारणी, सब कुछ भुला दिया गया और आरक्षण खिड़की पर बढ़ती गहमागहमी के बीच लोग धक्के देकर निकलने लगे।

सतर्क होकर होपोन घूमा और अपने पिता को गेट की ओर तेज़ी से आते देखा। वह हाथ हिला कर चिल्लाया, "बाबा!"

"जाओ!" बीरम-कुमंग चीखे, "कार के पास जाओ! जल्दी!"

होपोन को दुबारा कहने की ज़रूरत नहीं पड़ी। वह आरक्षण खिड़की की सीढ़ियों से तेज़ी से उतरा और पार्किंग की तरफ़ भागा। कार के पास पहुँच कर वह घूमा और अपने पीछे लोगों का रेला देखा। लोग स्टेशन से बाहर भाग रहे थे, अपने बैग, बंडल और बच्चों को पकड़े हुए। वहीं दूसरी ओर, शहर की तरफ़, इसकी तुलना में माहौल शान्तिपूर्ण था। जो लोग वाहनों से आये थे, वे उन्हें बाहर निकाल रहे थे। तब तक एक विनम्रता बनी हुई थी—लोग एक-दूसरे को अपने वाहन घुमाने और मोड़ने की जगह दे रहे थे—लेकिन उनकी आँखों में बेसब्री थी।

बीरम-कुमंग ओमनी गाड़ी के पास भागे, दरवाज़ा खोला, जल्दबाज़ी

में लड़खड़ाते हुए होपोन की तरफ़ का दरवाज़ा खोला और कहा, ''जल्दी अन्दर आओ।''

''बाबा,'' होपोन ने कहा, ''आप पहले कार घुमायें। मैं आपको रास्ता बताऊँगा।''

''तुम पहले अन्दर आओ!'' बीरम-कुमंग ने बीच में ही झटपट बात काटी।

होपोन अन्दर कूदा और दरवाज़े को भड़ाक से बन्द किया। बीरम ने पीछे वाले वाहन को ज़रा-सा रगड़ते हुए, कार घुमायी। होपोन के हृदय की धड़कन क्षण भर के लिए रुक सी गयी। उसने अपने पिता के चेहरे की ओर देखा—उसने कभी भी उन्हें इतने तनाव में नहीं देखा था। वे पार्किंग से निकल कर स्टेशन परिसर के बाहर होते हुए, शहर में आये।

अब तक, एक डर की लहर फैलने लगी थी। स्टेशन के बगल की सड़कों पर दुकानों के शटर गिरा दिये गये थे। ''कहीं पर कोई दंगा हुआ है,'' बीरम-कुमंग ने होपोन से कहा, उनकी आँखें सड़क पर टिकी थीं, चेहरे से अब भी तनाव झलक रहा था।

''क्या?'' होपोन ने पूछा।

''दंगा। हो सकता है लोग मारे गये हों। मुझे ठीक से मालूम नहीं।''

''मारे गये हैं? कहाँ?''

''मैं नहीं जानता।''

होपोन ने इससे ज़्यादा कुछ नहीं कहा। वह सिर्फ़ यह चाहता था कि जल्दी से जल्दी घर पहुँचे। उसने अपनी माँ के बारे में सोचा। वह क्या कर रही होंगी? अगर कहीं पर कोई दंगा हो रहा है तो टीवी पर ज़रूर उसकी सूचना आयी होगी। उसकी माँ सामान्यत: सुबह टीवी नहीं देखती थीं, लेकिन होपोन ने दिल से इच्छा की कि माँ अभी टीवी देख रही हों ताकि वह दंगे के बारे में जान सकें और दरवाज़े और खिड़कियाँ बन्द कर लें। वह अपने पिता से टिकट के बारे में भी पूछना चाहता था। वे स्टेशन से इतनी जल्दी में बाहर निकले थे कि सम्भव था कि उन्होंने टिकट गिरा दिये हों। फिर उसने अपने

पिता की शर्ट की पॉकेट से झाँकती टिकटें देखीं।

सुभानपुरा कॉलोनी स्टेशन से दस किलोमीटर दूर, व्यस्त एच.टी. रोड के पास स्थित थी। जब वे घर की ओर लौट रहे थे, बीरम–कुमंग और होपोन ने देखा कि बहुत से लोग अब भी आस–पास घूम रहे हैं, वाहन भी सामान्य रूप से चल रहे हैं और रोज़मर्रा का जीवन लगभग आम दिनों की तरह ही सहज है। बीरम–कुमंग हैरान थे कि यह स्थिति कब तक बनी रहेगी।

जब वे घर पहुँचे, होपोन कार से कूदा और सामने के गेट को खोला। बीरम–कुमंग गाड़ी चलाते सीधा अन्दर आये और कार को शेड के अन्दर पार्क कर दिया। घर के अन्दर आकर उन्होंने अपने पीछे दरवाज़ा बन्द कर लिया और फिर खिड़कियाँ बन्द कर उन पर सिटकनी लगा दी।

''क्या हुआ?'' पानमुनि–झी चिंतित होते हुए बीरम–कुमंग की ओर बढ़ीं। वह घर में अकेली थीं। नौकरानी जो घर की सफ़ाई और बर्तन माँजने आती थी, तब तक जा चुकी थी। बीरम–कुमंग ने पूछा, ''क्या घर में सब कुछ है? चावल, आटा, सब्ज़ी, बिस्कुट, साबुन? क्या तुम्हें कुछ और चाहिए?''

''हाँ, क्यों?'' पानमुनि–झी उलझन में थीं। ''क्या सब कुछ ठीक है?''

''नहीं, नहीं, सब कुछ सही नहीं है,'' बीरम–कुमंग ने यह कहते हुए सावधानी से खिड़की के बाहर सड़क पर झाँक कर देखा, ''यहाँ शायद कर्फ़्यू लगेगा। लोग कह रहे हैं कि गुजरात में कहीं एक ट्रेन में आग लगा दी गयी है। मुझे बताओ कि क्या घर में सब कुछ है। नहीं तो मैं बाहर जाता हूँ और जल्दी से कुछ चीज़ें खरीद कर लाता हूँ।''

''नहीं, नहीं, कहीं भी मत जाओ,'' पानमुनि–झी ने विरोध किया, ''हमारे पास सब कुछ है। कहीं भी मत जाओ। होपोन, अन्दर ही रहो।''

दोपहर तक आते–आते पूरा वडोदरा शान्त था। एक हलचल भरे शहर को बिलकुल शान्त होने में एक घंटा, बल्कि उससे भी कम समय लगा। शहर के घरों के सभी दरवाज़े और खिड़कियाँ बन्द थीं। बीरम–कुमंग और होपोन के घर आने के कोई दस मिनट बाद मिस्टर राव नीचे उनके बारे में पूछने

आये। यह पता लगने पर कि सब घर आ चुके हैं, उन्होंने मेन गेट पर ताला जड़ा, ऊपर गये और अन्दर बन्द हो गये।

बीरम-कुमंग ने टीवी चलाया—समाचार चैनलों पर जलती हुई गाड़ी की खबर थी। यह खबर आयी थी कि कुछ तीर्थयात्री साबरमती एक्सप्रेस द्वारा अयोध्या से लौट रहे थे जब वडोदरा से सौ किलोमीटर दूर गोधरा में ट्रेन रोक ली गयी। यह बताया गया कि दंगाइयों ने कम्पार्टमेंट का दरवाज़ा बाहर से बन्द कर दिया था। सभी 58 लोग जल कर राख हो गये। अपराधी मुसलमान पाये गये। अब हिन्दू अपना बदला ले रहे थे।

अहमदाबाद में, हिन्दू सड़क पर आ गये थे, मुसलमानों की सम्पत्ति नष्ट कर रहे थे और उन्हें मार और जला रहे थे। समाचारों में वडोदरा में भी हिंसा की खबर आ रही थी लेकिन सोरेन परिवार ने देखा कि उनके घर के बाहर की सड़क पर सब कुछ शान्त और स्थिर था। शायद शहर के दूसरे हिस्से में हिंसा हो रही थी, उस हिस्से में जहाँ लोग मांस बेचते थे।

पानमुनि-झी ने जैसे ही टीवी पर समाचार देखा, झापान-दी को फ़ोन लगाया। झापान-दी भी क्या हुआ है, नहीं जानती थीं।

''हम ठीक हैं, झी,'' झापान-दी ने भारी सुरक्षा से घिरे सी.आई.एस. एफ़. परिसर के अपने घर से कहा। ''हमारे बारे में चिंता मत करें। आप सब कैसे हैं?''

''हम ठीक हैं। हम घर पर हैं। हमने सभी दरवाज़े और खिड़कियाँ बन्द कर ली हैं।''

''हाँ, झी। अन्दर रहें। बाहर मत जायें।''

पानमुनि-झी ने फिर रबी को फ़ोन करने की कोशिश की लेकिन वह होस्टल में नहीं था। कुछ घंटों बाद, लगभग चार बजे, रबी ने फ़ोन किया। ''आप सब घर पर हैं?'' उसने पूछा।

''हाँ, हम सब घर पर हैं,'' पानमुनि-झी ने कहा, ''तुम कहाँ थे? मैं

तुम्हें फ़ोन करने की कोशिश कर रही थी।''

''मैं अस्पताल में वार्ड ड्यूटी पर था। हमें दंगे के बारे में वहीं पता चला। अब हर तरफ़ यह समाचार है, सभी चैनलों पर। मैं पीसीओ की ओर भागा और आपको फ़ोन लगाया। मैंने बहुत बार कोशिश की लेकिन लाइन व्यस्त होने का संदेश ही मिलता रहा।''

''हम सब ठीक हैं। कटक में कैसा माहौल है?''

''कटक में शान्ति है। आप चिंता नहीं करें।''

''होस्टल वापस जाओ। बाहर अकेले मत जाना। रात में कहीं भी बाहर नहीं जाना। अगर तुम असुरक्षित महसूस करो या अगर दंगे हों, तो अपने दोस्त के घर, या शहर के बाहर ही चले जाना। घाटशिला भी जा सकते हो। वहीं रुकना जब तक सब कुछ सामान्य नहीं हो जाये।''

''बो, मैं सँभाल सकता हूँ। आप चिंता नहीं करें। यहाँ सब कुछ सही है।''

वे पूरे दिन अन्दर रहे। जलती हुई ट्रेन लगातार चैनलों पर दिखायी जा रही थी; पुलिस की गाड़ी सड़कों पर लगातार गश्त लगा रही थी। सारा दिन बन्द रहने के कारण सोरेन परिवार ने कुछ भी नहीं देखा, सुना। उन्होंने पूरी शाम पर्दे खींच कर रखे और प्रकाश धीमा रखा और जब वे रात में सोने गये तो उनके दिल धड़क रहे थे।

अगली सुबह, वे जल्दी उठे। टीवी अब भी वही पहले दिन वाला समाचार दिखा रहा था। बीरम-कुमंग ने पर्दा थोड़ा परे खिसकाया और बैठक की खिड़की से सावधानी से बाहर झाँका। सड़क पर कुछ पुलिसवालों के अलावा कोई नहीं था। सभी घरों के दरवाज़े और खिड़कियाँ बन्द थे। ''हम क़ैदी हैं,'' बीरम-कुमंग ने कहा।

उस रात, लोगों का बड़ा भारी हुजूम आया।

लोग जो जानते थे, उसके अनुसार, मिस्टर मुहम्मद शहर के बाहर कहीं काम करते थे। घर में सिर्फ़ चार औरतें थीं; उनकी पत्नी; उनकी बूढ़ी, विधवा माँ; और दो किशोरवय बेटियाँ। वह सुभानपुरा का एकलौता मुस्लिम परिवार था।

सोरेन परिवार—और पूरे आस-पड़ोस ने अपनी अँधेरी खिड़कियों से देखा जब दो ट्रक आये। हर ट्रक पर लगभग बीस लोग थे, तलवार, लाठियाँ और जली हुई मशाल लिये हुए, ''जय श्री राम!'' और ''मुसलमानो, भारत छोड़ो!'' के नारे लगाते हुए।

भीड़ में से कुछ लोग कूदे, मुहम्मद के घर के गेट पर लात मारी और परिसर में घुसे। उन्होंने बगीचे में से पत्थर और ईंटें उठायीं और खिड़कियों पर मारने लगे। फिर उन्होंने मुख्य दरवाज़े को ज़ोर से पीटना शुरू किया।

''मादरचोद! बाहर आओ!''

भीड़ दरवाज़े को पीट रही थी। वह किसी भी क्षण टूट सकता था।

''मादरचोद मुसलमानो! अपनी माँ की बुर में छिपे बैठे हो? बाहर आओ! ''

सुभानपुरा कॉलोनी की दीवारें हिन्दू भीड़ की चीखों से काँप रही थीं।

''तुमने हमारे लोगों को जलाया, बहनचोद! हम तुम्हें जला देगें!''

थोड़ी ही देर में लगातार पीटे जाने की वजह से दरवाज़ा टूट गया और एक जला हुआ पेट्रोल बम मुहम्मद के बैठकखाने में उछाला गया। काँच की बोतल टूट गयी और पर्दों ने तुरन्त ही आग पकड़ ली। यह जैसे एक शान्त विस्फोट था।

घर की औरतें ऊपर भागीं और धुएँ की वजह से दम घुटने से बचने के लिए खिड़कियाँ खोल दीं। वे पहली मंज़िल की खिड़की पर झुकी हुई थीं और रोती हुई सहायता के लिए पुकार रही थीं जबकि नीचे खड़ी भीड़ गालियाँ बकती, मज़े लेती, अपने शिकारों पर थूक रही थी। तभी कुछ विचित्र हुआ।

''ढन्न!''

एक स्टील की देगची भीड़ के किनारे खड़े आदमी के पैरों के पास गिरी।

आदमी ने चकित और सतर्क होकर ऊपर देखा।

"मादरचोदो! कौन है यह?" वह आदमी चिल्लाया, "हम तुम्हारा गाँड फाड़ देंगे।"

"ढप्प!"

एक निशाना लगाकर फेंकी गयी स्टील की बड़ी चम्मच एक और दंगाई के सीधे आँख में लगी।

"ओ माँ!" उसने अपनी आँख पकड़ी और ज़मीन पर गिर गया।

भीड़ उलझन में पड़कर शान्त हो गयी थी। "कौन?" बीरम-कुमंग फुसफुसाए। बर्तन उनकी इमारत के टेरेस से फेंके गये लगते थे। पानमुनि-झी चुप थीं। वह जानती थीं कि यह कौन था। जब बीरम-कुमंग और होपोन खिड़की से झाँकने के लिए पलटे, पानमुनि-झी रसोई में गयीं। उन्होंने कुछ बर्तन जमा किये और उन्हें लेकर चुपके से अपनी सहेली के साथ शामिल होने चलीं। बीरम-कुमंग और होपोन के देखते-देखते तीन स्टील के बर्तन, एक प्रेशर कुकर, और खाने की प्लेटों का एक सेट भीड़ के ऊपर आ गिरा।

जल्दी ही उन पर बर्तनों, डंडों और अन्य घरों के सामानों की बारिश दूसरी छतों से भी शुरू हो गयी।

जैसे मुहम्मद के बैठकखाने की आग बढ़ रही थी, भीड़ के चालीस-पचास आदमी अपने ऊपर लोहे, स्टील, एल्यूमिनियम, टिन और लकड़ी के सामानों की बौछार झेलने लगे। सुभानपुरा की औरतें एकजुट हो गयी थीं। किसी ने दंगाइयों पर कड़ाही और कटोरे फेंके, किसी ने देगची और फ्राईंग पैन। किसी ने लकड़ियाँ और झाड़ू फेंके। जिनके पास फेंकने के लिए कुछ भारी सामान नहीं था, उन्होंने सब्ज़ियाँ, जूस, मक्खन के पैकेट, तेल और कैचअप की बोतल ही दे मारी।

भीड़ में से कई लोग घायल हो गये थे। भारी लोहा उनके माथों पर लगा था, काँच की बोतल से पैर कट गये थे, और फ्राईंग पैन से आँख, नाक

और गला ज़ख्मी हुआ था।

''तुम सब कायर हो!'' वह आदमी गुस्से में चिल्लाया।

''हाँ, हम कायर हैं!'' औरतें भी वापस चिल्लायीं, ''लेकिन अगर तुम सब अपने बाप के बेटे हो, तुम लोग आदमियों के लिए आये हो, तुम लोग घर की किसी भी औरत को नुकसान नहीं पहुँचाओगे।''

''इन लोगों ने हमारे आदमियों को मारा है!'' आदमी चिल्लाये।

''क्या उन्होंने तुम्हारी माँ को मारा?'' औरतों ने पूछा, ''उस घर की औरतें तुम्हारी माँ समान हैं। उन्हें तकलीफ़ पहुँचाने से पहले अपनी माँ के बारे में सोचना।''

''ये मुसलमान हैं! ये मार दिये जाने के ही लायक हैं!''

''पहले हमें मारो! हम नीचे आ रहे हैं! पहले हमें मारो! फिर तुम उन औरतों के पास जाना।''

इस आक्रमण से दंगाई चकित रह गये। अब कॉलोनी के पुरुष भी सड़क पर उतर आये थे। उनका नेतृत्व सेना के एक बुज़ुर्ग, सेवानिवृत्त सेनाधिकारी कर रहे थे। ''पहले हमें मारो,'' बूढ़े सैनिक ने अधिकारपूर्ण लहज़े में कहा, ''फिर तुम लोग उन औरतों के लिए जाना।''

उनके पीछे पूरी भीड़ जमा हो गयी थी—साठ से भी ज़्यादा—सत्तर पुरुष और स्त्रियाँ, दंगाइयों की भीड़ से भी ज़्यादा। जब मुहम्मद के घर के पास सुभानपुरा की भीड़ जमा हुई, मिस्टर राव और बीरम-कुमंग भी घर के बाहर निकले और उनमें शामिल हो गये।

''हम आपसे भीख माँगते हैं,'' बुज़ुर्ग सेना अधिकारी ने दंगाइयों से कहा, और जबकि उनके हाथ प्रार्थना में बँधे हुए थे, उनकी आवाज़ कठोर और आत्मविश्वास से भरी थी, ''उन्हें नुकसान नहीं पहुँचायें।''

दंगाई पलटे, ट्रक पर सवार हुए और चले गये।

बैठक में फैल चुकी आग, अब बाहर भी सब कुछ लीलने की धमकी

दे रही थी। सभी पुरुष साथ आये और मिलकर एक मानव शृंखला बना ली, पानी और रेत जुटाकर आग पर काबू पाने में सफल हुए। और इस तरह वे औरतें बचा ली गयीं। बूढ़ी औरत का लगभग दम घुट गया था, लेकिन एक घंटा ख़ुले में ताज़ी हवा लेने के बाद उनकी हालत सुधर गयी। उनकी बहू का रोना नहीं रुक रहा था और पोतियाँ बोल नहीं पा रही थीं। सेना के बुज़ुर्ग उन्हें अपने साथ घर ले गये।

और इस तरह सुभानपुरा कॉलोनी में पहरेदारी शुरू हुई।

कॉलोनी के पुरुष सदस्यों ने निर्णय लिया कि वे रात में कॉलोनी की पहरेदारी करेंगे। ऊपर से शान्तिपूर्ण दिखाई दे रहीं अहमदाबाद की कॉलोनियों में हो रही लूटमारी या उन्हें बर्बाद कर दिये जाने की घटनाएँ उन्होंने सुनी थीं। वे सुभानपुरा में कोई खतरा नहीं उठाना चाहते थे—मुहम्मद का घर चोरों और भीड़ का आसान निशाना था।

हर शाम, सूर्यास्त के बाद जवान पुरुष डंडे और सीटी के साथ सम्बन्धित घरों की पहरेदारी करते, कोई भी संदिग्ध घटना देखे जाने पर उन्हें चेतावनी देनी थी। होपोन और बीरम-कुमंग भी इस समूह के सदस्य थे। जैसे-जैसे दिन बीते, लोग अपने नियमित कार्यों पर लौटने लगे। लेकिन जैसे ही रात घिरती, कर्फ़्यू लौट आता, गुजरात में बोर्ड की परीक्षाएँ पन्द्रह दिनों के लिए टाल दी गयी थीं—लेकिन उन पन्द्रह दिनों के बाद भी, हालात शान्तिपूर्ण कहे जाने की स्थिति में नहीं थे। होपोन सहित सभी छात्रों ने पुलिस की पहरेदारी में परीक्षाएँ दीं और बीरम-कुमंग होपोन को ख़ुद स्कूल से लाते और छोड़ते। सभी खरीदारियाँ दिन में ही निबटाई जातीं। और जैसे ही अँधेरा होता, लोग ख़ुद को घरों में बन्द कर लेते, पुलिस की गाड़ियाँ शहर में गश्त के लिए निकल पड़तीं और समूह लाठी और सीटी लेकर घरों और कॉलोनियों की पहरेदारी में जुट जाते। यह एक महीने से भी ज़्यादा चला।

बीरम-कुमंग दंगों के बाद गुजरात में दो साल और रहे। 2004 में उनका स्थानान्तरण राँची हुआ। पानमुनि-झी और होपोन हालाँकि बहुत पहले ही घर लौट चुके थे।

होपोन ने बोर्ड परीक्षा पास करने के बाद, अपने सर्टिफिकेट लिये और अपनी माँ के साथ भुवनेश्वर लौट गया। वहाँ उन्होंने एक घर किराये पर लिया और होपोन ने स्थानीय कॉलेज में दाखिला लिया। वे सारा फर्नीचर अपने साथ वापस ले आये थे—लकड़ी का नक़्क़ाशीदार सोफ़ा, ग्लास टॉप का सेंट्रल टेबल, हैंडीक्राफ़्ट एम्पोरियम से ख़रीदे गये गुजरात के सभी स्मृति चिन्ह। बीरम-कुमंग मिस्टर राव के घर पर ही रुके और छुट्टियों में अपने परिवार से मिलने जाते रहे और अपने घर के पास के दफ़्तर में स्थानान्तरण के लिए आवेदन करते रहे ताकि वह अपने परिवार के साथ रह पायें। जब उनका स्थानान्तरण राँची में होने की सूचना मिली, वे सब बहुत ख़ुश थे। उन्हें एक बढ़िया और बड़ा तीन बेडरूम का अपार्टमेंट डोरंडा में मिला और रबी और होपोन ने भुवनेश्वर से सारा सामान राँची शिफ्ट किया, पानमुनि-झी और होपोन फिर वडोदरा बीरम-कुमंग को लाने गये।

पानमुनि-झी को राँची आकर घर लौटने की अनुभूति हुई। वह जगह, जैसा वह कहती थीं, ''हमारा इलाका'' था।

''कोई नहीं परवाह करता, हम यहाँ क्या खाते हैं,'' वह चमकीली काप मछली को नमक और हल्दी में लपेटती हुई कहतीं, बेफिक्री से, ''और हमें भी मतलब नहीं कि दूसरे क्या खाते हैं।''

बेटे

एक सारस का बच्चा पीछे के आँगन के सीमेंट किये हुए बरामदे में गिरकर कुछ क्षणों के लिए पीड़ा से छटपटाया और मर गया।

झी क्रोध से चिल्लायी, ''बाहू! आप कहाँ हैं? देखिये, आपके प्रिय आम के पेड़ ने एक और जान ली। इसे हर दिन एक बलि चाहिए!''

झी का निंदा भाषण यो को लक्ष्य कर किया गया था, जिन्होंने यह आम का पेड़ उन्नीस साल पहले लगाया था, इस आशा के साथ कि उनके पोते-पोतियाँ—अगर, भविष्य में हुए—तो जब भी इसके स्वादिष्ट आमों का आनन्द उठायेंगे, उन्हें याद करेंगे। उनकी आशा जायज़ भी थी। वह बीज जिससे चर्चा में आया पेड़ उगाया गया था, किशोरीपुर के सबसे बेहतरीन आम के पेड़ से आया था। हालाँकि, कुछ जेनेटिक असंगतियों, वातावरण में कुछ परिवर्तन, या बागवानी से सम्बन्धित कारणों की वजह से पेड़ फल देने को तैयार ही नहीं था। फिर भी, पेड़ हमारे आँगन में बहुत ही अधिक जगह घेरे था और सर्दियों में सूरज की एक भी किरण को हमारे घर के पीछे के बरामदे में आने की अनुमति नहीं थी। हालाँकि, इसने कौवों, मैनाओं, सारस, गिलहरी, छिपकली और चींटियों को आश्रय दे रखा था और इस वजह से हम उसे नहीं काट रहे थे।

एक और आम का पेड़ हमारे घर से लगी सड़क पर था जिसका हिस्सा बाहर सड़क की तरफ़ ही अधिक था, एक ऐसे क्षेत्र में जो हमारे पीछे वाले आँगन की तरह सुरक्षित नहीं था। इसका कद हमारे आँगन के पेड़ के लगभग

बराबर ही था। यो ने इसे भी ख़ुद ही लगाया था लेकिन बहुत अधिक ध्यान नहीं दिया था, क्योंकि इसका जनक पेड़ साधारण था। फिर भी, यह पेड़, बिना किसी रखरखाव के, शहर के सबसे मीठे फल देता था। हर गर्मी, हमें शैतान बच्चों को भगाने के चक्कर में बहुत मुश्किल होती, जो आम लेने पहुँचते थे। हमारे सभी दोस्त अपना हिस्सा अग्रिम रूप से ही आरक्षित रखवाते। बहुतों ने इसकी कलम माँगी थी, जिन्हें बहुत ही नम्रता से मृत पूर्वजों से जुड़े हुए किसी जटिल अंधविश्वास का हवाला देकर मना कर दिया गया था।

जिस दिन, सारस का बच्चा मरा, उसी शाम को कल्पना-दी—मेरे पिता की भतीजी—हमारे घर आयीं। तब तक वह मौत भुला दी गयी थी और यो और झी हँस रहे थे और एक-दूसरे के साथ फिर से मज़ाक कर रहे थे। दूर से देखने पर, कल्पना-दी जिस प्रकार की ज़िन्दगी जीती थीं, उससे किसी भी स्त्री को ईर्ष्या हो सकती थी—उनका एक अच्छा पति था, परिवार और ढेर सारे पैसे। लेकिन वास्तव में वह इतनी खुश नहीं थीं, और अक्सर हमसे मिलने आती और अपनी समस्याएँ बाँटती।

कल्पना-दी हमें बताने आयी थीं कि सूरज, उनका उन्नीस साल का बेटा फ़रार हो गया है। उन्हें हमें यह बताने की ज़रूरत नहीं थी, हम पहले से ही इस बारे में जानते थे। वस्तुत: सारा शहर जानता था। सूरज और उसके दोस्त ने एक डकैती डालने का प्रयास किया था, जो असफल रहा था। इस प्रयास से एक दिन पहले, कल्पना-दी ने बताया, ''उसने अपने पिता से कुछ पैसे माँगे थे जिसके लिए उसे मना कर दिया गया था। इसलिए, यह डकैती।''

कल्पना-दी का आना, खासकर अपने फ़रार बेटे के समाचार के साथ, हमें विचित्र अनुभव करा रहा था। हम कल्पना-दी और उनके पति को बहुत अच्छी तरह जानते थे—जो कि सामाजिक मेल-जोल रखने वाले नहीं थे। इसलिए बहुत ही कम लोग थे जिनके पास वह इस तरह का समाचार लेकर जा सकती थीं। यह देखकर हमें राहत मिली कि उन्होंने वास्तव में पूरे प्रयास

के साथ वस्त्र पहने हैं, अच्छी दिख रही हैं, कार में बैठी हैं और हमारे पास अपने दु:ख के क्षण बाँटने आयी हैं, अपने विशाल घर के किसी कोने में अकेले उदास होने के बजाय। फिर भी उनका बार-बार यह कहना कि उनका बेटा भाग गया है, हमारे दिल में किसी भी तरह की दया जगाने में असफल रहा। इसके विपरीत हमारे अन्दर उनके और उनके परिवार के लिए जो भी थोड़ी सहानुभूति रही होगी, हम उसे खोने लगे।

"वह तुम्हारा बेटा है, कल्पना!" यो और झी दोनों ही उन्हें कहना चाह रहे थे, "और तुम हमें कह रही हो कि तुम नहीं जानती थीं कि वह किस चक्कर में है? क्या तुम्हारे साधन-सम्पन्न पति ने उसे खोजने की कोशिश नहीं की? या कुछ है जो तुम हमसे छुपा रही हो? इस पूरी दुनिया में तुम्हें एक यही जगह, हमारा घर मिला, जहाँ आकर तुम यह दिखा सको कि तुम दु:खी और परेशान हो। सही है न?"

यो और झी दोनों के अन्दर सुलगती यह चाहत मैं महसूस कर रहा था कि वे कल्पना-दी पर टूट पड़ें, उन्हें कड़े-से-कड़े शब्द कहें, आक्रामक रुख अपनाएँ और उन्हें कहें कि वह एक गैर ज़िम्मेदार पत्नी और एक बेकार माँ हैं। मगर, किसी तरह, उन्होंने ख़ुद पर क़ाबू रखा, और कल्पना-दी के ऊपर संवेदनापूर्ण शब्दों की तह-पर-तह लगाते रहे—बाद में उन्होंने स्वीकार किया कि वे शब्द भी कल्पना-दी की ही तरह खोखले थे।

कल्पना-दी के पति बैंक मैनेजर थे जो अभी हाल में ही भ्रष्टाचार और गबन के मामले में फँसे थे। यह रैकेट सालों से चल रहा था और इसमें कल्पना-दी के पति, उनके क्षेत्रीय कार्यालय के दो वरिष्ठ, और कुछ और कर्मचारी शामिल थे। कल्पना-दी ख़ुद भी अपने पति के काम से बिलकुल भी अनजान नहीं थीं और विलास का जीवन जी रही थीं। उनका एक बड़ा, दोमंज़िला मकान था जिसकी चर्चा घाटशिला में हर किसी की ज़ुबान पर थी। घर चमकदार, उजले सफ़ेद रंग में पेंट किया हुआ था, जिसके चारों ओर लोहे की कीलों वाली ऊँची दीवारों की घेराबन्दी थी और सभी

खिड़कियों पर काले शीशे लगे थे, जो शायद ही कभी खुलते थे। लगभग सभी कमरों में एयर-कंडीशनर था।

कल्पना-दी अपने ड्राइवर के पीछे कार में बैठीं, अपनी बेहतरीन सिल्क और सूती साड़ियों में सज्जित, नये पर्फ्यूम की ख़ुशबू में महकी, हर महीने हमारे घर आतीं, उनके हाथ में चमड़े का पर्स होता, जिसके अन्दर सौ और पाँच सौ के नोट झाँकते रहते। हममें से कोई नहीं जानता था कि उनकी गाँव में रह रही विधवा माँ, अपने दामाद के कारनामे जानती थीं कि नहीं। यह एक बहुत ही संवेदनशील मुद्दा था और बाबा अपने भाई की पत्नी से हमारा रिश्ता खराब नहीं करना चाहते थे। हालाँकि, उन्होंने कल्पना-दी के पति से अकेले में बात करने की कोशिश की थी।

''अपनी पत्नी के बारे में सोचो, जवाई बाबू, वह हमारी बेटी जैसी है। तुम हमारे परिवार का हिस्सा हो।''

''मैं अपनी पत्नी को सब कुछ दे रहा हूँ। उसके बारे में किसी को चिंता करने की ज़रूरत नहीं।''

''तुम्हारे बच्चे हैं...।''

''यह उनके लिए ही है, उनके भविष्य के लिए है।''

''सिर्फ़ तुम उनके भविष्य हो...अगर तुम्हें कुछ हो गया तो...।''

''और मुझे क्या हो सकता है? मैं जानता हूँ कि मैं क्या कर रहा हूँ।''

बाबा इस वार्तालाप के आरम्भ में मानो धैर्य के प्रतीक थे। लेकिन अपने से छोटे व्यक्ति का अड़ियल रवैया और उसकी विनम्रता की कमी देखकर उन्होंने सीधे बात करने का निश्चय किया।

''देखो, जवाई बाबू, मत भूलो कि हम आदिवासी चोरी करने में बहुत ही नासमझ हैं। भ्रष्टाचार हमारे खून में नहीं है। और तब भी अगर हम कोई अपराध करते हैं तो हम उसे छिपाने के मामले में बहुत ही नौसिखिये हैं। तुम्हें याद नहीं कि मधु कोड़ा के साथ क्या हुआ? वह दिकू द्वारा इस्तेमाल किये गये और जेल की सज़ा भोगने के लिए अकेले ही छोड़ दिये गये। यह हम

सबके लिए एक सीख होनी चाहिए।''

बाबा के तर्क, विशेषकर मुख्यमंत्री का उदाहरण दिया जाना, जो खनन घोटाले में जेल गये थे, अपने उद्देश्य में सफल होते प्रतीत हुए। कल्पना-दी के पति असहज हो गये। बाबा ने फिर से दबाव बनाया।

''और फिर भी, अगर तुम चोरी करते हो तो इतनी समझ रखो कि तुम क्या कर रहे हो। इस बात का ध्यान रखो कि तुम्हारा अपराध सब की नज़रों में नहीं आये। तुम्हें कुछ पैसे मिले और तुमने एक महल बना डाला। क्या तुम्हें अन्दाज़ा है कि तुम्हारे घर ने कितनी उत्सुकता जगायी है? मुझे तुम्हारी सम्पत्ति से कोई दिक्कत नहीं, लेकिन उसे इस तरह प्रदर्शित करने का क्या अर्थ है? तुम जिनके साथ काम कर रहे हो, उनमें से किसी ने भी अपने घर के आगे ऐसी दीवार नहीं खड़ी की। वे अभी अपने छोटे घरों में रह रहे हैं और अपनी स्प्लेंडर मोटरसाइकिल चला रहे हैं। तुम इस तरह के दिखावे में क्यों शामिल हो रहे हो? क्यों, जवाई बाबू?''

इतना सुनते ही, जवाई बाबू चिढ़कर हमारे घर से निकल गये और कल्पना-दी को हमारे घर आने से मना कर दिया।

हमें बच्चों के लिए बुरा महसूस हुआ—सूरज और उसकी छोटी बहन, सरोजिनी। अगर उनकी माँ रानी का जीवन जी रही थी तो वे भी राजसी जीवन जी सकते थे। सरोजिनी चौदह साल की थी और एक कप चाय या एक ढंग की रोटी भी नहीं बना सकती थी। सूरज जैसे ही हाई स्कूल में आया, उसने सिगरेट पीना शुरू कर दिया था। उसे एक कक्षा फिर से दुहरानी पड़ी और वह दसवीं की परीक्षा में फेल हो गया, जिसके लिए वह पहले ही दो बार बैठ चुका था—एक बार एक महँगे इंग्लिश मीडियम स्कूल के छात्र की तरह जहाँ वह पढ़ाई कर रहा था; और दूसरी बार एक प्राइवेट परीक्षार्थी की तरह। एक शाम, मैंने उसे अपने दोस्तों के साथ सुबर्ण रेखा पर बने पुल पर सिगरेट पीते पकड़ लिया। उसने अपने साथियों से मेरा परिचय अपने ''प्रिय मामा'' के रूप में दिया। वह पिये हुए था और उसकी ज़ुबान लड़खड़ा रही थी। यह तो बाद में पता चला कि उसके वे दोस्त ही अपराध में उसके साथी थे।

जो भी हो, जब हमने यह सुना कि सूरज के पिता ने उसे पैसे देने से मना कर दिया है, हम चकित रह गये। आखिरकार, वह उसे कभी भी किसी चीज़ के लिए मना नहीं करते थे, उसे जीवन में कभी डाँटा नहीं था। हम तो यह भी कल्पना करते कि उनकी यह सब गैरकानूनी गतिविधियाँ उनके बच्चों के लिए प्यार का ही परिणाम तो नहीं थीं। हालाँकि हमने इन सभी चीज़ों के लिए जो भी अनुमान लगाये हों, एक चीज़ जिसका हम अनुमान नहीं लगा सके, वह यह अन्त था जो कल्पना-दी और उनके पति को मिलने वाला था।

जब तक कल्पना-दी के पति ने सूरज के लिए निर्णय लेना शुरू किया, उनके घोटाले का भांडा फूट चुका था, पुराने खाते दोबारा खोले गये थे और गिरफ़्तारियाँ की जा रही थीं। कल्पना-दी के पति प्रमुख संदिग्ध थे—उनके ठाठ-बाट के कारण—और चीज़ें जैसे रुख ले रही थीं, यह निश्चित था कि उनके पक्ष में कोई भी गवाही नहीं देगा। बैंक का खोजी दल वहाँ पहुँचा, उन्हें उनके 'महल' में छापा मारते देर नहीं लगी। कुछ भी हो सकता था—जेल, सम्पत्ति की ज़ब्ती, कुछ भी। वह तब कहाँ होंगे? और कल्पना-दी? उनके बच्चे?

कल्पना-दी ने कुछ दिनों के लिए हमारे पास आना छोड़ दिया। लेकिन जैसे ही जाँच शुरू हुई और कल्पना-दी के पति ने लोगों और सामाजिक मेल-जोल को टालना आरम्भ किया, वह हमारे घर फिर से आने लगीं। वह बीमार दिखना शुरू हो गयी थीं। और यद्यपि वह अच्छा दिखने और सही से रहने का प्रयत्न कर रही थीं, प्रभाव दिख रहा था।

"सिरदर्द और कमज़ोरी," उन्होंने सूचना दी।

"सिरदर्द? क्यों?" हमने पूछा।

"रघू कहता है कि उच्च रक्तचाप है।"

"ओह! रघू कैसा है?"

"वह बहुत अच्छा है। मैं उसकी वजह से जीवित हूँ। उसी ने यह पता लगाया कि मुझे उच्च रक्तचाप है। फिर वह मुझे कॉलेज रोड पर टुडू डॉक्टर

के क्लीनिक में ले गया। मुझे अब अच्छा महसूस हो रहा है। इतना अच्छा लड़का है, रघू।''

~

विद्या-दी—रघू की माँ—कल्पना-दी की तरह ही हमारी नज़दीक की रिश्तेदार नहीं थीं, हालाँकि उन दोनों का एक-दूसरे से रिश्ता था। उन दोनों के दादा भाई थे; कल्पना-दी के दादा बड़े थे। कल्पना-दी के दादा को वे सभी लाभ मिले जो परिवार में सबसे बड़े होने के नाते मिलते हैं—घर के खेत का एक बड़ा हिस्सा और घर का भी सबसे ज़्यादा हिस्सा। विद्या-दी के पिता को खेती की ज़मीन का छोटा टुकड़ा मिला और घर में तो और भी छोटा हिस्सा मिला। लेकिन वह एक समझदार आदमी थे, उन्होंने अपने पुश्तैनी घर के कमरे अपने बड़े भाई के लिए छोड़ दिये और अपनी पत्नी और बच्चों को लेकर घर के पीछे एक झोपड़ी डाल ली।

ऐसा प्रतीत होता था कि शिक्षा और शहर में रहने का उपहार भी बड़े भाई के बच्चों के हिस्से में ही आया था, जबकि कल्पना-दी के पिता और चाचा कॉलेज की पढ़ाई पूरी करने में सक्षम हुए और विभिन्न शहरों में अलग-अलग पदों पर नौकरी करने गये, विद्या-दी के पिता और चाचा—शिक्षित होने के बाद भी—गाँव में रहने के लिए ही बाध्य हुए। किसी ने हालाँकि कोई शिकायत नहीं की, चचेरे भाइयों में बहुत समझदारी थी, विद्या-दी का परिवार कल्पना-दी के परिवार के काम की भी देखरेख करता था। अपनी सेवानिवृत्ति के बाद, कल्पना-दी के पिता गाँव चले आये थे। कल्पना-दी की तब तक शादी हो गयी थी, सूरज का जन्म हो गया था, और बूढ़े पिता ने शान्ति से अपनी आखिरी साँसें लीं, और अपनी बेटी के बर्बाद जीवन को देखने के संताप से बच गये।

कल्पना-दी और विद्या-दी के भाग्य के अन्तर को नज़रअन्दाज़ करना सम्भव नहीं था। कल्पना-दी के पति बैंक में काम करते थे। विद्या-दी के पति शिक्षक थे। हालाँकि शिक्षण एक भद्र पेशा है फिर भी यह बैंक अधिकारी से

कई गुना नीचे आता है, और दोनों चचेरी बहनों के इस असमान जोड़े की वजह से लोगों को बातें बनाने का मौका मिल गया था, कुछ समय बाद ये बातें बन्द हो गयीं। तब तक के लिए, जब तक लड़कों का जन्म नहीं हो गया।

इसे संयोग कहें, या दैविक हस्तक्षेप, दोनों, कल्पना-दी और विद्या-दी को अपना पहला बच्चा एक ही दिन हुआ, लगभग एक ही समय पर। कल्पना-दी ने सूरज को घाटशिला के एक नर्सिंग होम में जन्म दिया, जो सुविधा उस समय सिर्फ़ पैसेवाले ही जुटा सकते थे। लगभग चार या छह मिनटों बाद, रघू ने अपनी पहली साँस ली, विद्या-दी के दादा द्वारा बनाये गये छोटे से घर के कमरे में बूढ़ी दाई की सहायता से।

लम्बी-चौड़ी बातें फिर से आरम्भ हो गयीं। रिश्तेदार जो कल्पना-दी और विद्या-दी के दूल्हों के अन्तर को देखकर हैरान होते थे, अब उनके बेटों के जन्म पर हैरानी जताते। एक ही दिन? एक ही समय? ऐसा कैसे सम्भव है? इसका ज़रूर कुछ मतलब है?

जब वे बड़े हुए तो सूरज और रघू के पालन-पोषण में अन्तर एकदम साफ़ था। ठीक हमारे घर के दोनों आम के पेड़ों की तरह।

यह बिलकुल तय था कि लोगों को सूरज से उम्मीद थी कि वह जीवन में सफल होगा। वह दोनों में अधिक भाग्यशाली था, एक बढ़िया घर, पैसे, और सब कुछ उसके एक इशारे और आवाज़ पर हाज़िर था। उसे सबसे बढ़िया स्कूल में डाला गया, महँगी घड़ियाँ और महँगे पेन इस्तेमाल करता। रघू साधारण कपड़े पहनता था, उसके रोज़मर्रा के ज़्यादातर कपड़े, सूरज की उतरन थे, यहाँ तक कि अभ्यास-पुस्तिका जिन पर वह अपने अध्याय का अभ्यास करता था, वे सूरज की पुरानी स्कूल डायरी या इस्तेमाल में नहीं आयी ड्राइंग बुक थी। सूरज के पुराने पेन, पेंसिलें और ज्योमेट्री बॉक्स सभी रघू की मेज़ पर आ जाते थे। रघू की पहली घड़ी पुरानी कैसियो डिजिटल थी जिसे सूरज पहले ही दो साल इस्तेमाल कर चुका था। रघू सूरज की उदारता तले बड़ा हुआ।

फिर भी, जैसे-जैसे साल बीते, एक सन्थाल गाँव के साधारण स्कूल टीचर और एक गृहिणी का बेटा रघू जो लगभग पूरी तरह खैरात पर पला था,

ने अपने सीमित संसाधनों का बेहतरीन इस्तेमाल किया, सभी परीक्षाएँ समय पर पास कीं, दाख़िले की परीक्षा पास की और झारखंड के सबसे बड़े, राँची के एक मेडिकल कॉलेज में दाख़िला लिया। छह साल की पढ़ाई के बाद वह नाम के आगे लगने वाले इज़्ज़तदार सम्बोधन 'डॉक्टर' के साथ बाहर आया।

दूसरी ओर सूरज, एक शराबी और अनियन्त्रित जीवन का आदी हो चुका था। पैसे कम होने के कारण उसने डकैती का प्रयास किया और छुपने के लिए बाध्य हुआ। वस्तुत:, पिता और पुत्र दोनों की नियति एक जैसी ही हुई।

झी और यो दोनों चचेरी बहनों के बारे में बात कर रहे थे—"कल्पना और विद्या। क्या उन्होंने यह कल्पना की होगी, विद्या के पति के परिवार ने," झी ने यो से पूछा, "कि उनके बीच एक डॉक्टर होगा।"

"कभी नहीं," यो ने कहा, "इतने साधारण लोग! मुझे बहुत अच्छी तरह से याद है, विद्या की माँ कह रही थीं कि वे कितनी सौभाग्यशाली हैं कि उन्हें कामकाजी दामाद मिला है। मुझे नहीं लगता कि उन्हें इस बात की ज़रा भी परवाह थी कि कल्पना का पति बैंक में काम करता था।"

"कल्पना, बेचारी लड़की। उसका क्या होगा?"

"वास्तव में, उसका कोई दोष नहीं। उसका पति इतना मूर्ख कैसे हो सकता है?"

"ओह! और सूरज, उसका कोई समाचार?"

"चाँदो-बोंगा जानता है। लेकिन वह पकड़ा जायेगा।"

"कल्पना की नींद उड़ गयी है, उसकी भूख-प्यास सब कुछ। तुमने ध्यान दिया कि आजकल वह कितनी बीमार दिखती है?"

"हाँ, रघू कह रहा था कि उसे उच्च रक्तचाप है।"

"यह कितनी अच्छी बात है, रघू डॉक्टर बन गया है। अब कम-से-

–कम कोई उसकी देखभाल के लिए है। जो सूरज नहीं कर सका, वह रघू कर रहा है।''

''आगे क्या होगा, किसके भाग्य में क्या बनना लिखा है, कौन बता सकता है?''

''बिलकुल, पीछे के आँगन के आपके पेड़ की तरह...।''

''अब, मुझे दोष मत दो! मुझे इसका क्या अन्दाज़ा था?''

''आप ही थीं, जिन्होंने कहा था, 'मेरे पोते-पोतियाँ मीठे फल खाएँगे और मेरे जाने के बाद मुझे याद करेंगे।' अब वे आपको ज़रूर याद करेंगे। उन सारे टूटे हुए घोंसलों, फूटे अंडों और मरे हुए सारस के बच्चों के साथ।''

''लेकिन वे मुझे सड़क के बगल वाले, बाहर के पेड़ के लिए याद करेंगे।''

''ओह! जैसे कि आपने उसकी देखभाल की। उसे किसी भी देखरेख की कोई ज़रूरत नहीं हुई, वह अपने आप बड़ा हुआ। आप हमेशा उस आँगन के दैत्य के लिए ज़्यादा परवाह करती थीं।''

और इस तरह नोंक-झोंक जारी रहती।

प्रवास का महीना

नवम्बर के आते ही, सन्थाल स्त्री-पुरुष और बच्चे पहाड़ों के अपने गाँवों और सन्थाल परगना के दूरस्थ इलाकों से निकलकर—ज़िला मुख्यालय के स्टेशन पहुँचते हैं। ये सन्थाल—पूरा गाँव,पूरी बिरादरी—एक लम्बा, सर्पीला जुलूस निकालते हैं, जब वे अपनी ज़मीन, अपने खेतों को छोड़कर पश्चिम बंगाल के बर्धमान जिले में स्थित 'नामाल' और वहाँ के धान के खेतों में पहुँचने के लिए ट्रेन लेने आते हैं।

बीस साल की तालामई किस्कू उन तैंतालिस लोगों के समूह का हिस्सा है जो आज रात यात्रा करने वाले हैं। उसके साथ, उसके माता-पिता और दो बहनों में से एक बहन है। उसका लगभग पूरा गाँव—उसके तीन भाइयों और एक भाभी सहित, सब बहुत पहले ही बर्धमान के लिए निकल गये थे।

तालामई तीन लड़कियों और तीन लड़कों वाले परिवार की दूसरी लड़की है। उसका नाम कल्पना की कमी को दर्शाता है। वह बीच की लड़की है—ताला—बीच; मई—लड़की। तालामई का परिवार ईसाई है। कोई भी यह उम्मीद करेगा कि तालामई के माता-पिता इतने पढ़े-लिखे होंगे कि अपनी बेटी के लिए बढ़िया, रचनात्मक नाम सोच सकते होंगे। मिशनरियों द्वारा शिक्षा दिये जाने के वायदों के बावजूद भी, तालामई के माता-पिता कभी स्कूल नहीं जा सके, और न ही तालामई जा सकी। वे या तो कोयला बटोरते थे, या बर्धमान के खेतों में काम करते थे।

तालामई अपने समूह से अलग हो गयी। वह एक आदमी की ओर

आकर्षित हुई। वह गोरा जवान, एक दिकू और रेलवे सुरक्षा बल का सैनिक है। अपने हाथ में एक ब्रेड पकौड़ा लिये, वह उसे अपने पीछे आने का इशारा करता है, और कोने में जाकर गुम हो जाता है।

तालामई असमंजस में है कि उसे जाना चाहिए कि नहीं, और फिर वह जाने का निर्णय करती है। आखिरकार, वह भोजन का आमन्त्रण दे रहा है। और वह भूखी है। अभी रात के 10:30 बजे हैं और ट्रेन के आने में अभी भी दो घंटे हैं।

''क्या तुम भूखी हो?'' जवान तालामई को कोने में बुलाता है। ''तुम्हें खाना चाहिए?'' वह पुलिस क्वार्टर के सामने खड़ा है।

''हाँ,'' तालामई ने उत्तर दिया।

''तुम्हें पैसे चाहिए?''

''हाँ।''

''क्या तुम मेरा कुछ काम करोगी?''

तालामई जानती है कि वह किस काम के बारे में बात कर रहा है। उसने यह काम कोयला रोड पर कई बार किया है, जहाँ कई सन्थाल स्त्रियाँ और लड़कियाँ ट्रक से कोयला चुराती हैं। वह बहुत-सी औरतों को जानती है, जो यह काम ट्रक ड्राइवरों और अन्य आदमियों के साथ करती हैं। और वह जानती है कि नामाल के रास्ते में, सन्थाल औरतें यह काम भोजन और पैसों के लिए रेलवे स्टेशन पर भी करती हैं।

''हाँ,'' तालामई कहती है, और अँधेरे में पुलिसवाले के पीछे चलती पुलिसवालों के कमरे के पीछे की पक्की जगह पर आती है।

काम बहुत समय नहीं लेता। पुलिसवाला तैयार है। वह ज़मीन पर एक गमछा बिछाता है और अपनी पतलून उतार देता है। उसके पास कॉन्डोम पहनने का समय भी है। तालामई को भी अपने सारे कपड़े नहीं उतारने हैं। वह बस अपनी लुंगी और साया उतारती है—वह दस्तूर जानती है। पुलिसवाला उसके नितंब दबोचता है, उन्हें उठा कर, तालामई को अपने हिसाब से जमाते हुए,

उसके साथ सम्भोग करता है। अपना सारा भार उस पर डालते हुए दोलन आरम्भ कर, वह घुरघुराने की ध्वनि निकालता है। तालामई चुपचाप लेटी रहकर, हल्के प्रकाश में पुलिसवाले के चेहरे की बदलती मुखाकृति देखती रहती है। कभी उसका मुँह ऐंठ जाता है, कभी वह मुस्कुरा देता है। एक बार वह कहता है, "साली, तुम सन्थाल औरतें सिर्फ़ इस काम के लिए ही बनी हो। तुम अच्छी हो!" तालामई कुछ नहीं कहती है, कुछ नहीं करती है। एक समय तो वह उसके ब्लाउज़ के अन्दर से उसके स्तनों को निचोड़ता है। वह उन्हें काटता है और उसके निपल्स को चूसता है। इससे दर्द होता है।

"चिल्लाओ मत," आदमी हाँफता है। "एक शब्द भी मत कहो। इससे तकलीफ़ नहीं होगी।"

तालामई इस बात का ध्यान रखती है कि वह चीखे या झिझके भी नहीं। वह नियम जानती है। उसे कुछ नहीं करना है, सिर्फ़ अपने पैर फैलाने हैं और चुपचाप लेटना है। वह जानती है कि सब कुछ आदमी के द्वारा ही किया जाता है। वह सिर्फ़ लेटती है—बिना किसी सक्रियता के, बिना कुछ सोचे हुए, बिना पलकें झपकाए हुए—बिलकुल इस पत्थर की ज़मीन की तरह ठंडी होकर, जिसे वह गमछे के पतले कपड़े के अन्दर महसूस कर पा रही है; और एक निरपेक्ष मिट्टी के कटोरे की तरह जिस पर काले बादल ख़ुद को खाली कर जाते हैं।

दस मिनट से भी कम समय में काम ख़त्म हो गया।

पुलिसवाला उठा और तालामई को उठने में मदद की। उसने इस्तेमाल किया हुआ कॉन्डोम फेंक कर अपने कपड़े पहन लिये। फिर उसने तालामई को दो ठंडे ब्रेड पकौड़े और पचास रुपये का नोट थमाया और चला गया। उसने अपना साया और लुंगी बाँधी, पचास रुपये का नोट ब्लाउज़ में खोंसा, दोनों ब्रेड पकौड़े खाये और अपने समूह में वापस लौट गयी।

हिसाब बराबर

सदर अस्पताल की 8 बजे सुबह से 2 बजे दिन तक व्यस्त शिफ़्ट के दौरान जब एक साथ चार विभाग मेरे निरीक्षण में थे: ओपीडी, इमर्जेंसी, पुरुष वार्ड, और कुपोषण चिकित्सा केन्द्र; तभी मुझे अस्पताल अधीक्षक ने अपने कमरे में बुलाया। मैंने अपने आगे खड़ी भीड़ को देखा—एक अनियन्त्रित भीड़ जो हमारे व्यवस्था बनाये रखने के अनुरोध को नकारते हुए लगभग भगदड़ की हालत में थी। अव्यवस्थित कतार के शुरू में खड़े लोगों को आश्वासन देते हुए कि मैं जल्दी लौटूँगा, ओपीडी के बाहर आ गया।

बाहर गलियारे में भी हमेशा की तरह भीड़ थी। हमारा सदर अस्पताल इस पिछड़े सन्थाल परगना जिले में मीलों तक के लिए एकमात्र, महत्त्वपूर्ण, सरकार द्वारा चालित चिकित्सा सुविधा केन्द्र है। मेरे अलावा, यहाँ एक लेडी डॉक्टर, महिला ओपीडी, महिला वार्ड, और प्रसूति कक्ष के लिए है; और एक दंत चिकित्सक है जो डेंटल ओपीडी का काम देखता है। वहाँ भीड़ में स्त्री, पुरुष और बच्चे और ढेर सारे सहिया थे। सहिया अपने मालदा-मुर्शिदाबाद के उच्चारण वाली बंगाली और टूटी-फूटी हिन्दी में ज़ोर-ज़ोर से चीख रही थीं और कर्मचारियों से गर्भवती महिलाओं के प्रसवपूर्व निरीक्षण के बकाये पैसों के लिए लड़ रही थीं; और उनके लाभार्थियों से भी—वे औरतें जिनका सदर अस्पताल में प्रसव हुआ था। सहिया का यह सिलसिला लगातार चलने वाला था। हर कोई अपने गाँव से एक गर्भवती स्त्री ममता वाहन में सदर अस्पताल लाती थी। फिर वह दूसरी औरत को लाने निकल जाती थी। ज़्यादा लाभार्थियों का मतलब ज़्यादा पैसे थे—दोनों ही तरफ़ से, सरकार की तरफ़

से पारिश्रमिक के रूप में; और लाभार्थी के परिवार द्वारा बख्शीश के रूप में। ये सहिया बहुत चालाक और बहुत ज़्यादा ही तेज़ ज़ुबान वाली, कड़ी मेहनत करने वाली औरतें हैं जो अपना पूरा घर दूसरों के प्रसव के पैसों से चलाती हैं।

भीड़ ने मुझे चकित नहीं किया, न ही सहिया गिरोह ने। जिस बात से मैं चकित हुआ, वह पुलिस थी। वहाँ तीन पुलिसवाले और एक लेडी पुलिस थी। जबकि दो पुलिसवाले गलियारे में चहलकदमी कर रहे थे, एक पुलिसवाला गलियारे में पड़ी बेंच पर बैठे एक दम्पति और एक छोटे बच्चे के साथ खड़ा था। वह दम्पति लगभग तीस की आयुसीमा का होगा लेकिन वे इतने क्षीण, मैले और हालात के मारे लग रहे थे कि उनकी सही आयु या वे किस समुदाय से सम्बन्धित थे, यह अनुमान लगाना मुश्किल था। वे मेरे अन्दाज़े से तीस वर्ष से कम उम्र या फिर उससे अधिक के भी हो सकते थे। वे हिन्दू, मुसलमान, सन्थाल, कुछ भी हो सकते थे। वह छोटा लड़का—जो शायद नौ या दस साल का होगा—सम्भवत: उनका बेटा था। वह आदमी शान्त दिख रहा था, जबकि औरत दु:खी और स्तब्ध लग रही थी। वह लड़का, सीधा बैठा हुआ अपने सामने की दीवार को घूर रहा था। पुलिसवाली एक समूह के लोगों के साथ बहुत ही कर्तव्यभाव से खड़ी थी, जो देखने में सन्थाल जैसे दिख रहे थे। उस दम्पति और बच्चे की तुलना में वह समूह अच्छा खाता-पीता दिख रहा था और अच्छे वस्त्र पहने हुए था। जब मैंने उन्हें देखा—तब उस समूह में छह लोग थे—पाँच पुरुष और एक औरत। हालाँकि मैं उनके चेहरे नहीं पढ़ सका। पुरुष एक-दूसरे से बहुत ही घबराये हुए अन्दाज़ में फुसफुसा कर बतिया रहे थे; महिला ने अपने माथे और धड़ पर गमछा लपेट रखा था। उनके साथ एक तीन या चार साल की लड़की थी, फ्रॉक पहने हुए, उसके बाल उसके सिर के ऊपर किसी फव्वारे की तरह रबरबैंड से बँधे हुए थे, और वह 'कोजक सिलिंज सिरिंज' के खाली कार्टन से खेल रही थी।

अस्पताल में पुलिस का मतलब है समस्या। शायद कोई मार-पीट हुई होगी लेकिन उस स्थिति में आदमियों, औरतों के माथे और हाथ-पैरों से खून बहना चाहिए था। वहाँ ऐसा नहीं था। और पुलिसवाली वहाँ क्या कर रही थी?

क्या मार-पीट में एक औरत शामिल थी? अगर औरतें मार-पीट में घायल भी हो जाती थीं, महिला पुलिस उनके साथ कभी नहीं आती थीं। केवल पुरुष पुलिसकर्मी ही घायलों को अस्पताल ले आया करते थे। फिर इतना पुलिस बल क्यों? और एक लेडी पुलिस क्यों? क्या कुछ गम्भीर मामला है? क्या कोई बलात्कार हुआ है? और क्यों वह पुलिसवाली उस समूह के लोगों के साथ खड़ी थी? क्या कोई ऊँचे रसूख़ का मामला था? क्या कोई राजनीतिज्ञ, व्यवसायी या स्थानीय नेता शामिल था? चूँकि मैं इमर्जेंसी के चार्ज में था, मैंने एक शान्त प्रार्थना बुदबुदाई और अधीक्षक के कमरे का पर्दा परे हटाया।

''क्या मैं अन्दर आ सकता हूँ, सर?''

''आओ, यार।'' अधीक्षक बहुत ही मैत्रीपूर्ण था, ''आओ, बैठो।''

मैं कार्यालय के अन्दर आया और कुर्सी पर बैठ गया। मेरी बगल वाली कुर्सी पर एक और व्यक्ति बैठा था। लगभग साठ साल का, वह पुलिस अधिकारी की तरह लग रहा था।

''चाय पियोगे?'' अधीक्षक ने मुझसे पूछा।

''नहीं, सर। शुक्रिया,'' मैंने जवाब दिया, हालाँकि मैंने देखा कि मेज़ पर दो चाय के कप रखे हुए थे, एक हमारे अधीक्षक के आगे और दूसरा पुलिसवाले के आगे।

''अच्छा, ठीक है।'' उन्होंने मेरे बगल में बैठे पुलिसवाले की ओर इशारा करते हुए कहा, ''इनसे मिलो। यह हमारे टाउन थाना के पुलिस इंस्पेक्टर हैं।''

फिर उन्होंने मेरा परिचय कराया।

''प्रणाम, सर।'' मैंने दाहिने हाथ से अपना सीना छुआ और झुका, फिर मैंने इंस्पेक्टर से हाथ मिलाया, जो कि एक मिलनसार और दयालु व्यक्ति प्रतीत हो रहा था।

''आप देखिये कि हमारे पास एक मामला है,'' अधीक्षक ने कहा।

''हाँ, सर,'' मैंने कहा।

"यह एक संवेदनशील मुद्दा है," अधीक्षक ने कहा, और इंस्पेक्टर को देखा, जो सिर हिला रहा था। "वह लड़की—चार साल, पाँच साल...वह कितने साल की है, इंस्पेक्टर साहब?"

"चार साल की है, हमें बताया गया है," इंस्पेक्टर ने कहा।

"हाँ," अधीक्षक ने मेरी ओर घूमकर अपनी बात जारी रखी। "इस चार साल की लड़की का बलात्कार हो गया है।"

मैं सन्न रह गया।

"वैसे, हम इस बारे में निश्चित नहीं हैं," अधीक्षक ने बात बीच में काटी, "क्योंकि...आपने उस लड़के को देखा है जिसे साथ लाया गया है? उस दस साल के लड़के को?"

"हाँ, सर," मैंने कहा।

"बात यह है," अधीक्षक ने गहरी साँस छोड़ते हुए आगे कहा। "उस लड़की का परिवार कह रहा है कि इस लड़के ने उसका बलात्कार किया है।"

मैं फिर हतप्रभ था।

"हमें भी यह समझ नहीं आ रहा कि सिर्फ़ दस साल का लड़का एक लड़की का बलात्कार कैसे कर सकता है," अधीक्षक ने कहा। "लेकिन अब यह एक गम्भीर मामला हो गया है। आप देखिये कि पूरा थाना यहाँ है। इंस्पेक्टर, सिपाही, सभी।"

"हाँ, सर," मैंने दबी ज़ुबान में कहा।

"कुछ भी चिंता करने की ज़रूरत नहीं," अधीक्षक ने मेरी तरफ़ घूम कर शान्त स्वर में कहा। "आपको लड़के का परीक्षण करना है। देखिये कि क्या वह इतना बड़ा हो गया है, उसके अतिरिक्त लैंगिक लक्षण। आप सब जानते हैं, जानते हैं न?"

"हाँ, सर," मैंने उत्तर दिया।

"हमारी लेडी डॉक्टर लड़की का परीक्षण करेंगी। मैंने पहले ही उन्हें

संदेश भिजवा दिया है। आपको इस बारे में चिंता करने की ज़रूरत नहीं। आप सिर्फ़ जाओ और लड़के को देखो।''

''हाँ, सर।''

''और घबरायें नहीं। डरने की कोई बात नहीं। एक पूरी भीड़ लड़की के साथ आयी है, पूरा परिवार। वे शायद लड़के के खिलाफ़ बोलें। आप डरें नहीं, शान्त रहें, और अपनी बात पर अडिग रहें।''

''हाँ, सर।''

''अगर आप घबराये हुए हैं तो आप एक प्याली चाय ले सकते हैं,'' वह मेरी तरफ़ देखकर मुस्कुराये। ''क्या मैं एक प्याली मँगवाऊँ? आप देखिये कि हमारी चाय अब तक गरम है।'' उन्होंने अपनी प्यालियों की ओर इशारा करते हुए कहा।

''नहीं, सर,'' मैंने कुर्सी से उठते हुए कहा। ''बेहतर होगा कि मैं अब काम शुरू करूँ। ओपीडी में भी मरीज़ हैं। मैंने सबको रोक कर रखा है।''

''अच्छा, जायें। अगर आपको कोई दिक्कत हो तो मुझे आकर बतायें।''

मैंने उस समूह के लोगों पर एक नज़र डाली, जो उस नन्ही लड़की के साथ आये थे। अधीक्षक सही थे, उसका पूरा परिवार उपस्थित था। वे सभी महिला ओपीडी के बाहर महिला पुलिस के साथ खड़े, लेडी डॉक्टर के आने का इन्तज़ार कर रहे थे। वे सभी इरादे के पक्के लग रहे थे। वे चारों ओर घूमते हुए, अस्पताल के कर्मचारियों और पुलिसवालों के साथ तेज़ आवाज़ में बातें कर रहे थे। वह लड़की अब डब्ल्यू एच ओ (WHO) के रंगीन पोस्टर से खेल रही थी, ओपीडी के गन्दे फ़र्श पर लोटते हुए। किसी ने उसे नहीं रोका।

उस अभियुक्त लड़के के साथ सिर्फ़ उसके माता-पिता थे। उसका पिता दुबला, और दाढ़ी रखे हुए था और एक गन्दी जींस और गन्दी कमीज़

पहने हुए था। शायद वह कोई दिहाड़ी मज़दूर था जो किसी इमारत के निर्माण स्थल पर काम करता था। माँ भी दुबली और छोटे कद की थी और चुपचाप रो रही थी। लड़का अभी भी बिलकुल सीधा, चुपचाप, मरीज़ों के लिए रखे गये बेंच पर बैठा, पैर हिलाता हुआ, आँखें किसी अनजाने दृश्य पर गड़ाये बैठा था।

मैं लड़के और उसके माता-पिता के पीछे खड़े पुलिसवाले के पास गया और उस लड़के को इमर्जेंसी ओटी (ऑपरेशन थियेटर) में लाने को कहा।

"डाक्टर-साब, मेरे बेटे ने कुछ गलत नहीं किया! उसने कुछ गलत नहीं किया!" मैं जैसे ही इमर्जेंसी ओटी के दरवाज़े के पास पहुँचा, लड़के की माँ दौड़ती हुई मेरे पास आयी। दो पुलिसवाले भी उसके पीछे भागते आये।

"ऐ! चलो हटो! हटो!" ओटी सहायक ने औरत को खींच कर अलग किया।

"आइये, सर," ओटी सहायक ने औरत को खींच कर हटाने के बाद, ओटी का दरवाज़ा खोल मुझे अन्दर जाने दिया।

"सिपाही-जी, चिट्ठी," ओटी सहायक ने साथ वाले पुलिसवाले को आवाज़ लगायी।

पुलिसवाला ओटी में आया और उसने मुझे थाने की चिट्ठी दी। चिट्ठी में चिकित्सा अधिकारी से अभियुक्त की जाँच किये जाने का अनुरोध किया गया था, और यह देखने को कहा गया था कि क्या बलात्कार या शारीरिक सम्बन्ध की पुष्टि करने वाले कोई प्रमाण हैं कि नहीं, गुप्तांगों पर कोई चोट, वीर्य...वीर्य! एक दस साल के लड़के से?

मैंने लड़के का नाम देखा। उसका उपनाम ठाकुर था। ठाकुर नाई जाति से सम्बन्धित होते हैं—हिन्दू। लड़के की उम्र 'लगभग दस साल' बतायी गयी थी।

"कृपया, लड़के को अन्दर लाएँ," मैंने पुलिसवाले से कहा।

"ए!" पुलिसवाले ने लड़के के माता-पिता को आवाज़ दी। "लाओ जी बच्चे को!"

"डाक्टर-साब! मेरे बेटे को झूठा फँसाया गया है!" लड़के की माँ ने

ओटी के दरवाज़े को धक्का देकर खोला और अन्दर आ गयी। ''वह निर्दोष है डाक्टर-साब। वे लोग बहुत बुरे हैं, डाक्टर-साब।'' उसने लड़की पक्ष की ओर इशारा किया।

''ए! ए ! डाक्टर-साब को अपना काम करने दो।'' पुलिसवाले ने औरत को धक्का देकर हटाने का प्रयास किया। ''अरे तुम!'' उसने उसके पति को बुलाया। ''इसे ले जाओ! अस्पताल में चीख-पुकार मना है।''

लड़का अन्दर लाया गया और ओटी सहायक ने दरवाज़ा बन्द कर दिया। ''वहाँ बैठ जाओ।'' मैंने लड़के को जाँच मेज़ दिखायी।

''ए! आजा! बैठ!'' ओटी सहायक ने लड़के को पुकारा। वह मेज़ पर बैठ गया।

''तुम्हारा नाम क्या है,'' मैंने लड़के से पूछा।

उसने बताया।

''तुम कितने साल के हो, बाबू?''

लड़के ने कुछ नहीं कहा।

''ए! उमर कितना है?'' ओटी सहायक ने फिर पूछा।

लड़का घबराया हुआ लग रहा था।

''मुझे बताओ,'' मैंने नम्रता से फिर दुहराया, ''तुम कितने साल के हो?''

''दस साल,'' लड़का बुदबुदाया।

''दस?'' मैंने पूछा। ''तुम दस साल के हो?''

उसने सिर हिलाया।

''क्या हमें इसकी जाँच शुरू करनी चाहिए?'' मैं ओटी सहायक की तरफ़ घूमा।

''हाँ सर,'' ओटी सहायक ने हामी भरी और लड़के की ओर पलटा। ''ए! नीचे उतर। पैंट खोल।''

लड़का और भी घबरा गया।

"रुको, रुको," मैंने ओटी सहायक को रुकने का इशारा करने के लिए अपना हाथ दिखाया।

"नीचे उतरो।" मैंने लड़के से कहा। "मेज़ से नीचे उतरो। यहाँ आओ।"

"डाक्टर-साब के पास जाओ!" ओटी सहायक ने अधीरतापूर्वक लड़के से कहा। मुझे उसे रोकने के लिए फिर अपना हाथ दिखाना पड़ा।

"आओ, डरो मत।" मैंने लड़के से कहा।

लड़का नीचे उतरा और मेरे पास आया।

"अपने कपड़े उतारो।"

लड़के ने ओटी सहायक की ओर देखा।

"चल, कपड़ा खोल," उसने अधीरता से कहा।

"डरने की कोई बात नहीं," मैंने लड़के से कहा। "कुछ नहीं होगा। अपने कपड़े उतारो। तुम्हें और कोई नहीं देखेगा।"

लड़के ने अपनी हाफ़ पैंट और शर्ट उतारी। मैंने देखा वह बहुत छोटा था और बालों का भी कोई नामोनिशान नहीं था। गुप्तांग का परीक्षण करने पर मैंने उन्हें किसी बच्चे की तरह ही छोटा पाया। मैंने उसकी काँख को जाँचा। मैंने घाव, खरोंच और चोट होने की भी जाँच की। वैसा कुछ भी नहीं था।

"यह लड़का निर्दोष है, सर।" ओटी सहायक ने निर्णय सुनाया। "ये मादरचोद इसे फँसा रहे हैं।"

मैंने फिर हाथ दिखाया।

"अपने कपड़े पहन लो," मैंने लड़के से कहा।

"देखो बेटा," मैंने लड़के से कहा जब वह कपड़े पहनने के बाद थोड़े आराम में आया और फिर से जाँच मेज़ पर बैठ गया। "मुझे सच बताओ। क्या तुमने कुछ किया?"

''नहीं सर,'' लड़के ने तुरन्त उत्तर दिया। ''मैंने कुछ नहीं किया।'' वह बिलकुल रोने की हालत में था।

''फिर तुम यहाँ कैसे आये?'' मैंने पूछा। ''वहाँ वे लोग क्या कह रहे हैं? तुमने ज़रूर कुछ किया होगा, नहीं तो वे उस छोटी लड़की के साथ क्यों आते?''

लड़का चुप रहा। यदि मैं एक शब्द भी और कहता तो वह रो पड़ता। मैंने उसे थोड़ा समय देने का निश्चय किया। कुछ पलों बाद, जिस दौरान मैंने अपनी जाँच को लिखित रूप से रिकॉर्ड किया, मैंने उस लड़के से फिर बात की।

''सुनो''—मैंने उसे उसके नाम से बुलाया। ''क्या तुम स्कूल जाते हो?

''हाँ सर।'' उसने सिर हिलाया।

''तुम्हें पता है कि फिर तुम कभी स्कूल नहीं जा पाओगे अगर यह सिद्ध हो गया कि तुमने कुछ गलत किया है?''

लड़के ने कुछ नहीं कहा।

''मैं तुम्हारे भले के लिए पूछ रहा हूँ। अगर तुमने सच बताया तो यह तुम्हारे पक्ष में जा सकता है। अगर तुमने कुछ गलत नहीं किया है तो तुम डरते क्यों हो?''

''मैंने उस लड़की को छुआ था,'' उसने अन्ततः कहा।

''कहाँ?''

उसने अपने गुप्तांग को छुआ।

''वहाँ? तुमने उसे वहाँ छुआ?''

उसने सिर हिलाया, और अपने पैरों को देखने लगा।

''तुमने यह क्यों किया, बेटा?''

''मेरे दोस्त ने ऐसा करने को कहा था।''

''कौन से दोस्त?''

‘‘मेरे दोस्त।’’

‘‘हाँ, तुम्हारे दोस्त। लेकिन कौन से दोस्त? क्या तुम्हारे स्कूल के दोस्त?’’

‘‘नहीं, वे स्कूल नहीं जाते। वे बड़े लड़के हैं। बहुत बड़े।’’

‘‘अच्छा, फिर तुम उन लड़कों को कैसे जानते हो?’’

‘‘हम साथ खेलते हैं।’’

‘‘अच्छा, और उन्होंने तुम्हें उस लड़की को छूने को कहा। ऐसा है क्या?’’

उसने सिर हिलाया।

‘‘तुमने यह कैसे किया? उस लड़की को बुलाया? तुम उसे कहीं ले गये?’’

‘‘एक बड़ा लड़का,’’ लड़के ने कहा, ‘‘वह लड़की की बड़ी बहन को छूता है।’’

‘‘हाँ, फिर?’’

‘‘उसने कहा कि वह लड़की भी चाहती है कि कोई उसे छूए। उसने कहा कि वह लड़की चाहती है कि मैं उसे छुऊँ।’’

‘‘अच्छा! और?’’

‘‘उसने कहा कि मुझे उस लड़की के साथ लेटना चाहिए और उसे छूना चाहिए।’’

‘‘उस बड़े लड़के ने कहा ऐसा?’’

‘‘हाँ’’

‘‘वह कैसे जानता है कि तुम्हें लेटना चाहिए?’’

‘‘वह उस लड़की की बहन के साथ लेटता है और उसे छूता है।’’

‘‘अच्छा। फिर क्या हुआ?’’

‘‘मैंने लड़की को बुलाया और उसे लिटाया।’’

"तुमने उस लड़की को कहाँ बुलाया?"

"मैदान में, जहाँ हम खेलते हैं"

"मैदान में! तुम्हारा मतलब है खुले मैदान में?"

"हाँ। वह लड़का उस लड़की की बहन को भी मैदान में ले जाता है।"

"अच्छा। और वह उसे कहाँ ले जाता है?"

"मैदान, आम बागान, हाट। वे हर जगह जाते हैं। वे बहुत दूर भी जाते हैं। पहाड़ियों की तरफ़।"

"अच्छा। तो तुम उस लड़की को मैदान में ले गये। और?"

"मैंने अपना हाथ उसके फ्रॉक के अन्दर डाला।"

"अच्छा। और तुमने उसे छुआ?"

"हाँ।"

"वहाँ? नीचे वहाँ?"

"हाँ।"

"फिर क्या हुआ?"

"वह भाग गयी।"

"वह भाग गयी?"

"हाँ।"

"और?"

"उसने अपने घर में बता दिया।"

"क्या तुमने कुछ और भी किया! क्या तुमने... अअ...लड़की के शरीर में अपनी उँगलियाँ घुसायीं? उसके अन्दर जहाँ तुमने उसे छुआ था?"

"नहीं। मैंने बस उसे छुआ। और वह भाग गयी।"

"यह बलात्कार नहीं सर।" ओटी सहायक ने घोषित किया। "जो इस लड़के ने किया, वह सही नहीं। मैं यह समझता हूँ। लेकिन उसने यह अपने दोस्तों के दबाव में किया। ज़रा इसकी उम्र देखिये। इस उम्र में बच्चे सामान्यत: प्रभाव में आ जाते हैं। और जिस प्रकार की संगति यह लड़का रखता है—"

"अच्छा, अच्छा," मैंने खड़े होते हुए कहा। "अब इस मामले को ख़त्म करो। सिपाही को बुलाओ।"

ओटी सहायक ने दरवाज़ा खोल दिया, लड़का बाहर निकल आया, और इससे पहले कि हम पुलिसवालों को बुलाते, उसके माता-पिता अन्दर आ गये।

"सर, ये लोग झूठ बोल रहे हैं," माँ ने हाँफते हुए कहा। "मेरे बेटे ने कुछ भी गलत नहीं किया। ये लोग हमसे बदला ले रहे हैं क्योंकि इन्होंने हमारी बेटी को दिल्ली में बेच दिया था और हम उसे छुड़ा कर वापस ले आये।"

"कृपया दरवाज़ा बन्द कर दो," मैंने ओटी सहायक से कहा।

"तुम्हारी कहानी क्या है," मैंने लड़के के माता-पिता से पूछा।

"सर, वे लोग बहुत ही बुरे हैं," लड़के के पिता ने कहा। "मेरी पत्नी उनके घर की ही है।"

फिर मुझे समझ में आया कि वह औरत एक सन्थाल थी—और उसने एक ठाकुर से शादी की थी।

"वे सन्थाल हैं सर, ईसाई," पुरुष ने अपनी बात जारी रखी। "और वे यही करते हैं। वे सन्थाल लड़कियों को उनके गाँव से शिक्षा, प्रशिक्षण और काम के नाम पर लाते हैं और बेच देते हैं।"

"मेरी पत्नी भी उसी परिवार की है," पुरुष ने कहा। "लेकिन उसे यह अच्छा नहीं लगा जो वे करते थे। उसने मुझसे शादी कर ली और उस परिवार को छोड़ दिया। वह अब हिन्दू हो गयी है, सर। वह अब ईसाई नहीं रही। वे हमारी शादी को नहीं मानते। वे हमारी शादी की वजह से हमसे नफ़रत करते हैं।"

"अच्छा।"

"मैं एक मामूली आदमी हूँ, सर। मैं मेहनत-मज़दूरी करता हूँ और किसी तरह अपने परिवार को पालता हूँ। वे लोग बहुत अमीर हैं। वे लड़कियों को बेचकर पैसे बनाते हैं। वे मुझे अक्सर कहते हैं, 'तुमको नहीं छोड़ेंगे।' मेरी एक बड़ी लड़की है, सर। वह पन्द्रह साल की है। दो महीने पहले, वह गुम हो गयी थी। हमने थाने में रपट लिखवायी लेकिन उसका कोई पता नहीं चला। एक हफ़्ते पहले, मेरे मोबाइल पर फ़ोन आया। वह मेरी बेटी थी! उसने दिल्ली से फ़ोन किया था। उसने बताया कि इन लोगों ने उससे कहा था कि वे लोग उसे ऐसी जगह पर भेज रहे हैं, जहाँ बहुत पैसे हैं, ऐसी जगह जहाँ उसे पैसों की फ़िक्र नहीं करनी होगी। वह उनके साथ चली गयी थी। फिर उसने पाया कि वह दिल्ली में है। इन लोगों ने उसे बेच दिया था। किसी तरह मेरी लड़की के हाथ यह फ़ोन लग गया, उसने मुझे फ़ोन किया और उसको बचाने को कहा। फिर हम दोनों," उसने अपनी पत्नी की ओर इशारा किया, "दिल्ली गये," उसने अपनी जेब से रेलवे टिकट निकालकर दिखाया, "और अपनी बेटी को वापस लाये। हम दो दिन पहले ही लौटे हैं। और, सर, हमारी अनुपस्थिति में, देखिये, उन्होंने हमारे बेटे के साथ यह किया! वे हमसे बदला लेना चाहते हैं, सर। क्योंकि हम अपनी बेटी को वापस ले आये, वे हमसे बदला लेना चाहते हैं।"

"हमारी सहायता कीजिये, सर," लड़के की माँ ने विनती की। "हमारा बेटा निर्दोष है। वे लोग बहुत ही अमीर हैं। वे हमारे बच्चों को मार देंगे।"

"देखिये, हम यहाँ तुम्हारी सहायता के लिए हैं," मैंने उस आदमी के कन्धे छूकर उससे कहा। "लेकिन हमारी शक्ति सीमित है। यह अस्पताल है। यहाँ तुम्हारे बेटे की सिर्फ़ शारीरिक जाँच हो सकती है। हम यह निर्णय नहीं ले सकते कि उसने कोई अपराध किया है कि नहीं और उसे सज़ा मिलनी चाहिए कि नहीं। यह काम पुलिस और अदालत का है।"

उस आदमी ने मुझे खाली निगाहों से देखा।

"जो चीज़ें तुमने मुझे बतायी हैं," मैंने अपनी बात जारी रखी, "जो सुबूत तुमने मुझे दिखाये हैं, तुम्हारे टिकट और सब, क्या तुम उन्हें पुलिस और अदालत को दिखा सकते हो?"

''हाँ, सर,'' आदमी ने कहा। उसकी उदास आँखों में आशा थी।

''फिर यही करो,'' मैंने कहा। ''अगर हो सके तो एक वकील करो। मैं जानता हूँ कि इसमें पैसे लगेंगे, यह महँगा हो सकता है, लेकिन ऐसी कई संस्थाएँ हैं जो इस तरह के मामलों को देखती हैं, जैसे लड़कियों को बेचे जाने के मामले। अपने आस-पास पूछो, अदालत परिसर में जाओ, कोई ज़रूर तुम्हारी सहायता करेगा।''

मैंने अपनी जाँच रिपोर्ट दाख़िल कर दी और लेडी डॉक्टर ने अपनी। हमें फिर कभी पता नहीं चला कि मामले का क्या हुआ। हमने उन लोगों को फिर कभी नहीं देखा। वही पुलिसवाले जब दूसरे मामलों के कारण अस्पताल आये तो मेरा मन हुआ कि मैं उस खास मामले के बारे में पूछताछ करूँ, लेकिन मेरे दिमाग ने इतनी व्यक्तिगत दिलचस्पी लेने से रोक दिया।

हमें अदालत में अब तक नहीं बुलाया गया है। अदालत का निर्णय समय लेता है। शायद इसमें एक या दो साल या इससे भी ज़्यादा समय लगे—तब हमें बुलाया जाये। इसी बीच, सन्थाल परगना में, कितनी सन्थाल लड़कियाँ बेची जाती रहेंगी, कितने सन्थाल लड़के झूठे आरोप में फँसाये जाते रहेंगे, कितने ही एफ.आई.आर. पुलिस स्टेशन में दर्ज कराये जाते रहेंगे, दो दुश्मनी वाले पक्षों द्वारा एक-दूसरे से हिसाब बराबर करने के लिए।

दुश्मन के साथ दोस्ती

जब पहली बार सुलोचना हमारे घर में नौकरानी के काम के लिए आयी तो हम तभी समझ गये थे कि वह हमारे यहाँ पहले काम कर चुके लोगों से भिन्न थी।

वह अकेली नहीं आयी थी। उसके पीछे कतार में विनम्र, अवाक्, उसकी बड़ी बेटी, सीतामाता, अपनी नन्ही बेटी को गोद में उठाये; उसके दो बेटे; और सबसे अन्त में, माथाभाँगी, सबसे छोटी बेटी। वे सभी हमारे बरामदे, बैठक, भोजन कक्ष से घिसटते हुए, आखिरकार रसोई में आये। रसोई के कोने में बैठे, जहाँ उसके बच्चे, फटी आँखों से घर को देख रहे थे, वहीं सुलोचना ज़मीन पर धड़ाम से बैठ गयी और अपने दुःखद बचपन और मुश्किल हालातों के बारे में रुके बिना बोलने लगी।

सुलोचना बेहरा घासी जाति की एक हरिजन युवती थी। उसका परिवार और उसके पूर्वज घाटशिला से थे जहाँ उसके पिता ताँबा फ़ैक्टरी में काम किया करते थे। वह अपने माता-पिता की इकलौती सन्तान थी। उसका दावा था कि यदि उसकी किस्मत अच्छी होती, तो वह राजकुमारी की तरह रह सकती थी। लेकिन उसके—और उसकी माँ के दुर्भाग्यवश—उसका पिता दूसरी औरत के प्यार में पड़ गया। वह उसे घर ले आया और अपनी पत्नी को घर से निकाल दिया। उसके ससुरालवालों ने हस्तक्षेप करने की कोशिश की और नन्ही सुलोचना को अपने साथ ले जाने का प्रयास किया लेकिन सफल नहीं हुए। कुछ दिनों बाद सुलोचना की माँ ने भी अपनी बेटी को वापस ले जाने का प्रयास बन्द कर दिया। उसने बेचारी लड़की को अपने भाग्य के सहारे

छोड़कर दुबारा शादी कर ली।

और यह कैसा भाग्य था! सुलोचना की सौतेली माँ दुष्ट थी, उसके पिता प्राय: सारा समय नशे में रहते थे, यहाँ तक कि काम पर भी, और सुलोचना का राजकुमारी बनने का सपना धरा ही रह गया।

बड़ी होने पर वह एक प्यारी लड़की बनी—स्वस्थ और गोरी। लेकिन दुर्व्यवहार की वजह से वह अन्दर से बदल गयी, और रूखी हो गयी।

घाटशिला के सब दोस्तों में वह सुभद्रा अग्रवाल के बहुत करीब थी, जो एक मारवाड़ी लड़की थी। उसका परिवार सालों पहले हरियाणा से आया था।

यह एक विचित्र बात थी कि एक घासी और मारवाड़ी लड़की सबसे घनिष्ठ सहेलियाँ बन गयी थीं। शायद यह उनकी उम्र की वजह से था—वे दोनों लगभग एक ही उम्र की थीं। शायद यह उनकी स्थिति की वजह से था; सुभद्रा की माँ—उसकी सगी माँ!—सुलोचना की सौतेली माँ की तरह ही बुरी थी।

एक दिन, दोनों लड़कियों के लिए धमकी और मारपीट बहुत ज़्यादा हो गयी। वे भाग गयीं। लेकिन वे जा कहाँ सकती थीं? वे घर से डेढ़ किलोमीटर दूर, सुबर्ण रेखा नदी के उत्तरी किनारे पर रुकीं, जहाँ ट्रक फ़ैक्टरी के बॉयलर से निकली राख डालते थे और जहाँ सुलोचना, सुभद्रा और सैकड़ों और औरतें अपनी रसोई के लिए गुल और गोइठा बनाने के लिए उस बॉयलर-राख़ को उठाने आया करती थीं।

"मैं मरना चाहती हूँ," सुभद्रा ने कहा, "यह मेरा दुर्भाग्य है कि मेरा जन्म हुआ।"

"मैं भी मरना चाहती हूँ," सुलोचना ने कहा।

"हम क्या करें? हम कैसे मरेंगे?" सुभद्रा ने पूछा।

"मैं नहीं जानती। क्या हम नदी में कूद जायें?"

"नहीं, नहीं। इससे बात नहीं बनेगी। हम दोनों ही तैरना जानती हैं।

और अगर इन औरतों ने हमें देख लिया तो वे हमारी माँ को बता देंगी और हम और ज़्यादा मुश्किल में पड़ जायेंगी।''

''ओह! फिर हम क्या करें?'' सुलोचना ने कहा और अपने चारों ओर आत्महत्या के तरीके खोजने लगी।

''सुभद्रा! देखो!''

''क्या? क्या?''

''क्या इसे हम खा लें?'' सुलोचना ने एक झाड़ी की ओर इशारा किया।

''वह?'' सुभद्रा ने पूछा ''क्या वह ठीक है? क्या इससे हम मर जायेंगी?''

''मैंने सुना है कि लोग इससे मर जाते हैं। इसके फल और बीज ज़हरीले हैं। देखो, इसे गाय भी नहीं खाती है।''

''यह तो मैंने भी सुना है। लेकिन मैं निश्चित तौर पर नहीं जानती। अगर हम नहीं मरे तो क्या होगा? मैं वास्तव में मरना चाहती हूँ! मैं अब और जीना नहीं चाहती!''

''इसे आज़माते हैं।'' सुलोचना और सुभद्रा दोनों उन मदार की झाड़ियों के पास पहुँचीं। उन्होंने उसके कुछ फल तोड़े, उन्हें बीजों के साथ पीसा और जब उन्हें लगा कि उनके पास पर्याप्त ज़हर हो गया, अपने आप को उसे खाने के लिए तैयार करने लगीं!

''सुलोचना,'' सुभद्रा ने धीरे से कहा, ''क्या हम सच में मर जायेंगी? हमारे मरने के बाद क्या होगा?''

''मैं नहीं जानती,'' सुलोचना ने कहा। ''लेकिन अगर हम नहीं मरेंगी तो क्या होगा? क्या हमारी माएँ हमें खोज लेंगी?''

''हाँ। और अगर हम अन्धी हो गयीं तो क्या होगा? या गूंगी हो गयीं?''

''मैं मरना नहीं चाहती, मैं मरना नहीं चाहती।''

दोनों सहेलियों ने ज़हर फेंक दिया और एक-दूसरे से लिपट गयीं।

फिर वे इतना रोयीं जितना पहले कभी नहीं रोयी थीं।

फिर जब वे निबट गयीं, सुलोचना बेहरा और सुभद्रा अग्रवाल सुबर्ण रेखा नदी तक गयीं, अपने हाथों को धोया, आँखों और चेहरे पर पानी के छींटे मारे, ख़ुद को सुखाया, देखने के योग्य बनाया, और एक-दूसरे से वादा किया कि बुरे समय में एक-दूसरे का साथ देंगी और दोनों अपने घर वापस लौटीं।

हालाँकि लड़कियों ने जीवनभर की वफादारी का प्रण लिया था, जुदाई निश्चित थी। सुभद्रा की शादी उड़ीसा के रायरंगपुर शहर के एक मारवाड़ी से हुई। उसका पति उससे बहुत बड़ा था, लेकिन वह एक अच्छा आदमी था। सुलोचना उतनी भाग्यशाली नहीं थी। उसका पति, दीनानाथ बेहरा उसके पिता जितना ही बुरा था। वह भी स्थानीय था, ताँबा फ़ैक्टरी में काम करता था और दारूबाज़ था। शादी के बाद सुभद्रा की स्थिति सुधर सकती थी लेकिन सुलोचना के जीवन में यह बुरे दौर की दूसरी शुरुआत थी।

दीनानाथ की अपने बच्चों को लेकर भी इतनी उदासीनता थी कि उसने उनके नाम भी नहीं सोचे थे। सबसे बड़ी लड़की का नाम तब रखा गया जब एक दिन सुभद्रा घाटशिला में सुलोचना से मिलने आयी। पिछली रात सुभद्रा मारवाड़ी समुदाय द्वारा आयोजित एक सत्संग में गयी थी जहाँ रामायण का पाठ किया गया था।

''तुमने अब तक अपनी बेटी का नाम नहीं रखा है,'' सुभद्रा चकित थी। ''वह चार साल की है!''

''हम उसे नीनी बुलाते हैं,'' सुलोचना ने लापरवाही से कहा।

''तुम उसे नीनी कैसे बुला सकते हो? क्या तुम उसे पूरी ज़िन्दगी नीनी बुलाते रहोगे?'' सुभद्रा ने पूछा। ''उसे एक सही नाम दो। उसका नाम...अ...अ... सीतामाता रख दो!''

''सीतामाता?''

''हाँ, सीतामाता। भगवान राम की पत्नी। मैंने कल ही उनके बारे में

सत्संग में सुना। अगर तुम इसका नाम सीतामाता रखोगी तो इसके अन्दर देवी के सारे गुण आ जायेंगे। जब वह बड़ी होगी, उसे एक अच्छा पति मिलेगा। वह पूरी ज़िन्दगी ख़ुश रहेगी।''

इस तरह सुलोचना की बड़ी बेटी सीतामाता बेहरा हुई।

सुलोचना की छोटी बेटी—उसे भी नीनी बुलाया जाता रहा था—उसको भी इसी तरह विचित्र नाम दिया गया था। वह पाँच साल की थी जब वह उलझ कर गिर गयी और उसके माथे पर गहरा घाव लग गया जिससे इतना खून बह रहा था कि उसे देखकर सुलोचना लगभग बेहोश ही हो गयी।

''आमार छाना-र माथा फ़ाटी गेलो! आमार छाना-र माथा भाँगी गेलो!'' सुलोचना विलाप कर रही थी, पहले अपने टोले में और फिर अस्पताल में जो खासकर ताँबा फ़ैक्टरी के कर्मचारियों के लिए बनाया गया था।

''शान्त!'' नर्स ने उसे डाँटा। ''क्या तुम शान्त रहोगी और हमें अपना काम करने दोगी? उसका माथा नहीं फटा है। बस एक घाव है। हम इसमें टाँका लगा देंगे।''

''टाँका? ओह माँ!'' सुलोचना अपने हाथ से माथा पीटने लगी और ज़मीन पर गिर गयी।

''माँ को ओटी के बाहर ले जाओ,'' ड्यूटी पर मौजूद डॉक्टर ने आदेश दिया। ''उसे कहो कि उसकी बच्ची ठीक है। और उसका पिता कर्मचारी है क्या? उसके पास मेडिकल बुक क्यों नहीं है? इतने लापरवाह लोग! अब लड़की के नाम की जगह पर क्या लिखना है? उसकी माँ से पूछो।''

''तुम्हारी बेटी का क्या नाम है, काकी?'' एक लड़के ने, जिसने सुलोचना की बेटी को अस्पताल लाने में मदद की थी, उससे पूछा।

''माथा भाँगी गेलो!'' सुलोचना बस यही कह सकी।

''माथा भाँगी...'' सुलोचना पागल-सी हो उठी थी। ''माथा भाँगी...माथा भाँगी...माथा भाँगी...!''

"माथाभाँगी!" लड़के ने डॉक्टर और नर्स से कहा। "उसका नाम माथाभाँगी है।"

"माथाभाँगी? यह किस तरह का नाम है?"

"मत पूछें, सर," नर्स ने उनसे फुसफुसा कर कहा। "ये लोग! सारा दिन पीते हैं और मस्ती करते हैं। अपने बच्चों के लिए और क्या नाम ये सोच सकते हैं?"

फिर यही नाम पक्का हो गया—माथाभाँगी—वह जिसका सिर फूटा हो।

सुलोचना जिन घरों में भी काम करती थी, सभी से अफ़वाहें बटोर कर लाती और यो और झी को सब कुछ बताती। एक दिन यो उस पर झपटीं— "सुलोचना, इतनी घटिया मत बनो! तुम सारी दुनिया से हमारे लिए कहानियाँ लाती हो। तुम ज़रूर हमारी कहानियाँ भी सारी दुनिया को सुनाती होगी!" उस दिन के बाद से, सुलोचना यो से एक दूरी रखने लगी, और गप्पबाज़ी के लिए उसका रोज़ का समय, दोपहर के चार बजे हो गया था—जब यो अस्पताल में काम कर रही होतीं और झी झपकी ले रही होतीं।

सामने के गेट की आवाज़ से झी सतर्क हो जातीं। "काल-ग्रोहो आसछे," वह आधी नींद में बुदबुदातीं।

"दीदी! ओ दीदी! उठो!" सुलोचना कमरे की खिड़की पर ज़ोर से दस्तक देती जहाँ झी सो रही होतीं। "दीदी! आप कितना सोयेंगी? उठो! मुझे आपको कुछ बताना है। ओ दीदी!"

झी सोने का नाटक करतीं, लेकिन कितनी देर? सुलोचना को भगाने का एक ही रास्ता था कि वह क्या कहना चाहती है, उसे सुना जाये।

"दीदी, आप जानती हैं?" झी आखिरकार बिस्तर से उठ आतीं और बरामदे की कुर्सी पर हाथ में अखबार लिये, पढ़ने का दिखावा करतीं

और सुलोचना उनके पैरों के पास होती। ''वह रीना, उसने अपने पति को लात मारी।''

इससे झी की रुचि जग जाती। ''कौन रीना?'' वह पूछतीं?

''वह बंगाली औरत, दीदी,'' सुलोचना अपनी आँखें मटकाती हुई कहती। ''वह क्रिकेट खेलती है, आप जानती हैं?''

''ओह, हाँ।''

''वह अपने पति को लात मारती है!''

''ओह! तुम कैसे जानती हो?''

''मैं उसकी रसोई में काम कर रही थी, दीदी। वह अपने टू-इन-वन पर संगीत बजा कर नाचने लगी। उसका पति सोफ़े पर बैठा, ख़ुशी से देख रहा था। मैं भी देखने लगी। फिर जब गाना खत्म हुआ, वह गयी और उसने अपने पति को लात मारी।''

''पति को लात मारी? क्यों?''

''मैं नहीं जानती। ऐसे ही। मस्ती के लिए, शायद। उसने कहा कि वह अपने पति को अक्सर लात मारती है।''

''और उसके पति ने कुछ नहीं किया?''

''नहीं, दीदी। वह नामर्द बस ज़मीन पर गिर गया और हँसने लगा।''

''ओह!''

''मैंने उसे कहा, 'रीना, सामी के नाय मारते।' और उसने कहा, 'मैं क्या कर सकती हूँ, मासी? इसमें इतना मज़ा है!' ज़रा देखो दीदी! अगर वह मेरा पति होता, तो मुझे मार-मार कर नीला कर देता।''

यह सही बात थी। दीनानाथ सुलोचना को नियमित रूप से मारता था।

दीनानाथ माथाभाँगी के जन्म के कुछ दिनों बाद ही मोहिनी को घर ले आया। वह एक गोंड थी—ग्वाला जाति की—और दीनानाथ और सुलोचना दोनों से बहुत छोटी थी। मोहिनी पहले देशी शराब की भट्टी चलाती थी, जहाँ दीनानाथ हमेशा शराब पीने जाया करता था। वे प्रेम में पड़ गये, दीनानाथ उसके साथ कुछ समय सोया और फिर उसे अपनी रखैल के तौर पर घर ले आया।

मोहिनी सिर्फ़ यही चाहती थी। वह गरीब घर से थी। अगर वह दारू बेचने का काम करती रहती, तो शायद एक दिन वह अपने शरीर का व्यापार करने को भी मजबूर हो सकती थी। इसलिए इस तरह की परिस्थिति में पड़ने के बजाय जहाँ उसे बहुत पुरुषों के साथ सम्बन्ध रखना होता, उसे लगा कि ऐसे आदमी के साथ रहना बेहतर है जिसके पास कम-से-कम नियमित नौकरी थी। उसके लिए यह मायने नहीं रखता था कि वह पहले से शादीशुदा था, उसकी पत्नी अभी भी ज़िन्दा थी और उसके चार बच्चे थे।

सुलोचना का तो मानो जीवन ही बर्बाद हो गया।

''दीदी, वह औरत चुड़ैल है! एक डायन! एक पेतनी!'' सुलोचना झी से कहती। ''आप जानती हैं, वे अन्दर वाले कमरे में सोते हैं, मैं बाहर सोती हूँ। और पूरी रात उनकी चौकी से आवाज़ें आती रहती हैं, की-की-की और वह मोहिनी आहें भरती रहती है आह-आह-आह। बारभतारी! सिर्फ़ भगवान जाने वह मेरे पति के साथ क्या करती है! मैंने कभी ऐसे आहें नहीं भरीं जब मैं अपने उस निकम्मे पति के साथ सोती थी। और हमारी चौकी भी इतनी आवाज़ें नहीं करती थी।''

किसी दिन सुलोचना मोहिनी पर बहुत ही दयावान रहती। वह झी को कहती, ''दीदी, आप जानती हैं, मोहिनी अपनी माँ के घर से इंग्रेज़ी शराब और चखना लेकर आयी। कितना बढ़िया सूअर का मांस! हम सबने खाया और पीया, दी। मैंने, माथाभाँगी के बाप और मोहिनी ने। मोहिनी कितनी अच्छी औरत है!''

ऐसे भी दिन होते जब दीनानाथ पीकर सुलोचना को बहुत ही निर्दयता से मारता। फिर और शराब पीता और फिर उस नशे को उतारने के लिए उतनी

ही बेरहमी से मोहिनी के शरीर को रौंदता।

अगले दिन सुलोचना झी से कहती, ''वह कुतिया! वह कुक्कुर-मुहि, बारभातारी मोहिनी! वह मेरे पति का लिंग चाहे कितना भी ले, उसे बच्चा नहीं होगा। वह बांझी है! वह वही है। जिस तरह वे दोनों की की की और आह-आह-आह करते हैं, उसे अब तक दस बच्चे हो जाने चाहिए थे। लेकिन नहीं, उसे कोई बच्चा नहीं होगा। सिर्फ़ मैं अपने पति के बच्चों की माँ रहूँगी।''

अगर झी मुझे रसोई के आस-पास छिपे हुए देख लेतीं, वह झपटतीं, ''सुलोचना, चुप्प! बहुत ज़्यादा बोल लिया तुमने। अब कुछ काम कर लो।''

सुलोचना और मोहिनी के बीच के रिश्ते को समझना मुश्किल था। कभी सुलोचना मोहिनी को अपना सबसे बड़ा दुश्मन बताती, और कभी दोनों सबसे अच्छी सहेलियाँ बन जातीं।

मोहिनी, जहाँ रह रही थी लगभग उस घर में अपनी हेय स्थिति समझ गयी थी। वह वहाँ सिर्फ़ दीनानाथ के आनन्द के लिए थी, जबकि सुलोचना हर चीज़ पर नियन्त्रण रखती थी। वह सुलोचना की जगह कभी नहीं ले सकती थी, उसे कभी बच्चा नहीं हो सकता था, और वस्तुतः वह इस भार से दबना भी नहीं चाहती थी। वह सुलोचना की तरह आकर्षक और संभ्रांत नहीं थी। सुलोचना बंगाली घरों में काम करती थी और जिन औरतों के लिए काम करती उन जैसा बोलती और कपड़े पहनती। जब सुलोचना कलफ़ की हुई सूती साड़ी, बिना बाँहों के ब्लाउज़ को पहनकर, बालों में तेल डालकर उन्हें एक सुघड़ जूड़े में बाँधकर शुद्ध बांग्ला बोलती तो कोई नहीं बता सकता था कि वह एक अशिक्षित, घासी औरत थी जो अपना नाम भी नहीं लिख सकती थी। सुलोचना जानती थी कि सबसे अच्छी सब्ज़ियों की खरीदारी कैसे करनी है और कैसे एक बढ़िया भोजन पकाना है। जहाँ तक घर चलाने का सवाल था, मोहिनी उसके बराबर कहीं नहीं थी। इसलिए वह सुलोचना के सामने हमेशा ही बहुत सावधानी से पेश आती।

यह एक असहज व्यवस्था थी, लेकिन यह काम कर रही थी। यह

मामला खत्म नहीं होता अगर दीनानाथ लीवर फेल हो जाने के कारण मर नहीं गया होता।

~

दीनानाथ की मौत के बाद सुलोचना अपने जीवन को अपने नियन्त्रण में लाने के लिए बहुत ही उग्र और पूरी तरह दृढ़ प्रतिज्ञ हो गयी। कोई आश्चर्य नहीं कि वह बहुत ही स्वार्थी और लालची हो गयी। उसने हर जगह भाग-दौड़कर दीनानाथ की पेंशन हर महीने उसे मिले इसका प्रबन्ध किया। यो की सहायता से, उसने स्थानीय बैंक का आवेदन भरा, अपने हस्ताक्षर करना सीखा और अपने लिए एक अकाउंट खोला। घरों में काम कर जो पैसे वह कमा रही थी और जो पेंशन उसे मिल रही थी इससे उसकी चाहत और बढ़ गयी थी। और अगर कुछ ऐसा होता, जिसे वह खरीद नहीं पाती तो चुरा लेती।

जिस टोले में वह रहती, उसके करीब ताँबा फ़ैक्टरी के कर्मचारियों के क्वार्टर थे। एक घर के बगल में जो कि एक बिहारी परिवार को आवंटित था, उसने सहजन का पेड़ देखा जो फलियों से लदा था। उसे पता था कि परिवार उसे एक भी फली नहीं देगा, इसलिए जब कोई देख नहीं रहा होता, वह चुरा लेती। यह एक-दो दिन तक चलता रहा। एक दिन, घर की औरत ने सुलोचना को रंगे-हाथों पकड़ लिया।

"रुको!" वह औरत चिल्लायी। "तो वह तुम हो जो डाँठा चुराती हो? क्या यह तुम्हारे बाप का पेड़ है?"

सुलोचना ने भी अपना प्रहार किया, "तो क्या यह तुम्हारे बाप का पेड़ है? तुम बिहारी! तुम सोचते हो कि यह तुम्हारे बाप की ज़मीन है? यह हमारी ज़मीन है। मत भूलो, तुम लोग यहाँ बाहरी हो। मैं इस धरती की बेटी हूँ और यहाँ के सारे पेड़ हमारे हैं!"

यह कहते हुए वह अपने लूट के सामान के साथ चंपत हो गयी। बिहारी औरत इस निर्लज्जता पर हतप्रभ देखती रह गयी।

जिन घरों में सुलोचना काम करती थी, उनमें सिर्फ़ हमारा ही घर सन्थाल था—वस्तुत:—एकमात्र आदिवासी—घर। बाकी के सभी घर बंगालियों के थे और उन औरतों के लिए काम करके सुलोचना के अन्दर एक श्रेष्ठता की भावना आ गयी थी। हम वही भाषा बोलते थे, अन्य लोगों की तरह इसलिए वह भी यही सोचती थी कि हम भी बंगाली ही थे।

एक बार हम अपने बँगले के पीछे के आँगन की मरम्मत करवा रहे थे। ठेकेदार ने जो मज़दूर भेजे थे, वे सभी पास के गाँव के सन्थाल थे। एक दिन, झी ने सभी मज़दूरों के लिए चाय बनायी, उन्हें स्टील के प्यालों में चाय दी। जब मज़दूरों ने चाय पी ली, तो सुलोचना को उनके प्याले इकट्ठे करके उन्हें धोने के लिए कहा गया। यह सुनकर सुलोचना तो जैसे सन्न रह गयी।

''लेकिन, दीदी,'' उसने झी से कहा, ''वे आदिवासी हैं!''

झी चुप और अवाक् थीं। बाद में जब सुलोचना चली गयी, झी इतना हँसी जितना कि बहुत समय से नहीं हँसी थीं, और हम भी कई दिन तक इस बात पर हँसते रहे।

~

दीनानाथ के मरने के कुछ दिनों बाद मोहिनी बिना किसी को कुछ कहे ही चली गयी। जब करीब एक साल के बाद वह घाटशिला लौटी, सुलोचना उसे पहचान नहीं पा रही थी। वह पहले से मोटी हो गयी थी और महँगी साड़ी और गहने पहन रखे थे और मेकअप भी किया हुआ था।

''मोहिनी, तुम्हें क्या हुआ?''

''मैंने शादी कर ली,'' मोहिनी ने शर्माकर कहा।

सुलोचना के घर से निकलने के बाद, मोहिनी अपने चचेरे भाई-बहनों के पास जमशेदपुर के सोनारी में रहने चली गयी थी। वहाँ उसका परिचय बाबू से हुआ, एक तेलगु पुरुष, जो कि बहुत लम्बे समय से जमशेदपुर में रह रहा था। हर कोई कहता था कि वह एक व्यापारी था।

कोई उसका पूरा नाम नहीं जानता था; हर कोई उसे सिर्फ़ 'बाबू' के नाम से ही बुलाता था। वह खरकाई नदी के दूसरे किनारे पर पड़ोस के सरायकेला-खरसावाँ ज़िले के आदित्यपुर में एक बड़े से घर में रहता था। मोहिनी का एक छोटा चचेरा भाई जिस जिम में काम करता था, वहाँ बाबू के लिए काम करने वाले कई जवान लड़के आते थे। वे रफ़ और टफ लेकिन बहुत ही आकर्षक थे और मोहिनी के भाई के अच्छे दोस्त थे। जब उसका भाई उन लड़कों में से किसी एक के यहाँ होने वाली पूजा के लिए आमन्त्रित हुआ, वह भी साथ चली गयी। उसी पूजा में बाबू की नज़र उस पर पड़ी।

मोहिनी बाबू के घर गयी—घर बहुत बड़ा था! और घर के बाहर, कतार से ट्रक, कार और एस यू वी (SUV) खड़े थे, जो कि बहुत समय तक शायद वहीं खड़े रहते थे। वह आदमी मोहिनी से बहुत बड़ा था—शायद अपनी उम्र के पचासवें या साठवें साल में। वह एक विधुर था, उसके बच्चे या तो शादीशुदा थे या कहीं और रहते थे। बाबू अपने कर्मचारियों के साथ अपने घर में अकेला रहता था—लम्बे, जवान, गठे हुए शरीर वाले आदमी जो उसके एक आदेश पर कूद पड़ते थे। वे पैसे गिनते, एकान्त में वार्तालाप करते; कभी-कभी वह उनके हाथों में बंदूकें देखती; कभी वे एक या दो जवान लड़कियों को बाबू के शयनकक्ष में लाते।

मोहिनी भले ही निरक्षर थी, लेकिन उसने इतनी दुनिया देखी थी कि यह समझ सके कि बाबू सिर्फ़ एक व्यवसायी नहीं था। हालाँकि वह उसे दो चीज़ें दे सकता था जिसकी उसे सबसे ज़्यादा चाहत थी—पैसे और स्थायित्व। इसलिए दो महीने साथ सोने के बाद जब बाबू ने उससे शादी के लिए पूछा, उसने स्वीकार कर लिया।

बाबू सेक्स का व्यसनी था। जवान, बूढ़ी, काली, गोरी कैसी भी औरत हो, उसे बस टाँगों के बीच छिद्र से ही मतलब था। अपनी उम्र और गँजे होते माथे के बाद भी, वह सोचता कि औरतें उस पर मर मिटती हैं। वह चुस्त, चमकदार पतलूनें और रंगीन, छींटदार कमीज़ें पहनता जिनका कॉलर वह खड़ा रखता। वह बड़े आकार का धूप का चश्मा और कलाई घड़ी का प्रदर्शन करता। उसके कपाल पर जितने भी बाल बचे थे, वह उन्हें तेज़ ख़ुशबू

वाले आयुर्वेदिक तेल लगाकर इस तरह कंघी करता कि वह उसके माथे की गंजी पट्टी को ढँक लेते। वह पान मसाला चबाता, सिगरेट पीता और हमेशा पान मसाला और पसीने की गन्ध से महकता रहता। अपनी उम्र के बावजूद बाबू मोहिनी को ढेर सारा आनन्द देता था। लेकिन उसने दूसरी औरतों से मिलना नहीं छोड़ा था। अगर वह मोहिनी के साथ दोपहर में सोता, तो रात में किसी और औरत को अपने शयनकक्ष में ले आता। उस समय मोहिनी का काम था कि वह चुपचाप अपने कमरे में पड़ी रहे, जो कि टेलीविज़न और एयरकंडीशनर से सुसज्जित था। वह जानती थी कि उसे कोई प्रश्न नहीं पूछना था। लेकिन एक दिन, उत्सुकता और जलन के मारे उससे रहा नहीं गया और उसने बाबू से उस औरत के बारे में पूछा जो पिछली रात उसके कमरे में आयी थी और जिसने इतनी पी रखी थी कि मोहिनी के कमरे के आगे ही उल्टी कर दी थी।

''वह कौन थी? इतनी घटिया औरत!'' मोहिनी ने शिकायत की।

बाबू उठा और मोहिनी के बाल पकड़कर खींचते हुए उसके कमरे में ले गया। उसने उसे ज़मीन पर फेंका, नंगा किया और अपनी बेल्ट खोलकर, उससे बहुत पीटा।

''तुम मुझसे सवाल करोगी? तुम जानती हो कि तुम कौन हो? तुम्हारी जैसी औरतें मेरी उँगलियों के इशारे पर नाचती हैं!''

उस रात बाबू किसी और औरत को घर नहीं लाया। वह मोहिनी के कमरे में आया, उसे खाना खिलाया, उसके कपड़े उतारे, उन हिस्सों को छुआ जहाँ उसने मारा था और जब मोहिनी चिहुँकी, उसने उन हिस्सों का चुम्बन लिया और उन्हें चाटा। बाबू के जीभ द्वारा किये गये उपचार से मोहिनी उत्तेजित हो गयी। थोड़ा और उत्तेजित करने के लिए, उसने उसके स्तनों को दबाया और उन्हें चूसा। जल्दी ही मोहिनी तैयार थी। उसने उसके साथ सहवास किया और प्यार से उसके कानों में फुसफुसाया, ''तुम जानती हो, मैं तुम्हें कितना प्यार करता हूँ, मोहिनी, तुम मेरी ज़िन्दगी हो। वे सब रंडी हैं। तुम मेरी पत्नी हो। तुम जानती हो। तुम मुझे ऐसा व्यवहार करने के लिए क्यों मजबूर करती हो? तुम मुझे गुस्सा क्यों दिलाती हो? हम्म...मोहिनी? तुम जानती हो मैं तुम्हारे

बिना नहीं रह सकता।''

बाबू की ज़िन्दगी में मोहिनी की जगह वही थी जो उसकी जगह दीनानाथ की ज़िन्दगी में थी, हालाँकि वह उसकी पत्नी थी। माँग पर सेक्स उपलब्ध कराने के बदले में, उसे खाना, एक साफ़ शौचालय, एयरकंडीशनर की ठंडी हवा, टीवी का मनोरंजन, कपड़े, पैसे, ड्राइवर सहित एक कार यहाँ-वहाँ जाकर सारे पैसे खर्च करने के लिए और पत्नी का दर्जा मिला हुआ था। उसके लिए यह एक बुरा सौदा कतई नहीं था।

और बिलकुल यही बात मोहिनी ने सुलोचना को बतायी, सेक्स, दूसरी औरत, बंदूकों वाले कद्दावर आदमी, सिगरेट, शराब और उल्टी और साथ ही हिंसा को छोड़कर।

सुलोचना प्रभावित थी। मोहिनी के घाटशिला में रुकने के अन्तिम दिन, जब वे दोनों अकेली साथ बैठी हुई थीं, सुलोचना गोइठा चूल्हे पर चाय बना रही थी। मोहिनी सुलोचना के अचार के मर्तबान के सरसों के तेल को हिलाती हुई झाल-मूढ़ी की बाटी में डाल रही थी, अपने चारों ओर देखकर यह तय कर लेने के बाद कि कोई उनकी बातें नहीं सुन रहा, सुलोचना ने कहा, ''मोहिनी, क्या तुम मेरी माथाभाँगी को अपने साथ ले जाओगी? शायद वह वहाँ कुछ सीख ले। शायद वहाँ उसे एक नयी तरह की ज़िन्दगी देखने को मिले। तुम देखो कि यहाँ उसके पास कुछ नहीं। मैं उसे कुछ नहीं दे सकती। शायद तुम्हारा बाबू उसकी ज़िन्दगी बदल दे, उसके लिए एक बढ़िया दूल्हा या कुछ और खोज दे।''

मोहिनी सन्न रह गयी। उसकी उँगलियों से तेल सना चम्मच छूटा और कटोरी में रखी मूढ़ी (मुरमुरा) के बीच जा गिरा। नहीं, नहीं, नहीं। माथाभाँगी? आदित्यपुर में? बाबू के घर में? नहीं, कभी नहीं। क्या होगा अगर वह मेरे राज़ बाबू को बता देगी? और सबसे बुरा, क्या होगा अगर बाबू जवान, खिलती हुई और कुँवारी माथाभाँगी को घर पर रख ले और उसे घर से निकाल दे?

''अरे...मैं माथाभाँगी के लिए क्या कर सकती हूँ, दीदी?''

सुलोचना मोहिनी के सामने पालथी मारकर बैठ गयी और उसका हाथ

पकड़ लिया। ''वह तुम ही हो मोहिनी, जो सब कुछ कर सकती हो। मोहिनी, याद करो, क्या हम बहनों की तरह नहीं रही थीं? तुम माथाभाँगी की मौसी हो। नहीं, नहीं तुम उसकी माँ हो, उसकी दूसरी माँ। अगर तुम माथाभाँगी की मदद नहीं करोगी, तो कौन करेगा?''

जैसे-जैसे चाय चूल्हे पर उबल रही थी, जिद्दी सुलोचना ने मोहिनी से यह वादा ले लिया कि वह माथाभाँगी को अपने साथ आदित्यपुर ले जायेगी।

~

आदित्यपुर में, मोहिनी ने माथाभाँगी का परिचय 'घाटशिला में रहने वाली अपनी बड़ी बहन की बेटी' के रूप में कराया। मोहिनी चालाक औरत थी, उसने बाबू को अपने अतीत के बारे में कुछ नहीं बताया था। वह जानता था कि मोहिनी की एक विधवा बहन सुलोचना है, लेकिन इससे ज़्यादा कुछ नहीं।

घाटशिला में, सुलोचना अपनी ख़ुशी छिपाने में असमर्थ थी। जैसे ही मोहिनी और माथाभाँगी सुबह-सवेरे स्टेशन की ओर रवाना हुईं, वह दौड़ती हुई हमारे घर आयी।

''दीदी, दीदी!''

झी उस समय चाय बना रही थीं।

''आप जानती हैं, दीदी,'' सुलोचना बोलने लगी जब झी सुलोचना के लिए तय प्याले में चाय निकाल रही थीं। ''मैंने माथाभाँगी को मोहिनी के साथ आदित्यपुर में बाबू के घर रहने भेज दिया। वह कितनी ख़ुश होगी!''

अचम्भित झी के हाथ से सॉसपैन गिर गया। स्टील का प्याला आवाज़ करता रसोई के फ़र्श पर गिरा।

''क्या हुआ, दीदी?'' सुलोचना उनके पास दौड़ी आयी। ''क्या आपको चोट लगी? आपको सावधान रहना चाहिए?''

''सावधान?'' झी गुस्से में सुलोचना की ओर पलटीं। ''तुम मुझे

सावधान रहने के लिए कह रही हो, तुम मूर्ख औरत? तुम्हें सावधान रहना चाहिए था, बोका-चोदी!''

''दी-दी!'' सुलोचना ने आश्चर्य से झी को घूरा।

''क्या तुम्हारा दिमाग खराब हो गया है?'' झी ने एक लम्बी साँस लेते हुए कहा और सुलोचना पर फुफकारीं।

''दीदी, मैंने सोचा—''

''सुलोचना, सुनो।'' झी ने ख़ुद को शान्त किया, प्याला उठाया और उसे चबूतरे पर रखते हुए सुलोचना की ओर घूमीं, ''तुम इस आदमी को जानती हो? इस बाबू को?''

सुलोचना ने इनकार में सिर हिलाया।

''यह मोहिनी, जो सिर्फ़ तुम्हारी सौतिन थी और तुम्हारे पति के मरते ही चली गयी, और आगे बढ़ते हुए किसी अमीर आदमी से शादी कर ली, जिससे वह कहीं मिली थी। तुम कैसे कर सकीं ऐसा, तुम कैसे अपनी जवान बेटी को ऐसी औरत के साथ भेज सकती हो, जो कि एक अजनबी जगह पर एक अजनबी आदमी के साथ रहती है?''

बहुत देर तक सुलोचना कुछ बोल नहीं सकी। झी उसे गुस्से से घूरती रहीं।

''दीदी,'' अन्ततः—वह बिना झी से आँखें मिलाये बोली, ''मुझे लगा माथाभाँगी वहाँ ख़ुश रहेगी। उसके पास खाने को अच्छा भोजन और पहनने को अच्छे कपड़े होंगे। उसके दोनों भाई शादीशुदा हैं। वे उसकी देखभाल नहीं करेंगे। मेरे पास कुछ नहीं है। मैं उसे क्या देती? इसलिए मैंने—''

झी ने आह भरी। ''सुलोचना, तुम अपनी बेटी को और क्या देना चाहती हो? क्या तुम उसे पर्याप्त भोजन, पर्याप्त कपड़े नहीं दे रही थीं? क्या वह यहाँ ख़ुश नहीं थी? तुम्हारे अपने घर में, अपने पिता के घर में? तुम जानती हो मोहिनी किस तरह की औरत है? नहीं जानतीं क्या? तुमने ख़ुद मुझे बताया था कि उसने तुम्हारे पति के साथ क्या किया। और तुम सोचती हो तुम इस औरत पर अपनी बेटी के लिए विश्वास कर सकती हो?''

सुलोचना धीरे से ज़मीन पर बैठ गयी, अपने ख़यालों में खोयी हुई। बहुत देर तक उसने कुछ नहीं कहा। झी ने चाय का बर्तन साफ़ किया और फिर से चाय बनाने के लिए पानी उबालने लगीं।

"उसका जो भी भाग्य हो," सुलोचना ने धीरे से कहा। "मैं बस चाहती हूँ कि वह दुनिया देखे, नयी चीज़ें सीखे। भोगोबान ने उसके लिए जो तय किया होगा, उससे कौन मुकर सकता है?"

झी ने पराजय की मुद्रा में सिर हिलाया। "ठीक है। अब उठो और अपना प्याला धोओ। थोड़ी चाय पियो, दो पराँठे खाओ। फिर हम काम शुरू करेंगे। मुझे पूरी आशा है कि तुम्हें नये पाठ सीखने को मिलेंगे।"

शाम को झी ने यह कहानी यो को सुनायी।

"उस औरत को कभी कोई सलाह मत दो," यो ने गुस्से से कहा। "मैं इस सुलोचना को बहुत अच्छी तरह जानती हूँ। वह इतनी लालची है, इतनी विवेकहीन कि ख़ुद को बेच दे। क्या तुमने उसका घमंड नहीं देखा? जिस तरह वह आदिवासियों के बारे में बातें कर रही थी! और यहाँ तक कि अपनी जाति के लोगों के बारे में भी! वह ख़ुद को बंगाली समझती है। वह सोचती है कि वह सबसे तेज़ है। तुम सोचोगी कि जिस तरह से उसका एक दुःखी बचपन बीता है, उसने दयालुता और विवेकशील व्यवहार के बारे में उससे कुछ सीख ली होगी। लेकिन नहीं। जब तक उसे एक कड़ी ठोकर नहीं मिलेगी, वह कभी नहीं सीखेगी। उसे भेजने दो अपने बच्चों को वह जिन भी जगहों पर भेजना चाहती है। यह उसकी अपनी ज़िन्दगी है। उसे कुछ भी विवेक की बातें बताना बेकार है। उसके सामने फिर कभी मोहिनी या माथाभाँगी की चर्चा मत करना।"

बात यहीं ख़त्म हुई। झी ने उसके बाद उससे माथाभाँगी के बारे नहीं पूछा। लेकिन उसने यह ज़रूर गौर किया कि सुलोचना जो कभी भी बोलना बन्द नहीं करती थी—अब अपने ही ख़यालों में खोयी रहती थी।

आदित्यपुर में, बाबू ने मोहिनी और माथाभाँगी का स्वादिष्ट भोजन और सुन्दर कपड़ों के साथ स्वागत किया। वह उन्हें अपनी कार में जमशेदपुर दिखाने लगा। वे जुबिली पार्क गये, पायल टॉकीज में फ़िल्म देखी, बिस्तुपुर में डोसा और स्ट्रीट फूड खाया। माथाभाँगी बहुत ख़ुश थी। बस चार दिनों में ही वह एयरकंडीशनर और टेलीविज़न चलाना सीख गयी थी। मोहिनी ने भी राहत की साँस ली। उसने देखा कि माथाभाँगी ने अपनी माँ और परिवार के बारे में बाबू के सामने कोई चर्चा नहीं की। यहाँ तक कि बाबू भी मोहिनी की 'बड़ी बहन' के बारे में जानने के लिए बिलकुल उत्सुक नहीं था। वह बस माथाभाँगी का मनोरंजन करने के लिए उत्सुक दिखता था।

''मासी, क्या आप मुझे वह घाघरा-चुनरी खरीद देंगी, जो हमने उस दुकान पर देखी है?'' एक बार बाहर घूमने जाने पर माथाभाँगी ने मोहिनी से कहा।

''ज़रूर,'' बाबू ने कहा। ''क्यों नहीं?''

पाँचवें दिन बाबू माथाभाँगी के लिए घाघरा-चुनरी लाया। वह सीधा माथाभाँगी के कमरे में गया और अन्दर से कुंडी लगा ली।

''तुम्हारी घाघरा-चुनरी, प्यारी लड़की,'' वह माथाभाँगी के बिस्तर पर बैठ गया और गाल सहलाने लगा।

माथाभाँगी की ख़ुशी सतर्कता में बदल गयी। वह एक शब्द भी नहीं बोल पायी।

''यहाँ आओ, इसे पहनो,'' बाबू ने आदेश दिया, शराब और काम वासना से झूमते हुए।

माथाभाँगी जम गयी थी।

''हाँ, इसे पहनो,'' बाबू ने दबाव डाला। ''यह सलवार-कमीज़ उतारो,'' उसने माथाभाँगी का दुपट्टा खींचा। ''तुमने ये क्या पुराने कपड़े पहन रखे हैं! मैं तुम्हें नयी पोशाक में देखना चाहता हूँ।''

माथाभाँगी इतनी डरी हुई थी कि उसने कुछ प्रतिरोध नहीं किया, वह अपना एक बाजू भी नहीं हिला सकी। बाबू ने अपना हाथ उसकी कमीज़ के

अन्दर घुसाया और उसके उभरते स्तनों को दबाया। फिर उसने उसकी सलवार का नाड़ा खींच लिया और उसे नीचे कर दिया। माथाभाँगी कमर के नीचे नंगी थी। फिर उसने अपनी शर्ट उतारी और उस भयभीत किशोरी के सामने नंगा सीना लिये खड़ा हो गया।

''आओ, मेरे पास आओ।'' उसने उसके होंठों पर चुम्बन लिया, अपना चेहरा उसके चेहरे से रगड़ा, उसकी नाक को सूँघा। माथाभाँगी की आँखें भय और असहायता के आँसुओं से छलक पड़ीं।

''क्या हुआ?'' उसने उसकी योनि को रगड़ते हुए पूछा। ''तुम क्यों रो रही हो? मेरी लड़की, मैं तुम्हें प्यार करता हूँ। देखो मैं तुम्हारे लिए कितनी सुन्दर पोशाक लाया हूँ, घाघरा-चुनरी। तुम यह चाहती थीं न, नहीं चाहती थीं क्या?'' फिर उसने माथाभाँगी को बिस्तर पर लिटा दिया और उसकी कमीज़ का किनारा उठा दिया। अब वह पूरी तरह निर्वस्त्र थी। अब उसने अपनी पैंट उतारी और उसके ऊपर चढ़ गया।

माथाभाँगी के पास जितना भी साहस और ताकत थी, उसे बटोर कर वह चिल्लायी, ''मा! मासी!''

''क्या मा मासी?'' बाबू हँसा और माथाभाँगी का बायाँ हाथ अपने खड़े हुए लिंग पर रखा। ''साली भोंसड़ी! मैं तुम्हें इस घर में क्यों रख रहा हूँ? मैं क्यों तुम्हें खिला रहा हूँ, चीज़ें खरीद कर दे रहा हूँ? और सबसे बड़ी बात तुम्हारी माँ ने तुम्हें यहाँ भेजा ही क्यों है? मुफ़्त के भोजन के लिए?''

माथाभाँगी की आँखें अब अबाध गति से बहने लगी थीं। लेकिन उसकी आवाज़ अब भी उसके गले में अटकी हुई थी।

''इसे पकड़ो, ठीक से,'' बाबू ने माथाभाँगी का हाथ अपने लिंग पर कसा। ''क्या तुमने ऐसा कुछ देखा है? क्या ये अच्छा नहीं है? तुम्हारी मौसी इसे बहुत प्यार करती है। तुम भी इसे प्यार करोगी।'' उसने उसके होंठों पर फिर से चुम्बन लिया।

उसी क्षण दरवाज़े पर बहुत तेज़ दस्तक हुई।

"प्लीज़, उसे कुछ मत करना, प्लीज़!"

वह मोहिनी थी। उसे किसी तरह गन्ध लग गयी थी कि बाबू क्या करने वाला है।

"प्लीज़, बाबू-जी, प्लीज़। उसे छोड़ दो। उस लड़की को छोड़ दो। वह बस एक बच्ची है। उसकी माँ ने मुझ पर बहुत भरोसा कर यहाँ भेजा है। प्लीज़, उसे छोड़ दो।"

बाबू ने कोई ध्यान नहीं दिया। वह माथाभाँगी के होंठ चूसता रहा।

"बाबू-जी, उस लड़की को छोड़ दो! तुम्हें जो भी लड़की पसन्द होगी मैं लाऊँगी तुम्हारे लिए। मैं तुम्हारे लिए कुछ भी करूँगी। तुम जो भी कहोगे। कृपया, उस लड़की को छोड़ दो।"

बाबू माथाभाँगी की योनि को थपथपा रहा था और उसके ऊपर उगे बालों से खेल रहा था जब उसने अपनी जाँघों को एक साथ समेट लेने की कोशिश की।

"रंडी!" बाबू गुस्से से फुफकारा। "अपनी जाँघें खोलो, मादरचोद! उसे फैलाओ!" उसने ज़बर्दस्ती उसकी जाँघें खोल दीं और उसकी योनि में उँगली करने लगा। "मैं जानता हूँ, तुम्हें कैसे तैयार करना है, मादरचोद!"

इस हद तक आकर माथाभाँगी का सब्र टूट गया। "मासी!" वह चीखी। और डर से उसका अपने मूत्राशय से नियन्त्रण हट गया और बाबू के पूरे हाथ पर उसने मूत्र विसर्जित कर दिया।

"मादरचोद!" बाबू गुस्से से चीखा जैसे ही माथाभाँगी का गर्म मूत्र उसकी त्वचा पर उछला। "मेरा मूड चौपट कर दिया!" उसने माथाभाँगी के चेहरे पर एक ज़ोर का थप्पड़ मारा। उसका माथा एक ओर झटक गया और वह सुबक-सुबक कर रोने लगी।

बाबू ने दरवाज़ा खोल दिया। माथाभाँगी पागल औरत की तरह खड़ी थी। उसके बाल बिखरे हुए थे। उसका चेहरा आँसुओं से धुला हुआ था। बाबू बाहर निकल गया। कुछ ही क्षणों बाद, यह महसूस कर कि वह नंगा है, वह

माथाभाँगी के कमरे में गया, उसका दुपट्टा लेकर उसे अपनी कमर पर बाँधा और फिर बाहर निकल गया। इस समय तक, मोहिनी ने माथाभाँगी के काँपते शरीर को अपनी बाँहों में ले लिया था।

"इसे ले जाओ! मैं इसे अपने घर में नहीं चाहता! इसे ले जाओ, नहीं तो मैं इसे बाज़ार में बेच दूँगा और इसे हर दिन रौंदवाऊँगा!" बाबू कमरे से बाहर निकलते हुए चीखा।

अगले दिन सुबह ही, मोहिनी माथाभाँगी को खींचते हुए टाटानगर रेलवे स्टेशन ले गयी, घाटशिला के लिए एक पैसेंजर ट्रेन ली और प्रताड़ित लड़की को घर ले गयी।

"मोहिनी, चली जाओ," सुलोचना ने मोहिनी से कहा, जब उसने बुरी तरह रोते हुए उसे सारी कहानी सुनायी। "इससे पहले कि मैं तुम्हारा गला अपने हसिए से काट दूँ, यहाँ से चली जाओ!"

यह अन्तिम बार था, जब सुलोचना ने मोहिनी को देखा—फिर छह साल बाद इन दोनों दुश्मनों का आमना-सामना हुआ।

"दीदी, आप सही थीं," सुलोचना उस दिन झी के सामने बुरी तरह रोयी। "मुझे मोहिनी पर कभी विश्वास नहीं करना चाहिए था। उसने मेरी ज़िन्दगी और मेरे पति के साथ जो किया, उसके बाद तो कभी नहीं, मैं कैसे उस पर माथाभाँगी के लिए भरोसा कर सकी।"

"सुलोचना, रोना बन्द करो। तुम्हारी माथाभाँगी को कुछ नहीं हुआ है, सही है न? वह बिलकुल ठीक है, नहीं है क्या? उस बाबू ने बस उसके साथ ज़बर्दस्ती की। उसने वास्तव में कुछ नहीं किया। किया है क्या?"

"मुझे यह कैसे पता चलेगा, दीदी?" सुलोचना फिर से आँसुओं में डूब गयी। "मोहिनी ने कहा कि कुछ नहीं हुआ। लेकिन मुझे कैसे पता चलेगा कि वह सच बोल रही थी?"

''तुमने माथाभाँगी से नहीं पूछा?'' झी चिढ़ने लगी थीं। ''तुम्हें सारी दुनिया से पूछने की ज़रूरत क्या है, जब तुम अपनी ख़ुद की बेटी से उत्तर पा सकती हो?''

''माथाभाँगी क्या जानेगी, दीदी? वह इतनी मूर्ख लड़की है!''

''माथाभाँगी मूर्ख नहीं, तुम मूर्ख हो! वह तो बस एक बच्ची है। तुम उसकी माँ हो, तुमने उसे उस भँवर में धकेला, और तब भी उसे ही मूर्ख बुलाने की हिम्मत कर रही हो? तुम मूर्ख हो! इस दुनिया की सबसे मूर्ख औरत!''

सुलोचना झी के गुस्से से भरे चेहरे को कुछ क्षणों तक देखती रही। और वह एक बार फिर फूट-फूट कर रो पड़ी।

''हाँ, दीदी। आप सही हैं। मैं मूर्ख हूँ। इस दुनिया की सबसे मूर्ख औरत। मैं नहीं जानती अब मेरी बेटी का क्या होगा। कौन उससे शादी करेगा? उसकी ज़िन्दगी तबाह हो गयी।''

उस दिन के बाद से सुलोचना उस घटना से हर क्षण प्रभावित दिखी। वह ख़ुद ही बड़बड़ाती रहती—''उस बाबू ने मेरी बेटी को बेहुज्जत किया। और वह मोहिनी। वे मेरे दुश्मन हैं,'' कभी वह रो पड़ती—''मेरी माथाभाँगी! अब उसका क्या होगा?''

यद्यपि समय ने सुलोचना के घायल विश्वास को जोड़ने में कोई मदद नहीं की, इसने माथाभाँगी को एक सुन्दर लड़की में बदल दिया। बाबू के साथ हुई घटना के कुछ सालों बाद ही वह बिलकुल अलग शख़्सियत बन गयी। उसका शरीर और दिमाग दोनों बदल गये। वह सम्भावनाओं से लबालब थी और उसे प्यार हो गया।

सीतामाता के पति का एक छोटा भाई था। उसका नाम चुन्नू था। वह माथाभाँगी का हमउम्र था। पेशे से ड्राइवर था। और ट्रक और वैन चलाता था। जिस वजह से वह जगह-जगह घूम चुका था। और इन यात्राओं से वह एक हृष्ट-पुष्ट नौजवान बन गया था। माथाभाँगी अपनी बड़ी बहन के यहाँ कई बार गयी थी। उसी दौरान चुन्नू और वह एक-दूसरे के प्रेम में पड़ गये थे।

हर कोई उनके प्रेम के बारे में जान चुका था, लेकिन सुलोचना अपने जुनून में इतनी अंधी हो चुकी थी कि उसने ठीक अपनी नाक के नीचे जलती अनुराग की लौ नहीं देखी।

एक सुबह माथाभाँगी ने सुलोचना से अपनी सहेलियों के साथ जादूगोड़ा के रंकिनी मन्दिर जाने की अनुमति माँगी। सुलोचना ने उसे जल्दी आने की हिदायत देते हुए जाने की अनुमति दे दी।

"मत घबरायें, माँ," माथाभाँगी ने मज़ाक में कहा। "मेरे साथ कोई मेरा ध्यान रखने वाला है।"

सुलोचना नहीं समझ सकी कि वह क्या कह रही थी।

उस दोपहर, जब माथाभाँगी मन्दिर से लौटी, वह अकेली नहीं थी; वह चुन्नू को अपने साथ लायी थी। उसने सफ़ेद कुर्ता-पाजामा पहन रखा था, जबकि माथाभाँगी ने एक चमकदार साड़ी और कुछ गहने पहन रखे थे। उन दोनों ने गेंदे की फूलमालाएँ पहन रखी थीं और उनके कपड़ों और माथे पर गेंदे के फूल की पंख़ुड़ियाँ थीं। चुन्नू के माथे पर लम्बा सिन्दूर का टीका था। माथाभाँगी की माँग में चमकदार लाल सिन्दूर की रेखा थी। वे दोनों ख़ुशी से चमक रहे थे। वे सुलोचना के पैरों पर साथ ही झुके।

"माँ, हमें आशीर्वाद दो," माथाभाँगी ने उत्साह से कहा। "हमने शादी कर ली है।"

सुलोचना ने बहुत ही बेमन के साथ नये जोड़े को आशीर्वाद दिया।

अगले दिन सुलोचना झी से लिपट कर बेतहाशा सुबकने लगी। "दीदी, मैं मर गयी हूँ!" वह लगातार यही बात दोहराती रही।

"मेरी बेटी," उसने कहा, "मेरी बेटी ने उस निकम्मे चुन्नू से शादी कर ली।"

"सुलोचना, मुझे लगता है यह बिलकुल सही है।" झी को नहीं समझ आ रहा था कि और क्या कहना चाहिए। "चुन्नू और माथाभाँगी एक-दूसरे को पसन्द करते हैं। और कम-से-कम, उस लड़के के पास एक नौकरी है।

वह अपने दोस्तों और चचेरे भाइयों की तरह घर पर बेकार नहीं बैठा। वह तुम्हारी बेटी का बहुत अच्छी तरह ध्यान रखेगा।''

सुलोचना रुष्ट दिख रही थी। ''लेकिन, दीदी, वह उन सभी लड़कियों के साथ जाया करता था। आवारा ड्राइवर! वह और क्या जानेगा?''

झी के पास अब कहने के लिए कुछ नहीं बचा था। उन सभी सालों में जब से सुलोचना हमारे घर में काम कर रही थी, झी का आधा समय—जिसे झी बर्बाद बोलना पसन्द करती थीं—सुलोचना की दु:ख भरी कहानियाँ सुनते और उसकी परामर्शदात्री के रूप में बीता था।

''सुलोचना, हमें आज कमरों की छतें साफ़ करनी हैं। एक लम्बा झाड़ू ले आना,'' झी ने कहा और गायब हो गयीं।

हमारे बँगले में दो आउटहाउस थे। एक हमने करवा दम्पति को दे रखा था। करवा मेहतर समुदाय के हरिजन हैं। पारम्परिक रूप से मेहतर सफ़ाईकर्मी का काम करते हैं। करवा औरत ताँबा फ़ैक्टरी द्वारा चलाये जा रहे अस्पताल में काम करने वाले सफ़ाई कर्मचारी की लड़की थी, जहाँ यो डॉक्टर थीं। करवा औरत का पति उड़ीसा के एक शान्त, छोटे शहर रायरंगपुर का रहने वाला था। इसलिए जब वह घाटशिला की हरिजन बस्ती में रहने आया, जहाँ उसके ससुराल के लोग रहते थे, उसे उस बस्ती का शोर, म्यूजिक सिस्टम और टेलीविज़न पर लगातार चलने वाला संगीत, लापरवाह गप्पबाज़ी और युवाओं का उद्दंड व्यवहार झेलना बहुत मुश्किल हो गया, तब उसने अपने ससुर को अपने परिवार के लिए हरिजन बस्ती से दूर एक शान्त घर का इन्तज़ाम करने को कहा।

उसके ससुर ने, जो यो का एक विश्वासपात्र था, उनसे पूछा, और यो, जो परिवार को बहुत अच्छी तरह जानती थीं, इसके लिए सहर्ष तैयार हो गयीं।

करवा पुरुष हमारे बाग की देखरेख और घर के अन्य छोटे-मोटे काम

करता। उसकी पत्नी हमारे घर में काम करती जब भी सुलोचना छुट्टी लेती।

माथाभाँगी के गायब हो जाने के कुछ महीनों बाद, सुलोचना झी के पास रोते हुए आयी, ''सभी पुरुष एक जैसे होते हैं। बेकार। मेरे बेटों को देखो। वे कहते हैं कि वे मुझे उस घर में नहीं रख सकते। अपने पिता के घर में।'' झी और यो के पास वास्तव में कोई विकल्प नहीं बचा था। सुलोचना ने हमारे लिए इतने साल काम किया था कि हमें उसकी मदद करनी ही थी। यो ने सुलोचना को दूसरे आउटहाउस में रहने की अनुमति दे दी।

जैसे ही उसने ख़ुद को नये क्वार्टर में स्थापित किया, सुलोचना ने झी से कहा, ''दीदी, मैं कितनी ख़ुश हूँ कि मैं आप लोगों के साथ रहने आ गयी। अब मैं आपके साथ ज़्यादा समय बिता सकती हूँ।'' झी सिल-लोढ़े पर अदरक पीस रही थीं। और गुस्से में वह उस भारी लोढ़े को सुलोचना के सिर पर मार सकती थीं, उन्होंने किसी तरह ख़ुद पर नियन्त्रण रखा। उन्हें वास्तव में सुलोचना की ज़रूरत थी।

कुछ दिनों बाद जब एक दिन सुलोचना चली गयी, करवा औरत ने झी से कहा—''दीदी, एक अजीब औरत काकी के साथ रहने आयी है।''

इधर कुछ दिनों से सुलोचना बहुत रहस्यमयी हो गयी थी। वह ज़्यादा बात नहीं करती थी और जैसे ही उसका काम ख़त्म होता, वह आउटहाउस की ओर भाग लेती। झी को पहले से ही सन्देह हो रहा था।

''कैसी औरत?'' झी ने पूछा। ''वह कैसी दिखती है?''

''वह काली है, दीदी। और उसने जो साड़ी पहन रखी थी वह महँगी दिख रही थी। जब वह पहले आयी तो वह हमारे घर आकर पूछ रही थी कि सुलोचना का घर कौन-सा है। अब जब वह काकी के साथ रहने लगी है, वह शायद ही कभी बाहर आती है। वह सारा समय अन्दर रहती है।''

झी समझ गयीं।

''तुम जाओ,'' उन्होंने करवा औरत से कहा। ''मैं सुलोचना से बात करूँगी।''

अगली सुबह, जब सुलोचना काम पर आयी, झी ने उससे पूछा—"सुलोचना, मैंने सुना है कि तुमने अपने घर में एक चोर को घुसा रखा है। वह कौन है?"

सुलोचना जम गयी। "दीदी, आप जानती हैं?"

"हाँ, मैं जानती हूँ। मुझे बताओ कि मोहिनी यहाँ क्या कर रही है?"

"दीदी, शश...शश...इतनी ज़ोर से नहीं! लोग सुन लेंगे।"

"क्यों ज़ोर से नहीं? तुम सोचती हो कि तुम हमारे साथ चालाकी कर सकती हो? मुझे बताओ, मोहिनी तुम्हारे घर में क्या काम कर रही है?"

जो बात सुलोचना ने बतायी, सुनकर झी हतप्रभ रह गयीं।

मोहिनी की बाबू के साथ लड़ाई हो गयी थी। सुलोचना सारी बात नहीं जानती थी—चालाक मोहिनी ने उसे वह सब कुछ नहीं बताया। जो मोहिनी ने सुलोचना को बताया, वह यह कि उसके पास तीस हज़ार रुपये हैं जो उसने बाबू की तिजोरी से चुराये हैं। वे तीस हज़ार रुपये इस समय उसका सबसे कीमती खज़ाना थे और वह घाटशिला आयी थी, सुलोचना के पास, ख़ुद को और पैसों को सुरक्षित रखने। उसने सुलोचना को एक हिस्सा देने का वादा किया था। और सुलोचना—लालची, मूर्ख औरत!—ने मोहिनी द्वारा दिये गये सभी अपमान और दुःख को भुला कर उसे आश्रय दे दिया।

"सुलोचना, तुम कब सीखोगी?" झी बिलकुल हताश थीं।

"क्यों? क्या हुआ, दीदी?" सुलोचना यह पूछने की धृष्टता कर रही थी।

"क्या हुआ? उस औरत ने तुम्हारी बेटी की ज़िन्दगी लगभग खतरे में डाल दी और तुम पूछ रही हो कि क्या हुआ? क्या तुम सब भूल गयीं? जो छह साल पहले हुआ था?"

सुलोचना थोड़े समय तक के लिए शान्त रही और फिर सावधानी से कहा, "दीदी, मैं किसके लिए जियूँगी? मेरी लड़की ने, मुझे छोड़ दिया और चली गयी। मेरे बेटे मेरी परवाह नहीं करते। इसलिए, मैं आपके घर में रहने

आयी। मेरी ज़िन्दगी में अब क्या बचा है? अगर मोहिनी मेरी ज़िन्दगी में कुछ आशा देती है—''

''सुलोचना, सुबर्ण रेखा में कूद जाओ और ख़ुद को डुबो दो!'' झी उस पर झपटीं। ''तुम्हारे जैसे लोग जीने के अधिकारी नहीं। अपनी बेटी के बारे में तुम ऐसी बातें करती हो! तुम्हारी बेटी ने तुम्हें नहीं छोड़ा, उसने उस लड़के से शादी की, जिससे वह प्यार करती थी। वह अपने ससुरालवालों के साथ रहती है। मुझे बताओ, क्या तुम उसके बारे में चिंतित नहीं थीं कि उस घटना के बाद माथाभाँगी से शादी कौन करेगा? और मोहिनी? वह अचानक से सहेली बन गयी! वह कुछ पैसे लाती है और तुम भूल जाती हो कि तुम्हारी बेटी के साथ उसने क्या किया। तुम किस तरह की इन्सान हो?''

''दीदी, मैंने क्या किया—''

''चुप रहो! जिस आउटहाउस में तुम रह रही हो और जहाँ तुमने मोहिनी को छुपाया है, वह तुम्हारी सम्पत्ति नहीं। अगर वहाँ कुछ गलत हुआ, अगर बाबू आता है और कुछ करता है तो याद रखना, हम पुलिस में रिपोर्ट करेंगे? यह घाटशिला है, आदित्यपुर नहीं।''

सुलोचना अगले दिन काम पर नहीं आयी। जब झी आउटहाउस में उसे बुलाने गयीं, उन्हें दरवाज़ा बाहर से बन्द मिला। इसलिए उन्होंने करवा औरत को घर के काम करने के लिए बुलाया।

''दीदी, आप जानती हैं,'' करवा औरत ने फ़र्श पोंछते हुए कहा, ''कल कार से एक आदमी आया था।''

झी के कान खड़े हो गये। ''कौन-सा आदमी?'' उन्होंने पूछा।

''मैं नहीं जानती हूँ, दीदी। लेकिन वह काला और विशाल था। वह काकी के बारे में पूछ रहा था। उसने पूछा, 'सुलोचना-जी कहाँ रहती हैं?'''

''सुलोचना-जी!'' झी ने मज़ाक उड़ाया। ''मैं जानती हूँ कि वह कौन आदमी है। वह उस मोहिनी का पति है। तुम मोहिनी को जानती हो? वह औरत जो सुलोचना के साथ रह रही थी। उसकी सौतिन! उसने उस जानवर

के साथ शादी कर ली। वह आदमी अपराधी है! और यह सुलोचना मूर्ख है!''

''दीदी, मैं बहुत डरी हुई थी।'' वह करवा औरत खड़ी हो गयी। ''मैं नहीं जानती थी कि मुझे क्या कहना चाहिए था। मैंने सिर्फ़ इतना कहा कि मैं नहीं जानती कि काकी कहाँ है।''

''डरो मत,'' झी ने गुस्से से कहा। ''वह एक बुरा आदमी है। उसे कोड़े पड़ने चाहिए। या उससे भी ज़्यादा उसका लिंग काट लिया जाना चाहिए। अगर कुछ होता है तो सिर्फ़ आवाज़ देकर हमें बुलाना। हम उस आदमी को ज़िन्दा नहीं छोड़ेंगे।''

उस शाम, झी ने यो को बाबू के आने के बारे में बताया। यो बहुत गुस्से में थीं। ''यह सुलोचना इतनी मूर्ख है!'' यो ने कहा, ''अगर हमारे आउटहाउस में कुछ हुआ, तो मैं सुलोचना, या मोहिनी या उसके पति को शान्ति से रहने नहीं दूँगी।''

अगले दिन भी सुलोचना काम पर नहीं आयी। करवा औरत ने बताया कि आउटहाउस में ताला लगा हुआ था। सारा दिन, झी और करवा औरत ने बारी-बारी से देखा कि सुलोचना के क्वार्टर में कोई कार तो नहीं आयी। दिक्कत यह थी कि करवा औरत अलग-अलग कारों के बीच अन्तर नहीं बता पाती थी।

उस शाम झी ने आउटहाउस के नज़दीक एक कार को पार्क होते देखा, लेकिन अँधेरा था और कार इस तरह पार्क की हुई थी कि कुछ भी दिखाई नहीं दे रहा था। झी ने सुलोचना के आउटहाउस में प्रकाश भी देखा। उन्होंने यो को बुलाया।

''रुको,'' यो ने कहा। ''चलो देखते हैं कि ये क्या करने वाले हैं। अगर कोई शरारत करेंगे तो वे भुगतेंगे।''

हमारी आशा के विपरीत, कुछ भी गलत नहीं हुआ।

अगली सुबह, ठीक छह बजे, जब झी रसोई साफ़ कर रही थीं, सुलोचना ख़ूब ख़ुश होती हुई आयी।

"सुलोचना?" झी ने पूछा। "तुम इन दो दिनों में कहाँ थीं?"

"दीदी, दीदी," सुलोचना ख़ुशी और उत्तेजना से हाँफ रही थी। "आपको पता है क्या हुआ?"

"क्या?" झी ने बिलकुल रुचि नहीं होने का दिखावा किया, लेकिन वह उत्सुक थीं।

"मोहिनी और बाबू में सुलह हो गयी।"

"क्या?"

सुलोचना और मोहिनी जानती थीं कि बाबू उनका पीछा कर रहा था। करवा औरत ने उन्हें बाबू के आने के बारे में बताया था। इसलिए मोहिनी ने तीस हज़ार रुपये एक साधारण दिखते किराने का सामान लाने वाले झोले में रखे, सुलोचना ने अपने कमरे में ताला जड़ा और वे पूरे घाटशिला में घूमती रहीं, शहर के एक कोने से दूसरे कोने में भटकती रहीं और बाबू से ख़ुद को छिपाती रहीं। लेकिन बाबू चालाक था। उसने उन्हें खोज लिया, उन्हें अपनी कार में बैठाया और सुलोचना के क्वार्टर पर उन्हें लेकर आया।

"मोहिनी, तुम जानती हो कि मैं तुम्हारे बिना नहीं रह सकता। तुमने मुझे क्यों छोड़ दिया?" उसने मोहिनी से कहा। इस तरह की प्यार की कुछ और मीठी घोषणाओं के बाद, मोहिनी फिर से बाबू की हो गयी।

"यह पहली बार है कि मैं सुलोचना-जी से मिल रहा हूँ," उसने मोहिनी से कहा। "सुलोचना-जी, आप बहुत सुन्दर हैं," उसने उसे कहा। फिर वह मोहिनी की ओर मुड़ा और कहा, "तुम्हें अपनी बड़ी बहन से कुछ सीखना चाहिए।" इस बात से सुलोचना भी उसके आकर्षण में पड़ गयी।

"चलिये, इस मौके का जश्न मनाते हैं," बाबू ने प्रस्ताव रखा। वे बाज़ार गये, मटन, बैगपाइपर व्हिस्की की बोतल, और ठंडा सोडा खरीदा। सुलोचना

ने कहा कि उसके पास शराब पीने के लिए बढ़िया गिलास नहीं हैं। इसलिए बाबू ने महँगे गिलास का एक सेट खरीदा। "यह आपके लिए है, सुलोचना-जी, आपके खास मौकों के लिए।"

मोहिनी ने मटन और चावल पकाया, उन तीनों ने खाया और पिया। सुलोचना अपने आउटहाउस के बरामदे में चटाई पर सोयी, जबकि मोहिनी और बाबू सुलोचना की चौकी पर सोये। सुलोचना ने उन्हें एक-दूसरे से बात करते और चुम्बन लेते सुना। फिर मोहिनी आहें भरने लगी और बाबू धीरे से फुसफुसाया, "शान्त, शान्त, तुम्हारी दीदी हमें सुन लेंगी।" सुलोचना नींद में डूब गयी।

सुबह वे जल्दी उठ गये। बाबू ने सुलोचना के हाथ में पाँच हज़ार रुपये थमाये, उसे उसकी आवभगत और बड़े दिल के लिए शुक्रिया कहा, अपनी टाटा इंडिका में मोहिनी के साथ बैठा और आदित्यपुर के लिए निकल पड़ा।

"वह इतना आकर्षक आदमी है, दीदी," सुलोचना की स्वप्निल ढंग से कही जा रही बात को झी ने नफ़रत से सुना। "मोहिनी एक बहुत सौभाग्यशाली औरत है। वह है—"

"अब बहुत हुआ, सुलोचना। पाइप और झाड़ू उठाओ और बरामदे को धो लो। देर हो रही है।"

ब्लू बेबी

सुरेन और गीता एक पोस्टर की ओर चेहरा किये बैठे थे जो नवजात के पुनर्जीवन के आधारभूत निशानों के बारे में बता रहा था।

श्वसन—सही
हृदय गति—100-120/मिनट
रंग—गुलाबी

कुछ और शब्द, तकनीकी शब्द, जो छपे थे लेकिन जहाँ सुरेन और गीता बैठे थे वहाँ से पढ़े नहीं जा रहे थे। जो भी हो, वह वहाँ पोस्टर पढ़ने नहीं आये थे। नर्सरी में उनका काम पूरा हो चुका था और वे वहाँ से जाने वाले थे, जैसे ही नर्स उनका बच्चा उनके हवाले करती।

सुरेन—सुबह से पहनी गयी जींस और शर्ट में था, उसके बाल बिखरे हुए थे, चेहरा पसीने और गन्दगी से काला पड़ गया था, आँखें धँसी हुई थीं—और वह एक पैर कुर्सी पर रखे और दूसरा टाइल लगे बरामदे पर लम्बा फैलाये बैठा हुआ था। एक हाथ से उसने अपना माथा पकड़ रखा था, उस बाजू की कुहनी कुर्सी के हत्थे पर थी; दूसरा बाजू उसने अपने मुड़े हुए घुटने पर रखा था। वह अपने बालों में हर तीन या चार मिनट के बाद उँगलियाँ फेरता। नहीं तो उसकी आँखें झुकी रहतीं और वह शान्त बैठा रहता। गीता उससे चार कुर्सी दूर उसी पीली साड़ी में बैठी थी, जिसे उसने प्रसूति-कक्ष में बदला था। उसने अपनी प्रिय नीली साड़ी पहन रखी थी, जब पानी फूटा और वह उसे उतार फेंकने के लिए बाध्य हो गयी, लेकिन इससे उसे कोई परेशानी नहीं हुई।

दर्द सूर्यास्त के समय शुरू हुआ था, हफ़्ते का सबसे तेज़। सुरेन—अनजान, लापरवाह—उसे डॉक्टर के पास ले गया जिसने उसे दवा दी जिससे दर्द कम हो जाए और समय से पूर्व प्रसूति रुक सके। लेकिन कुछ भी काम नहीं आया। गीता टूट गयी थी।

1 बजे सुबह, लॉबी में सिर्फ़ वे दो लोग ही थे। एक नर्स काउंटर की कुर्सी पर ऊँघ रही थी, उसका सिर झटके खा रहा था। एक सुरक्षा गार्ड बाहर बरामदे में टहल रहा था। एस यू वी मार्शल का ड्राइवर, जिसे सुरेन इस मौके के लिए भाड़े पर लाया था, दरवाज़े के शीशे से झाँककर अपने वाहन में लौट गया था। सुरेन का परिवार बाहर मार्शल के बगल में खड़ा, नीले बच्चे के गुलाबी होने की आशा कर रहा था।

गीता सुरेन के साथ शादी के एक दिन पहले दिलीप से मिली थी। यह मिलन अन्य मुलाकातों की तरह ही छुपकर किया गया था। इसे ऐसा ही होना था। गीता को उस बेरोज़गार निकम्मे लड़के से दूर रहने के लिए कठोरता से कहा गया था, जो उसे इस्तेमाल करेगा, बर्बाद करेगा और उसे छोड़ देगा। लेकिन गीता उसके पास इस्तेमाल होने गयी थी—बर्बाद होने भी, शायद—लेकिन वह निश्चिंत थी कि दिलीप उसे कभी छोड़ेगा नहीं। उसने सब कुछ तय किया था। अगर उसकी योजना काम कर गयी, दिलीप उसे कभी नहीं छोड़ेगा; वह उसे माँगने आयेगा। अगर योजना चली, तो सुरेन ख़ुद ही उसे दिलीप को दे देगा।

"तुम्हारे दिमाग में क्या है?" दिलीप ने निष्कपट नज़रों से उससे पूछा, उसकी इसी अदा से वह प्रेम करती थी। 'यह आदमी कैसे मुझे इस्तेमाल कर सकता है, बर्बाद कर सकता है, छोड़ सकता है।' उसने सोचा।

"तुम जान जाओगे," वह मुस्कुराई, फिर उसके चेहरे को छुआ, उसके होंठ, उसकी ठुड्डी का गड्ढा। उसने उसकी उँगलियों को चूमा और उसे फिर से देखा, चकित होते हुए।

"यह क्या है?" उसने फिर पूछा। "तुम क्यों आयी हो? तुम्हारी शादी हो रही है।"

"मैं जानती हूँ," वह मुस्कुराई, उसे थोड़ा और चकित करते हुए। "इसलिए मैं यहाँ हूँ।"

"मुझे नहीं समझ आ रहा। तुम्हारी शादी हो रही है, तुम अब किसी और की होगी। तुम्हारे मेरे साथ होने का अब कोई मतलब नहीं।"

"मैं हमेशा तुम्हारी रहूँगी। मुझे बताओ, क्या तुम हमेशा मेरे रहोगे?"

शायद वह उससे प्यार करता था और कुछ कह नहीं सका। या शायद वह उससे प्यार नहीं करता था और उसके पास कहने के लिए कुछ नहीं था।

"कुछ कहो," उसने अनुरोध किया। "चलो, बोलो।"

"हाँ, हाँ," वह बुदबुदाया। "मैं तुम्हारा हूँ।"

"हमेशा?"

"हमेशा।"

यह तभी हुआ। यह दबाव कि वे एक-दूसरे से अलग रहेंगे और यह तथ्य कि वे कभी भी एक-दूसरे को नहीं देख सकेंगे, उन्हें पास ले आया।

यह गीता थी जिसने पहला कदम बढ़ाया। उसने दिलीप को इतने हौले से छुआ, जैसे कि हवा त्वचा को छूती है—दिलीप ने उसे महसूस किया और नहीं भी। इससे पहले वह कुछ समझ पाता कि क्या हो रहा है, गीता ने उसकी शर्ट के बटन खोल दिये और अपनी उँगलियाँ उसकी छाती के बालों पर चलाने लगी। उसने उसकी शर्ट थोड़ी और हटाई और उसकी छाती को चूमा। दिलीप असहाय महसूस कर रहा था। वह जानता था कि यह सब बेकार है, इससे चीज़ें या तो कहीं नहीं जाने वाली या और बिगड़ कर समस्या उत्पन्न करेंगी। उसने गीता का बाज़ू पकड़ा। उसने उसका सिर अपनी छाती से उठाया और उसकी आँखों में झाँका। और क्या दृष्टि थी वह! दिलीप की पकड़ ढीली हो गयी और गीता ने फिर से अपना सिर झुका लिया—इस बार उसकी गर्दन पर

उसने एक और चुम्बन अंकित किया। जब दिलीप, पूरी तरह असहाय और उलझन में पड़ा पीछे की ओर झुका, गीता ने उसकी शर्ट के सारे बटन खोल दिये, अपना दुपट्टा हटाया और उसके कड़े लिंग पर बैठ गयी, वह उसके शरीर पर झुकी हुई थी, उसके होंठ खुले हुए थे, तेज़ी से साँसें लेते हुए उसने उसके हाथों को अपने वक्ष की ओर बढ़ाया। पूरी तरह से गीता के नियन्त्रण में, ख़ुद को यह कहता हुआ कि सब ठीक होगा, दिलीप ने गीता की कमीज़ उतारी और उसकी ब्रा का हुक खोल दिया। फिर उसने अपना चेहरा गीता के वक्ष के बीच पाया, गीता कराह रही थी जब दिलीप के कड़े बाल उसकी त्वचा पर चुभे और उसने सारा नियन्त्रण छोड़ दिया। किस तरह उस लड़की के साथ शारीरिक सम्बन्ध बनाना उसे समस्या में लायेगा? वह लड़की, जबकि, ख़ुद ही उसके पास आयी है। और वह उसे अपने साथ भाग जाने के लिए दबाव नहीं डाल रही।

उन्होंने अपने सारे कपड़े उतार दिये। दिलीप ने गीता से सम्भोग किया। यह उनका अन्तिम मिलन होने वाला था। उनकी विदा की अन्तिम रतिक्रीड़ा।

लगभग पन्द्रह मिनट बाद, दिलीप ने गीता के अन्दर अपना वीर्य छोड़ दिया। वह यही चाहती थी।

"मैं किसी और के बच्चे को जन्म नहीं दे सकती।" उसने कहा।

अब दिलीप भी समझ गया था। उसने गीता का इस्तेमाल नहीं किया था बल्कि गीता ने उसे इस्तेमाल किया था।

"यह सही नहीं हुआ।"

"यह सही हुआ। देखो, मैं उसे पसन्द नहीं करती। मैं उससे शादी कैसे कर सकती हूँ? मैं उसे ख़ुद को छूने कैसे दे सकती हूँ?"

दिलीप ने कुछ नहीं कहा।

"क्या तुम मेरे लिए आओगे?"

"मैं तुमसे शादी नहीं कर सकता। अभी नहीं।"

''अभी नहीं। बाद में। जब हमारा बच्चा बड़ा हो जायेगा।''

''क्या?'' उसकी आवाज़ में डर की झलक थी।

''हाँ। जब यह बड़ा होगा, तुम इस पर और मुझ पर अपना हक़ जताने आओगे। तुम आओगे। मुझे बताओ, आओगे न?''

''मैं—मैं नहीं जानता। तुम इसे नहीं रख सकती हो,'' दिलीप का नकाब उतर रहा था।

''मैं इसे रख रही हूँ। यह तुम्हारा है, मैं तुम्हारी हूँ, और तुम मेरे हो। यह हमारा बच्चा होगा। मैं इसे रखूँगी।''

''तुम पागल हो!''

''तुम्हारे लिए। मैं तुम्हारे लिए पागल हूँ। किसी और के लिए नहीं।''

''वह जान जायेगा।''

''मैं चाहती हूँ कि वह जाने। और मैं चाहती हूँ कि वह जाने कि मैं उसकी कभी नहीं हो सकती। और यह,'' उसने अपनी उँगलियाँ नीचे अपने पेट पर फेरीं, ''उसके घर से निकलने का मेरा रास्ता होगा।''

''मैं नहीं जानता।'' वह घबराया हुआ था और सोचने में असमर्थ था। ''यह क्या है?''

''तुम्हें जानना चाहिए,'' उसने अपना चेहरा उसके चेहरे के सामने लाकर अनुरोध किया। ''मेरे पिता तुमसे नफ़रत करते हैं। वह सोचते हैं कि तुम कुछ नहीं। तुम्हारे पास समय है, दिलीप। तुम्हारे पास समय है। हम हमेशा अलग नहीं रहेंगे। कुछ बन जाओ, ढेर सारे पैसे कमा लो, फिर मेरे लिए आना। मुझे बताओ, तुम आओगे न?''

''ह-हाँ, हाँ।''

''देखो, अगर तुम नहीं आते हो, तो मैं तुम्हारे लिए आऊँगी। और मैं इसके साथ आऊँगी। और फिर तुम्हें हम दोनों को स्वीकारना होगा।''

"नहीं। ऐसा मत करना। मैं आऊँगा...मैं आऊँगा।"

सुरेन और गीता की शादी में सभी कैमरों ने सिर्फ़ गीता का मुस्कुराता हुआ चेहरा रिकॉर्ड किया।

उनकी पहली मुलाकात अच्छी नहीं गुज़री। गीता बहुत रूखी और विरक्त दिखी और सुरेन सोच रहा था कि यह लड़की भी मुझे नापसन्द नहीं कर दे। वह पहले ही दो अवसर खो चुका था—लड़कियों को उससे बढ़िया दूल्हे मिल गये थे। हालाँकि अब वह स्थानीय फ़ैक्टरी की प्रयोगशाला में केमिस्ट के तौर पर काम कर रहा था, लेकिन पहले, तब उसके पास कोई काम नहीं था। तब उसने सिर्फ़ ग्रेजुएशन किया था और हफ़्ते-दर-हफ़्ते, *रोज़गार समाचार* के पन्ने पलटता नौकरियों की सूची देखता, या दोस्तों और जान-पहचान वालों से नौकरी की रिक्तियाँ पूछता। एक समय था जब वह हाई-स्कूल के छात्रों को रसायनशास्त्र और गणित पढ़ाना चाहता था। वह यह कर सकता था—अणु और परमाणु उसे मन्त्रमुग्ध करते थे, और साथ ही अंक और प्रमेय भी। वह एक मेधावी छात्र था और अगर उसके पिता सेवानिवृत्त नहीं हुए होते और उसके बड़े भाइयों ने अपना अलग परिवार नहीं बसाया होता—उसे यह इशारा देते हुए कि वह अपनी आजीविका जल्दी से कमाते हुए अपना अलग घर बसाये—सुरेन ने स्नातकोत्तर की पढ़ाई कर ली होती। डॉक्ट्रेट की पढ़ाई तो बहुत दूर की बात थी; लेकिन स्नातकोत्तर की पढ़ाई की जा सकती थी। उसके बाद वह विश्वविद्यालय अनुदान आयोग की परीक्षा पास कर किसी कॉलेज में शिक्षक लग जाता। लेकिन परिस्थितियाँ ऐसी बनीं, वह केमिस्ट बन गया।

"हर लड़की शादी से पहले ऐसी ही होती है," उसकी माँ ने उसे समझाया जब उसने गीता के रूखे स्वभाव की शिकायत की। "उन्हें अपना

परिवार छोड़ना होता है, तुम यह समझ रहे हो। इसलिए वह डर उनके अन्दर रहता है। यह दिखता है जब लड़के का परिवार लड़की को देखने जाता है।''

''कैसा डर?'' अपनी माँ के विचार पर वह हँसा, दो आघातों के बाद अब तक उसके अन्दर कड़वाहट बची थी। ''उसके अन्दर ज़रा भी दिलचस्पी नहीं लग रही थी। हो सकता है कि उसके दिमाग में किसी और तरह के लड़के का विचार हो।''

''और किस तरह का? तुमसे बेहतर कौन हो सकता है?'' उसके बड़े भाई की पत्नी ने चिढ़ाया। ''ऐसी बुरी बातें मत सोचो।''

''तुम अब काम कर रहे हो, अपने पैसे कमा रहे हो,'' उसकी माँ ने कहा। ''उस समय तुम काम नहीं कर रहे थे। शायद इसलिए तब तुम्हारी शादी नहीं हो सकी थी। यह लड़की सिर्फ़ तुम्हारे लिए बनी है। और, क्या हमने तुम्हें बताया नहीं कि वह भी शिक्षिका बनना चाहती है?''

इस बात से उसके मन की शंका निकल गयी। गीता, दूरी बनाये रखने वाली, विरक्त औरत से एक सम्भावित पत्नी बन गयी, जो सिर्फ़ उसके लिए बनी थी। इसे भाग्य ने तय किया था।

शादी के लिए की जा रही बात में दिलीप का ज़िक्र कहीं नहीं था। न ही सन्थाली वैवाहिक अफ़वाहों में उसका कहीं ज़िक्र आया जो वैसे तो सम्भावित वधू और वर की कहानियों से भरी होती हैं। रायबार उसे स्कूल छोड़ने वाले गीता के निकम्मे दोस्त की तरह ही जानते थे, जो कई बार उसे कॉलेज के रास्ते में अचानक मिल जाया करता था। किसी भी स्कैंडल का कोई अंश भी नहीं था—दिलीप बहुत चालाक था।

दूसरी तरफ़ गीता जानती थी कि शादी निश्चित थी। अगर वह अपनी योजना को काम करते देखना चाहती थी, तो सबसे पहले उसे ख़ुद को आत्मनिर्भर करने का रास्ता तलाशना होगा। दिलीप लौटेगा, हाँ, दिलीप उसके पीछे भी आयेगा। लेकिन क्या होगा अगर वह नहीं आया तो? नहीं, नहीं... वह लौटेगा। वह लौटेगा। लेकिन क्या होगा अगर उसके लौटने में देर हुई तो? अगर उसकी प्रतीक्षा गीता की सहनशक्ति से ज़्यादा लम्बी निकली तो?

क्या होगा अगर उसे जल्दी निकलना पड़ा? वह दिलीप की अनुपस्थिति में ख़ुद को कैसे सँभालेगी? ख़ुद को सँभालने का एकमात्र तरीका, शिक्षिका की तरह काम करना था, जिसका प्रशिक्षण उसकी शादी के एक महीने बाद ही शुरू होने वाला था। वह अपनी 'तैयारियाँ' करने लगी।

शादी के एक दिन बाद, सुरेन मुस्कुरा दिया जब उसके दोस्तों ने डेस्कटॉप पर शादी की तस्वीरों को बड़ा किया।

"देखो, भाभी कैसे हँस रही हैं," उन्होंने सुरेन को चिढ़ाया।

"वह अपनी ख़ुशी नहीं छिपा पा रहीं," उन्होंने कहा।

"वह तुम्हें बहुत ख़ुशी देंगी, सुरेन बाबू!" उन्होंने उसके पेट पर गुदगुदी की।

"आज रात उन्हें छोड़ना मत, सुरेन बाबू!" उन्होंने सलाह दी। "याद है न हमने तुम्हें क्या सिखाया है? क्या करना है। कहाँ छूना है। तुम्हें याद है न?"

"अच्छा है कि तुम याद रखो, नहीं तो बाकी जीवन तुम रोओगे," उनमें से एक ने कठोरता से कहा और वे सभी हँसने लगे। सुरेन लगभग शर्मा रहा था।

उस रात, गीता ने सुरेन को संभोग करने दिया। उसने जितनी उम्मीद की थी, वह उससे कहीं ज़्यादा सहयोग कर रही थी, ख़ुश करने को इच्छुक। उसके दोस्त बस उसे डरा रहे थे; उसका यह पहला मिलन कितना सुखद था। उसकी त्वचा जैसा मुलायम, उतना मुलायम जितनी अपने बाज़ुओं पर उसकी पकड़, उतना मुलायम जितनी उसकी आहें, जब वह खाली हो रहा था। माँ सही थी, लड़कियाँ बदल जाती हैं। वह अपनी पहली मुलाकात में बहुत ही अनिच्छुक लग रही थी। लेकिन अब कोई उसे देखे। उसको यह सोच थी कि क्या वह पिछली रात अपने प्रेम का सही प्रदर्शन कर पाया था या नहीं? गीता तो काबिल साथी सिद्ध हुई थी, क्या वह भी उसकी नज़रों में खरा उतरा था?

वह योग्य था। गीता सुरेन को विशेष महसूस कराती थी, वह उसे ख़ुद के बारे में अच्छा महसूस कराती थी। सुरेन हतप्रभ था। सबसे अच्छा वह तब महसूस करता था, जब वह उसे नग्न अपनी बगल में लेटा देखता था। ख़ुद को

उसमें खाली करने के बाद। वह उठकर कपड़े पहनने की कोशिश करती। वह उसका हाथ पकड़ लेता, बिना कुछ कहे उसे अपनी बगल में लेटने का इशारा करता। वह उसे देखकर मुस्कुराती। वह उसे चुपचाप आश्चर्य से देखता रहता।

बाद में, सबसे नज़र बचाकर, गीता सुरेन की मूर्खता पर मुस्कुराती, वह नासमझ कितना सीधा था; उसको कितनी प्यार भरी नज़र से देखता था। उसकी योजना काम कर रही थी। वह, कभी-कभी यह महसूस करती कि उसके अन्दर कुछ बदल रहा है। लेकिन वह परिवर्तन महसूस करने की इजाज़त ख़ुद को नहीं देती। वह ऐसा नहीं कर सकती थी। नहीं, दिलीप के आने से पहले नहीं। तब तक, सब कुछ : सुरेन, उसकी सुरेन से शादी, सब कुछ बस एक ध्यान हटाने का ज़रिया, एक खेल था।

दो महीने बाद, गीता के मूत्र की एच सी जी (HCG) जाँच सकारात्मक आयी।

"हॅलो," गीता अपने मोबाइल फ़ोन पर फुसफुसायी। उसने अपनी स्मृति से एक नम्बर मिलाया था।

"क्या?" दूसरे छोर की जानी-पहचानी आवाज़ कठोर थी, भावनाशून्य, रूखी।

"क्या तुम ख़ुश नहीं हो, मैंने पूछा?" गीता का उत्साह विलीन हो गया। उसकी फुसफुसाहट की आवाज़ बढ़ गयी और वह भावुक और चिंतित हो गयी।

शान्ति

"क्या? क्या तुम नहीं—"

"हाँ।"

"क्या?"

"हाँ, मैं ख़ुश हूँ।"

"तुम ख़ुश लग नहीं रहे।"

"ओह—भरोसा रखो। मैं ख़ुश हूँ।"

"तुम चिढ़ क्यों रहे हो? मैं बस पूछ रही थी।"

"क्या बात है?"

"तुम कहाँ हो?"

"क्या इसलिए तुमने मुझे फ़ोन किया है? मुझसे यह पूछने के लिए कि मैं कहाँ हूँ?"

"नहीं, यह कुछ ज़्यादा ज़रूरी है," गीता की आवाज़ में चिंता बढ़ रही थी।

"क्या?"

"मैं तुम्हें नहीं बताऊँगी जब तक तुम मुझे बताओगे नहीं कि तुम कहाँ हो?"

"मैं शहर में हूँ। ख़ुश?"

"हाँ, हाँ।"

"तुम मुझे क्या बताना चाहती हो?"

"ऊँहूँ! इस तरह नहीं।"

"तुम यह बच्चों का खेल बन्द करोगी? अब मुझे बताओ," दिलीप की आवाज़ किसी भी उत्सुकता या भावना से परे थी।

"नहीं। इस तरह नहीं।"

"तुम क्या चाहती हो?"

"तुम्हें मुझसे वादा करना होगा।"

"क्या?"

"कि तुम मुझसे मिलोगे।"

"क्या तुम पागल हो?"

“तुम्हारे लिए। तुम यह जानते हो।”

“मैं फ़ोन रख रहा हूँ!”

“रुको, रुको। मुझे तुम्हें कुछ ज़रूरी बताना है।”

“जल्दी बताओ।”

“देखो, दिलीप। तुम यह नहीं समझोगे।” अपनी सारी चंचलता गुम कर, गीता की आवाज़ सख़्त और बिन बहे आँसुओं की वजह से काँप रही थी। “दिलीप,” उसने बिना उत्तर की प्रतीक्षा किये अपनी बात जारी रखी, “क्या तुम सुन रहे हो? सब कुछ इस तरह नहीं कहा जा सकता। कुछ चीज़ों के लिए माहौल, सुनने और जवाब देने की इच्छा चाहिए होती है—”

“मैं तुमसे मिलूँगा, बात क्या है?”

“कहाँ? कब?”

“क्या?”

“हम कहाँ मिलने वाले हैं? और कब?”

“वह हम सोच लेंगे। तुम पहले मुझे बताओ कि तुम किस बारे में बात करना चाहती हो?”

“बच्चा...।”

शान्ति

“दिलीप...दिलीप?”

शान्ति

“दिलीप, प्लीज़—”

“क्या?”

“मुझे बच्चा होने वाला है।”

शान्ति

"क्या तुम उधर हो? दिलीप?"

"हाँ, हाँ। क्या—"

"हाँ। और वो तुम्हारा है।"

"क्या तुम्हारा पति—"

"वह जानता है। उसने ही डॉक्टर की फ़ीस दी और मुझे जाँच घर ले गया। वह सोचता है कि बच्चा उसका है। वह इतना ख़ुश है। मूर्ख आदमी!" जबकि गीता की आवाज़ का खिलन्दड़ापन फिर लौट आया, वह खिलन्दड़ापन बनावटी था। ऐसा लग रहा था कि वह आँसुओं के बीच बोल रही थी, ख़ुश होने का दिखावा करती हुई।

"गीता, देखो—"

"मैं तुमसे मिलना चाहती हूँ, दिलीप।" गीता लगभग रोने को थी लेकिन उसने ख़ुद को अन्तिम क्षणों में रोक लिया। "कृपया बोलो। मैं कहाँ आ सकती हूँ? कितने दिन हो गये।"

"सुनो, गीता—"

"तुम बस बताओ कि मुझे कहाँ आना है। और तुम्हें वहाँ होना होगा।"

"मैं—मैं शहर के बाहर जा रहा हूँ।"

"क्या?"

"हाँ।"

"लेकिन तुमने अभी कहा कि तुम मुझसे मिलोगे।"

"हाँ, लेकिन मैंने ध्यान नहीं दिया था, यह बात मेरे दिमाग से निकल गयी थी।"

"तुम कब जा रहे हो?"

"कल। सुबह।"

"फिर हम आज की रात मिल सकते हैं," गीता उत्तेजना से लगभग

चीख पड़ी। "मैं आऊँगी। तुम बस बताओ कि कहाँ। तुम मुझे जानते नहीं। मैं आ सकती हूँ।"

"सुनो, मैं शाम को व्यस्त रहूँगा। मुझे तैयारियाँ करनी हैं।"

"तुम्हें क्यों जाना है?"

"क्या तुमने मुझे कुछ बनने को नहीं कहा था? ताकि मैं आ सकूँ और तुम्हें अपने साथ ले जा सकूँ?"

"दिलीप, वह...तुम कितने समय के लिए जा रहे हो?"

"अ...एक...हफ़्ता। शायद उससे ज़्यादा। निर्भर करता है।"

"दिलीप, मैं तुमसे मिलना चाहती हूँ, दिलीप, मैं तुम्हारे बिना नहीं रह सकती, दिलीप मुझे दूर ले चलो, दिलीप—"

इस समय तक, जो आँसू उसने अब तक रोक रखे थे, बहने शुरू हो गये। उसे इच्छा हुई कि दिलीप की आवाज़ का पीछा करते हुए भाग चले। लेकिन वह ऐसा नहीं कर सकती थी।

"मैं आऊँगा—मैं आऊँगा," दिलीप ने हिचकिचाहट के साथ कहा, जो कि बिलकुल भी विश्वसनीय नहीं प्रतीत हो रहा था।

"तुम मुझे एक हफ़्ते के बाद मिल रहे हो," गीता ने रोना बन्द कर दिया, अपने को नियन्त्रित किया और कठोर आवाज़ में आदेश दिया।

"मैं आऊँगा। देखो, मुझे अभी फ़ोन रखना होगा—"

"दिलीप, नहीं—"

सुरेन समझ नहीं पा रहा था कि उसकी पत्नी ने कुछ दिनों से उदासी क्यों ओढ़ रखी थी। वह उसे बाहर ले गया। वे फुटबॉल मैदान में घूमे, लड़कों को फुटबॉल खेलते और लड़कियों को बतियाते देखते रहे; वे मिठाई की दुकान

पर गये और घूघनी में सिंघारे को चूर कर और उस पर दही और चाट मसाला डलवा कर खाया, उन्होंने सड़क के किनारे पुचका और सब्ज़ियों का चौप खाया, फिर वे फ़िल्म देखने गये। गीता जब सुरेन के साथ थी, ख़ुश होने का दिखावा कर रही थी, लेकिन उसका दुःख दिखाई दे रहा था।

दस दिनों के बाद, उसने फिर से दिलीप का नम्बर मिलाया। रिकॉर्ड की हुई आवाज़ ने बताया कि यह कॉल पूरी नहीं की जा सकती है। इसका क्या मतलब था? क्या वह अब भी शहर के बाहर था? नेटवर्क क्षेत्र से बाहर? क्या फ़ोन के साथ कुछ दिक्कत थी? या वह उसकी ज़िन्दगी से दूर चला गया था?

सुरेन उसे फ़िल्म दिखाने ले गया। वह जाना नहीं चाहती थी, लेकिन वह अपने पति को न नहीं कह सकी। उसे कम-से-कम ख़ुश रहने का दिखावा करना था, जब वह इतना प्रयत्न कर रहा था। और, साथ ही, उसकी योजना के लिए और इस आशा के लिए भी यह ज़रूरी था कि दिलीप लौटेगा।

सुरेन ने आधी फ़िल्म तक कुर्सी के हत्थे के ऊपर से उसका हाथ अपने हाथ में पकड़े रखा। मध्यान्तर के दौरान, आलू के चिप्स खाते हुए, जिसे गीता ने बड़ी अनिच्छा से अपने मुँह में ठूँसा था, उसने कहा, "यह हमारा बच्चा है। हमें ख़ुश रहना होगा ताकि वह ख़ुश रह सके।"

जब वह सुबह के समय उल्टी करती, वह उसे पकड़े रहता।

वह काम पर जाने से पहले उसके लिए चाय लाता।

वह वे चीज़ें लाता, जिन्हें खाना उसे प्रिय था।

वह उसे एक और फ़िल्म दिखाने ले गया।

और उसे दिलीप को कॉल करने का समय नहीं मिला, जब तक पाँच महीने नहीं बीत गये।

जब उसने फ़ोन किया, एक और ठंडी आवाज़ ने उससे कहा, "जो नम्बर आप मिलाने का प्रयास कर रहे हैं, वह बन्द है। कृपया थोड़ी देर बाद कोशिश करें।"

वह नहीं जानती थी क्यों, लेकिन दिलीप और उसके बीच की दूरी अब उसे और दु:खी नहीं करती थी। हाँ, कभी-कभी वह बेचैन ज़रूर हो जाती थी। लेकिन दु:खी नहीं।

~

गीता का टीचर ट्रेनिंग कोर्स किसी और ज़िले में शहर से लगभग बीस किलोमीटर दूर आयोजित हो रहा था। प्रशिक्षण एक महीने का था। बाहर के प्रशिक्षु स्कूल में रुक सकें ऐसी व्यवस्था की गयी थी। इसके लिए आवेदन में निर्दिष्ट जगह पर चिन्ह लगाना था। गीता ने नहीं लगाया।

उसका गर्भ दिखने लगा था। नाभि के ऊपर थोड़ा उभार आ गया था। सुरेन की माँ ने उसे स्कूल में ही आवास लेने के लिए कहा। सुरेन ने उसे ऐसा करने से मना किया। वह उसे हर सुबह मोटरसाइकिल से प्रशिक्षण केन्द्र पर ले जायेगा और शाम को वापस लायेगा, भले ही इसके लिए काम पर देर से पहुँचे और शाम को प्रयोगशाला से उसे जल्दी निकलना पड़े। वह पूरा एक महीना यह करेगा।

गीता सुरेन द्वारा अपने लिए इतना कुछ किये जाने को प्रशंसा की दृष्टि से देखने लगी थी। अपने लिए भी, साथ ही उसके लिए जो उसके अन्दर पल रहा था। कभी-कभी डर उसे घेर लेता। क्या होगा अगर उसे पता चल जाये कि बच्चा उसका नहीं है? क्या हो अगर दिलीप उस पर अपना हक़ जताने लौट आये?

दूसरे ज़िले की सड़क का तारकोल कई जगह से हट गया था और उस पर कई गड्ढे हो गये थे। बीस किलोमीटर का पूरा रास्ता शहर के अन्दर और बाहर जाने वाले ट्रैफिक से निकलती पीली धूल से भरा था। सड़क के बीच बैठे जुगाली करते मवेशी असुविधा और खतरे को और बढ़ा रहे थे।

सुरेन ने खतरे के बारे में कुछ नहीं सोचा। वह अपनी माँ और बड़ी भाभी से लड़ भी पड़ा कि गीता को उसके साथ सफ़र करने दिया जाये।

"तुम समझते नहीं हो कि सड़क पर मोटरसाइकिल चलाने में कितना खतरा है?" उसकी बड़ी भाभी ने उससे कहा।

"क्या और लोग नहीं चला रहे?" सुरेन ने पलटकर पूछा।

"तुम हर दिन दो बार आना-जाना करोगे। और एक महीने के लिए। यह बहुत ज़्यादा है।"

"मैं अपनी पत्नी को घर से इतने लम्बे समय के लिए दूर नहीं कर सकता।"

"बेटे," उसकी माँ ने उसे समझाया, "तुम दोनों अपनी मोटरसाइकिल पर जाओगे। और उस सड़क पर इतने गड्ढे हैं। तुम्हारी पत्नी के पेट में बच्चा है। यह सुरक्षित नहीं है।"

सुरेन ने अपनी माँ और भाभी से पूरे दिन कोई बात नहीं की। अन्तत:—उन्होंने उसे उसकी मर्ज़ी करने के लिए छोड़ दिया।

हर सुबह मोटरसाइकिल पर यात्रा आरम्भ करने से पहले सुरेन की माँ गीता के लिए ढेर सारा खाना पैक कर देतीं। वे सात से आठ के बीच निकलते, क्योंकि इसी समय सड़क पर ट्रकों के चलने की अनुमति नहीं थी। हालाँकि, सड़क स्कूल बसों, ऑटोरिक्शा, गाड़ियों और बच्चों को स्कूल और बड़ों को उनके काम की जगह पहुँचाने वाले दुपहियों से भरी रहती थी। सुरेन उन सबके बीच से इतनी दक्षता से निकलता जितनी गीता ने अपने नम्र, सज्जन पति में कभी नहीं देखी थी और जल्दी ही उनकी मोटरसाइकिल हवा से बातें करने लगती।

गीता दिलीप के प्यार में पड़ी थी, जो कि एक 'बुरा लड़का' था, किसी काम का नहीं, और उसके बारे में उसे चेतावनी मिली थी। सुरेन, हर तरह से एक 'आदर्श इन्सान' था। और चूँकि गीता सुरेन के बारे में, या उसकी 'आदर्श व्यक्ति' की छवि के बारे में ज़्यादा नहीं सोचती थी, उसके पति द्वारा अपने परिवार के खिलाफ़ जाकर उसे मोटरसाइकिल पर टीचर ट्रेनिंग कोर्स के लिए ले जाना, हर खतरे और मनाही की परवाह किये बगैर—गीता

ने इसकी कल्पना भी नहीं की थी।

सुबह की हवा बहुत ही ताज़गी भरी होती थी। गीता नहाकर, साफ़, इस्त्री की हुई साड़ी पहनती। उसके चेहरे और गले पर टेल्कम पाउडर लगा होता, उसने एक बिंदी लगायी होती, और माँग में सिन्दूर। वह अपना बैग मज़बूती से सुरेन की पीठ पर टिकाये उसे कसकर पकड़ती। वह अपनी पकड़ तभी ढीली करती जब वे प्रशिक्षण केन्द्र पहुँच जाते। वे एक-दूसरे से जल्दी से विदा लेते, और तब तक सुरेन जाने कितनी बार दुहरायी जा रही बात कहता कि मोबाइल फ़ोन से सम्पर्क में रहना, हेलमेट पहनता, और तेज़ी से लौट जाता, क्योंकि उसे काम पर उपस्थिति दर्ज करानी होती थी।

गीता एकान्त के लिए तरस रही थी। अपने पति और घर में ससुराल वालों द्वारा दिये जा रहे ढेर सारे उत्साहपूर्ण ध्यान के बाद, प्रशिक्षण केन्द्र ही एकमात्र जगह थी जहाँ वह अपने लिए समय निकाल पाती, और उस आदमी तक पहुँचने की कोशिश करती, जिसे वह पीछे छोड़ आयी थी।

पहले हफ़्ते, जब प्रशिक्षण बहुत थकाने वाला नहीं था, गीता ने कई बार दिलीप का नम्बर मिलाने की कोशिश की—दोपहर के भोजन के समय, और जब कभी भी उसे थोड़ा बीच का समय मिल जाता। हर बार उसे कहा जाता कि 'फ़ोन बन्द है' और 'बाद में कोशिश करें।' एक हफ़्ते के बाद, दिनचर्या ढेर सारे कामों से भर गयी और उसने फ़ोन करना छोड़ दिया।

जब ट्रेनिंग शुरू हुई थी तो जो बात गीता को सबसे ज़्यादा खलती थी, वह थी सुरेन का समय पाबंद होना। हमेशा समय पर वह गेट के बाहर मोटरसाइकिल लगाता और ग्रिल के बीच से उसके लिए झाँकता। गीता डरती थी कि वह उसके चेहरे का व्यग्र भाव न देख ले या वह उसे मोबाइल के कीपैड के साथ संघर्ष करता हुआ न देख ले, जब वह लगातार दिलीप का नम्बर मिलाने की कोशिश कर रही होती थी। ख़ुद को शान्त करते हुए वह अपनी कॉल सूची से अन्तिम बार मिलाया हुआ नम्बर हटा देती थी, अपने चेहरे से पसीना पोंछती, अपने केश सँवारती, अपनी साड़ी ठीक करती और बाहर आ जाती और सुरेन से आँखें मिलने पर एक बनावटी मुस्कान देती। पहले हफ़्ते के अन्त में, हालाँकि, जब दिलीप का नम्बर बन्द आया और उसके

लिए सुरेन का समर्पण ज़ाहिर हो गया, वे भावनाएँ जो गीता सुरेन के हित के लिये बनावटी तौर पर दिखा रही थी, धीरे-धीरे असली हो गयीं।

~

अब तक कोई भी प्रसूति सम्बन्धी जटिलता नहीं आयी थी, और डॉक्टर ने हर बार की जाँच में बच्चे की ह्रदय की धड़कन सुनने की रिपोर्ट दी थी अल्ट्रासोनोग्राफी, जो प्रशिक्षण से पहले ही की गयी थी, ने दिखाया था कि गीता का छठा महीना चल रहा था। उसने आराम की सलाह दी थी और गीता और सुरेन ने अपनी हर रोज़ की भाग-दौड़ उससे छिपा ली थी। जब गीता को थोड़ा दर्द महसूस हुआ तो डॉक्टर ने उसे सामान्य बताया। उसने दर्द से राहत के लिए कुछ गोलियाँ दीं और पूरे आराम के फ़ायदे पर ज़ोर दिया। हालाँकि गीता को अपराध बोध था, लेकिन वह चुप रही।

प्रशिक्षण खत्म होने के एक सप्ताह पहले, वहाँ से लौटने के दो घंटे बाद, गीता को अपने पेट में बहुत तेज़ मरोड़ महसूस हुई। वह दोहरी होकर बिस्तर पर लेट गयी और कराहने लगी।

"बेटा, मैंने तुम्हें कहा था, नहीं कहा था?" सुरेन की माँ ने कहा।

"क्या तुम्हारा दिमाग फिर गया है? तुम हर रोज़ चालीस किलोमीटर मोटरसाइकिल चलाते रहे?" महिला डॉक्टर की आँखें क्रोध से लाल हो गयीं, जब वह चिल्लायीं। गीता, जाँच की मेज़ पर लेटी, अपने पेट पर अपना हाथ रखे, आँसुओं को इकट्ठा होता महसूस कर रही थी।

स्त्री रोग विशेषज्ञा लेडी डॉक्टर ने ह्रदय की धड़कन होने की रिपोर्ट दी और गीता से पूछा कि उसे कोई स्राव या दर्द महसूस हुआ है। गीता हाँफी, "बस, दर्द।"

गीता को गर्भाशय को आराम पहुँचाने वाली दवाइयों की निरन्तर ख़ुराक दी गयी, जिसे दर्द के रहने तक लगातार लेना था और सिर्फ़ डॉक्टर की सलाह पर ही बन्द करना था। उसे एक और अल्ट्रासोनोग्राफ़ी भी करवाने को कहा

गया, जिससे उसके बच्चे के स्वस्थ होने की पुष्टि हो सके, लेकिन गीता इतने दर्द में थी कि उसने जाँच घर जाने के बजाय घर जाने का निर्णय लिया। जहाँ तक प्रशिक्षण का सम्बन्ध था, अब कोई रास्ता ही नहीं बचा था कि गीता उसमें शामिल हो सके, वह स्कूल में रहने का निर्णय लेती तब भी नहीं।

''लेकिन उसकी नौकरी का क्या होगा?'' सुरेन ने पूछा।

डॉक्टर का गुस्सा एक बार फिर नियन्त्रण से बाहर हो गया। ''यह तुम्हें पहले सोचना चाहिए था। हर दिन उसे मोटरसाइकिल पर वहाँ ले जाने और वहाँ से लाने के बजाय क्या तुम उसे हर सुबह और शाम मिलने नहीं जा सकते थे? और तुम दोनों इतने चालाक हो कि मुझे यह सब कुछ बताया भी नहीं! मुझे याद है कि कुछ समय पहले इसने दर्द की शिकायत की थी, लेकिन तब भी तुम दोनों ने मुझे कुछ भी नहीं बताया! तुम्हें डॉक्टर की ज़रूरत क्यों है! जो भी करने का मन हो करो!'' उनके जाने से पहले डॉक्टर ने सहृदयता लेकिन कठोरता से कहा, ''तुम लोगों ने जो किया है, उससे तुम्हारे बच्चे को ख़तरा हो सकता है। अगर दर्द बढ़ता है या कोई स्राव होता है तो सीधा हॉस्पिटल जाओ। मैं इस स्थिति में तुम्हारी कोई भी मदद करने की हालत में नहीं रहूँगी।''

दर्द बना रहा : कभी बहुत तेज़ हो जाता था, कभी मंद। गीता पूरे समय बिस्तर पर बनी रहती थी, दो तकिये उसके पैरों के नीचे रहते थे क्योंकि उसके पैरों को सिर से ऊँचा रखना था। दो दिनों बाद, लगभग सूर्यास्त के समय, दर्द इतना तीव्र हो गया कि गीता को लगा कि उसकी अन्तड़ियाँ बाहर निकल आयेंगी। सुरेन ने मार्शल बुलाई और उसे नज़दीक के डॉक्टर के पास ले गया। उसने उसे दवा दी लेकिन सुरेन से सीधा कह दिया, ''तुम्हारी पत्नी क्लीनिक में ठीक नहीं हो सकती। उसे जल्दी से हॉस्पिटल ले जाये जाने की ज़रूरत है,'' और फिर अस्पताल के रास्ते में, गीता ने गर्म, गन्धयुक्त द्रव्य अपनी जाँघों के मध्य, पिंडली और साये को गीला करता हुआ महसूस किया।

बच्चा जन्म लेने के बाद रोया नहीं। नर्सें जिन्होंने नीले बार्डर वाली सफ़ेद साड़ियाँ पहन रखी थीं, ने उस पर नाम का टैग लगाया और उस ट्रे में

ले गयीं जहाँ सामान्यत: नवजात को साफ़ कर तब तक रखा जाता है। जब तक उसका परिवार उस आधिकारिक आवेदन पर हस्ताक्षर नहीं कर दे, जो यह कहता है कि उन्होंने एक जीवित/ मृत/ पुरुष/ स्त्री बच्चा प्राप्त किया।

''क्या हुआ रे?'' गीता—प्रसव के बाद हाँफ रही थी और छाती के नीचे नग्न थी, वह प्रसव के पानी से बिलकुल ठंडी पड़ी हुई थी, और पैरों और जाँघों पर खून चिपका हुआ था; एक IV लाइन उसके शरीर पर स्थित थी, एक इंट्राकैथ शीघ्रता से उसके बाएँ हाथ में घुसा हुआ था; उसकी योनि से रक्तस्राव और दर्द हो रहा था; गर्भ नाल का एक टुकड़ा, फॉरसेप से जकड़ा हुआ, योनि के बाहर लटक रहा था; ख़ुद से हर क्षण, पहले से ज़्यादा नफ़रत करते हुए, उसने सुना कि ड्यूटी पर की नर्स ने दाइयों और आया को आवाज़ दी।

''लड़का हुआ, दीदी!'' एक दाई ने आवाज़ लगायी।

हालाँकि थोड़ी देर बाद ही नर्स बहुत घबरा गयी। ''ए माँ! यह नहीं रो रहा, रोया क्या? इतना छोटा बच्चा! सिर्फ़ सात या आठ महीने का। देखो!'' उसके शब्दों ने गीता को असहज कर दिया। उसने अपना मुँह एक ओर घुमा लिया और देखा कि उसकी बगल के टेबल पर पड़ी औरत दर्द से टूटती, कराह रही थी। उसने अपनी आँखें बन्द कर लीं।

प्रसूति कक्ष में ड्यूटी कर रहे डॉक्टर ने बच्चे को देखा। उसे लगा बच्चे का हृदय धड़क रहा है लेकिन निश्चित नहीं हो सकी और बच्चा पूरी तरह स्थिर था। वह न रोया न ही साँस ले रहा था, बच्चे के पूरे शरीर पर नीला रंग था।

''क्या, मैडम?'' नर्स ने सावधानी से पूछा। ''क्या हमें—''

''हाँ, जल्दी, राखी!'' उसने दाई को बुलाया जो बच्चे के नथुने पर, नाक पर एक यन्त्र लगा रही थी। ''इसे अभी छोड़ो! हम बच्चे को एन आई सी यू (NICU) भेज रहे हैं। जाओ, उसे वहाँ ले जाओ।'' उसने जल्दबाज़ी में गीता

के बिस्तर के किनारे के टिकट पर कुछ लिखा। ''क्या? क्या गर्भनाल बाहर है?'' उसने एक आया से पूछा जो गीता को साफ़ कर रही थी।

''मैं वह कर रही हूँ मैडम,'' आया ने कहा।

''हाँ, करो,'' डॉक्टर के चेहरे पर सांत्वना का भाव था जब उसने गीता के नंगे, खून से लथपथ शरीर पर नज़र डाली। ''मुझे इसके पति से बात करनी है। सिस्टर, क्या इसका पति यहाँ है?''

हो सकता है कि बच्चा कभी जीवित ही नहीं था। क्योंकि डॉक्टर नवजात के हृदय की धड़कन सुनने में कामयाब नहीं हुए थे, और गीता के पहले ही प्रसूति में चले जाने के कारण, नवजात की हृदय धड़कन सुनना और मुश्किल हो गया था। डॉक्टर ने सुरेन को पहले ही किसी भी दुर्घटना की चेतावनी दे दी थी। व्यथित सुरेन, हर बुरी स्थिति के लिए तैयार था।

डॉक्टर की आवाज़ शान्त थी और उसके शब्द नपे-तुले, जब उसने परामर्श के दौरान इन शब्दों पर ज़ोर दिया—''शायद बच्चे के डॉक्टर बेहतर जानते होंगे, शायद वे कुछ कर सकें। लेकिन जो भी करना है, तुरन्त करना होगा।'' सुरेन को इन शब्दों की ज़रूरत नहीं थी, वह पहले ही जानता था। इस डॉक्टर से पहले, गीता की स्त्री रोग विशेषज्ञा और जिस डॉक्टर ने गीता को अस्पताल आने के पहले की शाम देखा था, उन्होंने भी चेतावनी दी थी।

''अच्छा हो, हम इन्हें घर ले चलें,'' सुरेन के भाई ने सलाह दी। ''उसे मशीन के अन्दर क्यों रखना जब कोई आशा ही नहीं?''

बच्चे को साफ़ तौलिये में लपेट कर एन आई सी यू के कर्मचारी ने सुरेन को दे दिया। उसकी दादी उसको दफ़नाए जाने के बाद याद कर रही थी कि बच्चे की नाक सुरेन जैसी थी। गीता इन सबके बीच खामोश बनी रही, और लगभग पन्द्रह दिनों तक उसी स्थिति में रही।

सुरेन जब भी घर पर रहता, कभी उसे अकेला नहीं छोड़ता। उसने उससे पूछा कि क्या वह कुछ समय के लिए अपने परिवारवालों के पास जाना चाहेगी। उसने मना कर दिया।

''मत परेशान हो,'' सुरेन ने उससे कहा। ''हमें दूसरा बच्चा हो सकता है।''

~

उसने एक बार और दिलीप का नम्बर मिलाया, हालाँकि वह नहीं जानती थी कि अगर उसने उठाया तो वह क्या कहेगी। वह उसे उसके मृत बेटे के बारे में बताना चाहती थी। वह उसे यह भी कहना चाहती थी कि अब उसे ख़ुद के बूते ही आना होगा, अगर वह उसे ले जाना चाहे। अब उसके पास इस शादी से निकलने का कोई बहाना नहीं था।

''डायल किया हुआ नम्बर मौजूद नहीं है। कृपया नम्बर जाँच लें, फिर डायल करें।'' उसने नम्बर जाँचा और फिर से डायल किया। संदेश ने फिर से ख़ुद को दुहराया। गीता बेचैन हो उठी। उसकी जाँघों के बीच गीलापन था और उसे दर्द होने लगा। उसने कॉल सूची से दिलीप का नम्बर डिलीट कर दिया। वह उठी, जाँचा कि उसके कमरे के दरवाज़े की कुंडी लगी है या नहीं और सैनिट्री नैपकिन बदलने लगी जो कि उसके अन्दर से स्रावित ख़ून को सोख रहा था। उसने पैड को जगह पर लगाया, पुराने अखबार में खराब हुए पैड को लपेटा और बाथरूम में उसे फेंकने गयी। अब वह दृढ़प्रतिज्ञ थी कि दिलीप के ख़ून के आखिरी थक्के को भी अपने शरीर से निकाल फेंकना है।

बासो-झी

सूर्य-सिक्त जनवरी की दोपहर। चार औरतें गाँव के हैंडपम्प के पास जमा थीं, और अपने ताँबे, एल्यूमिनियम और प्लास्टिक के बर्तनों को भरती, बेपरवाही से बतिया रही थीं। मौसम सुहावना था, सूरज बिलकुल सही मात्रा में उष्म था, जिससे कि लोग घर के बाहर आकर तीन महीने लम्बी सर्दियों को अलविदा कह सकें। वसन्त के लक्षण स्पष्ट थे—आम के पेड़ों में मंजरी थीं; चमकदार पीली सरसों किचन गार्डन में झूम रही थी; लाउडस्पीकर आने वाली सरस्वती पूजा की आशा में गूँज रहे थे; और मंद, वासन्ती हवा, जो कि सदियों से हर जगह कवियों और सौन्दर्यशास्त्रियों की प्रेरणा रही है, बह रही थी।

वह चर्चा बहुत जोशपूर्ण थी और उसमें घर, परिवार, गाँव, बाज़ार, सब्ज़ी, कपड़े, भोजन, मौसम, त्योहार सब समाये हुए थे।...दो और औरतें उस समूह में शामिल हो गयी थीं और बातचीत आगे बढ़ी। और गपशप, और खिलखिलाहटें।

कितना अच्छा बोलती थी वह, वह सफ़ेद सूती साड़ी वाली औरत! किस प्रभाव से वह अपने श्रोताओं को बाँधे रखती थी! अपने सिर को पीछे फेंकते हुए, ठहाके के साथ वह हँसी और खिचड़ी बालों की लटें उसकी कनपटी पर छितरा गयीं।

उसने कुछ तेज़, ख़ुशनुमा आवाज़ में कहा, फिर एक शर्मीली लड़की की तरह अपने हाथ से अपना मुँह ढँका। वह बातचीत का केन्द्र थी, लम्बी, साँवली औरत।

दो छोटे बच्चे समूह तक दौड़ते आये और उसकी साड़ी से चिपक गये। ''बासो-झी, बासो-झी! आपको किस काम में इतना समय लग रहा है? आपने हमें कुद के पेड़ के नीचे इन्तज़ार करने के लिए कहा था, और आप अब तक नहीं आयीं! अब आयें।''

उसका नाम, बासो-झी था। एक दोस्ताना व्यक्तित्व के लिए एक दोस्ताना नाम। झी वयस्कों के लिए—वह बच्चों के लिए भी झी ही थी। वस्तुतः—सारे सारजोमडीह की झी।

बासो-झी मुस्कुरायी। ''मुझे जाना होगा,'' उन्होंने अपनी सहेलियों से कहा। बच्चों से, उन्होंने कहा, ''रुको जब तक मैं यह घड़ा घर पहुँचा दूँ। तुम साथ दौड़ो।'' उनकी मज़बूत, बूढ़ी बाज़ुओं ने भारी, पानी से भरे काँसे के घड़े को अपने कूल्हों पर टिकाया और जिस चाल से आगे बढ़ीं उसने उनकी उम्र को झुठला दिया।

''क्या बिडू ने सच में राक्षस को मारा था?'' पाँच साल के एक जिज्ञासु बच्चे ने पूछा। वे सभी प्राचीन कुद के पेड़ के नीचे, धूप-छाँव में जमा थे। बासो-झी, एक पटिया पर बैठी, जाती हुई सर्दी की धूप को सेंकती हुई बिडू की साहसिक कहानी सुना रही थीं। बिडू, एक सन्थाल नायक, जो परी कथा की परम्परा में, पहले, बहुत पहले रहा करता था।

''हाँ, बाबू। बिडू एक शक्तिशाली आदमी था। दानव का सिर काटना उसके लिए बच्चों का खेल था। दानव का बड़ा सिर धरती पर गिरा और बिडू ने सुन्दर राजकुमारी को अपना नाम पुकारते सुना। बिडू...बिडू...''

सात जोड़ी आँखें एकाग्रचित्त होकर उस औरत को निहार रही थीं, जो उनके तरुण दिमागों को जादू और माया की दुनिया की सैर पर ले जा रही थी। वो उस दुनिया में उन्हें ले जाती थीं जहाँ सूरज और चाँद एक साथ ख़ुशी-ख़ुशी खेला करते थे और तारे लम्बे, जादुई पेड़ों की शाखाओं से लटकते थे।

उस दुनिया में जहाँ राजकुमारियाँ सुन्दर से भी अति सुन्दर हुआ करती थीं और नायक अत्यधिक शक्तिशाली। वह ले जाती थीं नौ सिरों वाले राक्षस, दुष्ट कबीले के सरदार, भरोसा जीतने वाली सौतेली माँओं और षड्यन्त्र बुनने वाली डायनों की दुनिया में।

"बिडू क्या कार्टून नेटवर्क के अन्दाज़ में लड़ाई करता था?" एक पाँच साल के बच्चे ने प्रश्न किया था, और बासो-झी ने ख़ुद को उत्तर खोजने का प्रयत्न करते पाया। वह नहीं जानती थीं कि कार्टून नेटवर्क क्या था। वह कभी टीवी नहीं देखती थीं।

एक छह साल का बच्चा उनके बचाव के लिए आया, हालाँकि बिना जानकारी के। "बिडू असली है। वह बहुत पहले रहा करता था। यह कार्टून नेटवर्क सब नकली है। मेरे बाबा कहते हैं।"

सारजोमडीह में दो साल पहले आने के बाद से, बासो-झी लगभग सबकी प्रिय बन चुकी थीं, चाहे जवान हो या बूढ़ा, और उस गाँव के रोज़मर्रा के जीवन का अविभाज्य अंग बन गयी थीं।

सारजोमडीह, लगभग साठ सालों तक छोटानागपुर के उस हिस्से के नक्शे में जो कि अब आधिकारिक रूप से पूर्वी सिंगभूम जिला कहलाता है पर एक अदृश्य बिन्दु की तरह था। सारजोमडीह, जहाँ की अधिकांश आबादी सन्थाल है और बाकी, मुंडा; सभी छोटानागपुर क्षेत्र के आदिवासी सम्प्रदाय के सरना को मानने वाले हैं। सारजोमडीह जो कि भारतीय उपमहाद्वीप के खनिज सम्पन्न अन्तर्भाग में सबसे ऊपर स्थित है। सारजोमडीह, जिसके दक्षिणी सीमान्त पर एक खान और एक ताँबा फैक्ट्री स्थापित की गयी है और जहाँ ताँबा शहर बन गया है। यह धीरे-धीरे सारे सारजोमडीह को निगलने की चेतावनी दे रहा है। सारजोमडीह जो कि विकास का प्रतिफल झेल रहा था, खान और फैक्ट्री का राष्ट्रीयकरण हुआ, दो और खदान खोले गये और गाँववालों की सम्पत्ति पर कब्ज़ा करके सड़कें और रिहायशी क्वार्टर बनाये गये। सारजोमडीह, जिसके पुरुषों को उनकी उपजाऊ ज़मीन के बदले खान और फैक्ट्री में अप्रशिक्षित कामगारों की नौकरी दी गयी। सारजोमडीह जो कि एक जीता-जागता प्रमाण है आदिवासी कृषक समाज के ध्वस्त हो जाने और आदिवासी संस्कृति के

विलुप्त होने का, औद्योगीकरण और विकास के दुहरे उपहार के सामने। सारजोमडीह, जिसने साठ सालों के अन्दर 'ताँबा शहर' की तरह शहरीकरण की सारी सुविधाएँ प्राप्त कर ली थीं। जैसे कि—पक्के घर; केबल टेलीविज़न; दुपहिया वाहन; चांपाकल; एक संकरी घुमावदार डामर जिसे हर कोई 'मुख्य सड़क' बुलाता था; और एक प्राथमिक स्कूल।

सारजोमडीह में अब बहुत कम लोग खेती करते हैं। ज़्यादातर आदमी—कुछ औरतें भी—खानों और फैक्ट्री में कुली और रेज़ा की तरह काम करते हैं। जिन्हें शिक्षा प्राप्त करने का सौभाग्य मिलता, वे बैंक या अन्य दफ़्तरों में काम करते। कुछ युवा लड़के भारतीय सेना में शामिल हो जाते हैं। आदिवासी जिस तरह रहते आ रहे थे, उसके मद्देनज़र, यह फिर भी विकास ही है।

यह वह समाज था जहाँ मनुष्य के सामान्य अवगुणों के साथ अच्छाई और मासूमियत देखने को मिलती थी। इस समाज में बासो-झी के आने से कई लोगों की ज़िन्दगी बदल गई।

पहले तो सोरेन बाबू, उनकी पत्नी पुष्पा और उनके तीनों बच्चों की ज़िन्दगी।

सोरेन बाबू बैंक में काम करते थे। यह वही थे, जो बासो-झी को सारजोमडीह लाये थे, पुष्पा को बताये बिना।

"वह कौन है? मैंने इसे पहले नहीं देखा" उसने पूछा।

सोरेन बाबू ने समझाने की कोशिश की, "मेरी एक दूर की रिश्तेदार है। इनका नाम बसंती है। बसंती-झी। मैं इन्हें बासो-झी कहता हूँ। इनका बेटा बंगाल में कहीं नौकरी करता है। नामाल-दिसोम में। वह इनकी देखरेख करने में अक्षम है। इसलिए मैं इन्हें यहाँ ले आया। अगर तुम्हें कोई आपत्ति नहीं हो..."

पुष्पा चिढ़ी हुई थी। लेकिन उसने फिर बसंती को देखा—उसकी गन्दी, तुड़ीमुड़ी साड़ी और एक बड़ा-सा बंडल जिसे उसने सीने से चिपका रखा था; उसकी झुकी आँखें, और हर दृष्टि में डर और सन्देह; अजीब तरह से सिकुड़ना जब वह अपनी लम्बी आकृति को छोटे सोरेन बाबू के पीछे छिपाने का प्रयत्न कर रही थी—और उन्हें दया आयी। इसके अलावा, पुष्पा ने ख़ुद

को समझाया कि उसकी उम्र को देखकर यह भय तो नहीं रहेगा कि वह उनके गले पर छुरा रखकर उनसे पैसे और गहनों की माँग करेगी।

''नहीं, मुझे कोई दिक्कत नहीं,'' पुष्पा ने कहा। ''लेकिन इन्हें पहले नहाना होगा।''

अगले दिन बासो-झी परिवार में सबके उठने से पहले उठ गयीं और पूरे घर को बुहार कर साफ़ कर दिया। फिर उन्होंने कपड़े धोये। पुष्पा चकित थी।

''नहीं, बासो-झी। यह सब मत करें। मैं कर लूँगी,'' पुष्पा ने बसंती से कहा।

''नहीं, बाहू। आपके पास पहले ही इतना कुछ करने को है। मुझे काम करने की आदत है। यह तो कुछ भी नहीं है।'' बसंती ने हँसते हुए उत्तर दिया।

पुष्पा ने इसके बाद कुछ नहीं कहा। वह बहुत ख़ुश थी। अब, उसे सुबह उठकर बस नहाना होता और नाश्ता बनाना होता। एक औरत, जिस पर एक दफ़्तर जाते पति और स्कूल जाने वाले तीन उपद्रवी बच्चों का बोझ हो, और कपड़े धोना, खाना पकाना, सफ़ाई, झाड़-पोंछ, सब्ज़ी काटना और मसाले पीसना जैसे अनगिनत काम हों, वह और क्या चाहेगी?

सोरेन-बाबू और पुष्पा के तीन बच्चे थे। सबसे बड़ी, संगीता सात साल की थी और दो जुड़वाँ लड़के, श्याम और गोपाल, लड़की से दो साल छोटे थे। सोरेन-बाबू प्रसन्न रहने वाले पिता थे, लेकिन उनकी पत्नी एक परेशान माँ थी। उसका अधिकांश समय बीतता—या उसकी नज़र में बर्बाद होता था, उनकी पढ़ाई करवाने में बच्चों को शरारतों और ज़्यादा टीवी देखने से दूर रखने में। सोरेन-बाबू का वेतन उन्हें नौकरानी रखने की विलासिता की अनुमति नहीं देता था। इसलिए पूरा दिन, बेचारी पुष्पा अपने पंजों पर टिकी रहती।

बासो-झी में, पुष्पा को बच्चे की आया, घर सँभालने वाली, कपड़े धोने वाली, सब्ज़ी काटने वाली, मसाला पीसने वाली, मछली साफ़ करने वाली, पीठ साफ़ करने वाली, खोपड़ी की मालिश करने वाली, एक राज़दार और एक दोस्त मिल गयी थी।

सोरेन-बाबू जिनका कोई नज़दीकी परिवारवाला नहीं था, को बासो-झी में एक माँ की छवि मिल गयी थी।

संगीता, श्याम और गोपाल ने अपनी टोली में एक नया सदस्य शामिल कर लिया था।

बासो-झी को एक परिवार, और दोस्त मिल गये थे।

वहाँ एक बूढ़ी औरत मायनो मारडी थी, जो पड़ोस में रहती थी। हर सुबह वह गुड़हल की झाड़ी पार कर सोरेन परिवार के पीछे के आँगन में आ जाती, जहाँ बसंती माची पर बैठी, आलू छील रही होतीं, या बैंगन, भिंडी, पालक या सहजन दोपहर के खाने के लिए काट रही होतीं।

दोनों औरतें वहाँ बैठतीं और अपनी रोज़ाना की लच्छेदार बातों के सिरे खोलतीं। मायनो शिकायत करती कि शान्ति, उसकी बहू, उसे पर्याप्त खाना नहीं देती। बसंती पूरे सारजोमडीह में एकमात्र औरत थीं, जो इस कम भोजन पाने वाली सास के दर्द को समझती थीं। मायनो को इस बात से तकलीफ़ नहीं थी कि उसे दोपहर के खाने में एक और कलछी चावल या सुबह की चाय में एक और चम्मच भरकर चीनी अपनी पुत्रवधू द्वारा मना कर दी जाती थी। मायनो की समस्या ख़ुद शान्ति थी। खाने की कोई भी मात्रा मायनो को सन्तुष्ट नहीं कर पाती थी। वह अपने बेटे को वापस पाना चाहती थी, वह आदमी जो अपनी पत्नी का हो गया था। वह चाहती थी कि उसके पोते-पोतियाँ अपनी माँ द्वारा अपनी दादी को सम्मान दिया जाता देखें।

हर शाम, बसंती टहलने जातीं और बूढ़े दशरथ मुर्मू के साथ थोड़ी गपशप के लिए रुकतीं। दशरथ एक विधुर था और चांपाकल के पास एक छोटी झोपड़ी में अपनी बेटी बिजोया और बीमार किशोर बेटे के साथ रहता था।

बिजोया शादी की उम्र की एक सन्थाल औरत थी और उसके सामान्य सन्थाली नैन-नक्श थे। पाँच फीट और कुछ इंच लम्बी, काली, थोड़ी गोल-मटोल और मधुरभाषी थी। गाँव की बाकी लड़कियों में से कुछ बात जो उसमें अलग थी तो वह उसकी शिक्षा थी। वह ग्रैजुएट थी, इतिहास में ऑनर्स

डिग्रीधारी थी और शिक्षिका बनने की इच्छुक थी। हालाँकि सन्थाल पुरुष सिर्फ़ रूप देखते हैं। जबकि बिजोया का सोने का मेडल उसे एक अच्छी नौकरी दिला सकता था। जब शादी की बात आती, तो भावी वर उससे डर जाते। उसके रंग और उसकी डिग्री के कारण—उसके पास बहुत अवसर नहीं थे। यह तथ्य कि वह खाना बना सकती है, सफ़ाई, सिलाई, झाड़ू-बुहारी और बूढ़े लोगों की देखभाल करने के अलावा, गोशाला साफ़ करने से लेकर अगर ज़रूरत पड़ी तो जलावन के लिए लकड़ियाँ भी ला सकती है—बहुत विवाह प्रस्तावक उसके घर की ओर आकर्षित नहीं हुए। और, साथ ही, वहाँ जादू-टोने की अफ़वाह भी थी, जो उनके एक नाराज़ रिश्तेदार द्वारा फैलाई गयी थी। उसकी माँ की मौत, उसके भाई की अक्षमता, उसके पिता की बर्बाद धान की फसल, यहाँ तक कि उसकी डिग्री—सबने इसमें सहयोग दिया था।

जब बसंती ने सबसे पहले इल्ज़ामों को सुना, वह अचंभित रह गयीं, बहुत पहले दबा दी गयी एक बेचैन करने वाली याद उसे फिर से प्रताड़ित करने लगती, जैसे कि एक पतली रबर बैंड जिससे कोई अपने बालों का जूड़ा बाँध रहा हो और वह उँगलियों पर ज़ोर से आ लगे।

उसके बाद से, यद्यपि बसंती दशरथ से उसकी बेटी के बारे में बात करना टालतीं, पर बूढ़ा आदमी इसी विषय पर लौट आया करता। शिक्षित, स्वस्थ महिला को पति की ज़रूरत नहीं जो जीवनभर उसका मार्गदर्शन करता रहे, वह इशारा देने की कोशिश करतीं। वह दशरथ को यह समझाने की कोशिश करतीं, बातें घुमाकर कि बिजोया जैसी दक्ष और शिक्षित बेटी अपना भविष्य ख़ुद बनाने में सक्षम हो सकती है। लेकिन कोई फ़ायदा नहीं होता।

इस तरह दो साल बीत गये, जब विजयादशमी आयी, दुर्गापूजा का अन्तिम दिन। वह दिन जब यह माना जाता है कि अच्छाई ने बुराई पर विजय पायी थी। विजयादशमी पूर्वी भारत का सबसे लोकप्रिय त्योहार है। ताँबा शहर जगमग और जीवन से स्पंदित था जैसे कि देवी को अन्तिम नमस्कार कर सके, इससे

पहले कि उनकी मिट्टी की प्रतिमा सुबर्ण रेखा में समाहित हो जाये।

सड़क आदमियों और मोटर वाहनों से भरी थी। पूजा पंडाल चमक रहे थे; नये बॉलीवुड और बांग्ला हिट गाने पवित्र मंत्रोच्चारण के बीच गूँज रहे थे; चंचल बच्चे और सुन्दर पोशाक पहने वयस्क पुचके और चाउमीन के स्टालों पर भीड़ जमा किये हुए थे। रावण की एक विशाल आकृति तनी खड़ी थी।

सारजोमडीह के गाँव में भी बहुत चहल-पहल थी। आदमी, औरतें और बच्चे, सभी नये कपड़ों में, शहर की ओर उत्सव में भाग लेने चले आ रहे थे। संगीता, गोपाल और श्याम पहले से ही पंडाल में थे, उनके सिर श्रद्धा से झुके हुए थे और नन्हे हाथ प्रार्थना में बँधे थे। बच्चे शरारती थे लेकिन वे तहज़ीब जानते थे। सोरेन-बाबू ने उनकी ओर देखा और अपना सिर प्रार्थना में झुका लिया—मैं अपने परिवार के लिए ख़ुशी, शान्ति और समृद्धि चाहता हूँ माँ। माँ दुर्गा, मेरी मनोकामना पूरी करना।

पुष्पा और बासो-झी घर पर थीं। उनके पड़ोसी के घर में जो हो रहा था उस वजह से उन्हें उत्सव मनाने के लिए शहर की ओर जाना उचित नहीं लगा।

मायनो का पोता बीमार था—चार साल के उस बच्चे को तेज़ बुखार था। सिर्फ़ भगवान जानता है कि उसे कहाँ संक्रमण लग गया। वह पिछली रात ताँबा शहर अपने पिता और दो बड़ी बहनों के साथ देवी के दर्शन को गया था। वह ख़ुश और स्वस्थ घर लौटा था। उस रात वह ऐंठने लगा।

मायनो उस दिन बसंती से बात नहीं कर सकी। तब भी नहीं जब बसंती मायनो के घर, उसके पोते की बगल में खटिया पर बैठी थी, बूढ़ी औरतें आपस में बहुत ज़्यादा बात नहीं कर सकीं।

एकादशी, उत्सव के बाद की सुबह। सड़कें शान्त थीं। शहर सोया हुआ था, दस दिनों की लगातार भागदौड़ और आनन्द उत्सव के बाद थकान के कंबल में लिपटा हुआ। पताका और तोरण, गेंदे के फूलों की मालाएँ और कागज़ की लुगदी के बने चक्र, पत्तों के दोने और मिर्च पटाखा के खोल सभी सड़क पर बिखरे हुए थे।

मायनो ने पूरी रात एक झपकी भी नहीं ली। वह अपने बेटे और बहू का इन्तज़ार कर रही थी, जो अपने बेटे को लेकर देर रात अस्पताल गये थे। जब वे लौटे, तो अपने साथ मरे हुए बच्चे को घर लाये।

अन्तिम क्रिया सम्पन्न हो चुकी थी। हालाँकि गाँव में जीवन वापस अपनी रफ़्तार में लौट आया था, यह मायनो और सोरेन-बाबू के परिवारों के लिए बिलकुल भी पहले की तरह नहीं रह गया था।

इस गाँव में पिछले दो सालों में यह तीसरी मौत थी; जो बसंती के आने के बाद हुई थीं। दो बूढ़े लोग, जो इतने बूढ़े थे कि उनका बच जाना एक चमत्कार होता, जाने वालों में पहले थे। लेकिन मायनो का पोता अभी बच्चा ही था।

अचानक, बसंती की उपस्थिति मायने रखने लगी। बच्चे की मौत अस्वाभाविक थी, ऐसा कहा जा रहा था, और पुष्पा ने भी यही पूछना आरम्भ कर दिया था, वही कड़े प्रश्न जो उसने दो साल पहले पूछे थे—"यह बासो-झी कौन हैं?" "यह कहाँ से आयी हैं?" सोरेन-बाबू ख़ुद को इन प्रश्नों का स्पष्ट उत्तर देने में सक्षम नहीं पा रहे थे।

मायनो को घर में ही नज़रबन्द कर दिया गया था। उसे बसंती से बात नहीं करनी थी; कुद के पेड़ के नीचे कोई बतकहियाँ नहीं होती थीं। अब वे बहुएँ थीं जिनका संवाद चलता था। लेकिन जहाँ बसंती और मायनो तेज़ आवाज़ में लम्बी बातचीत के दौर चलाती थीं, पुष्पा और शान्ति अपनी बातचीत छोटी और गुप्त रखती थीं।

पुष्पा अब इस बात का ध्यान रखती कि उसी समय पर उठे जब बासो-झी उठती हैं, इसके लिए भले ही उन्हें पूरे घर को कर्कश अलार्म घड़ी से उठाना पड़ता। शुरुआती सर्दी की ठंड उन्हें सताती, लेकिन उन्हें बसंती को रसोई और अपने कपड़ों से दूर रखना था।

बच्चे असामान्य रूप से शान्त थे। गोपाल और श्याम को निर्दयता से कोसा जाता; संगीता को बिना वजह डाँटा जाता। "इतनी बड़ी लड़की! क्या अपने जूते भी जगह पर नहीं रख सकती। तुम्हारे लिए यह कौन करेगा?

बासो-झी? वह इस घर में हमेशा के लिए रहने आयी हैं क्या?"

सोरेन-बाबू ने देखा, सुना, शायद सब कुछ समझा भी, लेकिन कुछ नहीं कहा। पूरे घर में शान्ति करैत की तरह रेंग रही थी।

बुदबुदाहट तब शुरू हुई, जब बच्चे सो रहे थे, लेकिन बासो-झी उसे अच्छी तरह सुन पा रही थीं। बहुत सारी रातों से पुष्पा लगातार पागलों की तरह बकती रहती और सोरेन-बाबू उन्हें अपनी शान्त और संयत आवाज़ में शान्त करने की कोशिश करते रहते।

एक रात, बाँध टूट गया। जब सोरेन-बाबू आखिरकार अपना सब्र खो बैठे, रबर बैंड एक बार फिर फैला और बासो-झी को चोट लगी।

सोरेन-बाबू पुष्पा पर चिल्लाये, "तो मैं क्या करूँ फिर? उसे कहूँ कि वह डहनी है, उसे बालों से पकड़ूँ और घर के बाहर फेंक दूँ?"

अब बात स्पष्ट थी। बासो-झी समझ गयीं। वह डहनी थीं—एक डायन। उसने अपने पोते को मारा था और इसलिए उसके अपने बेटों ने उससे नाता तोड़ लिया था। वह अजनबियों से कैसे उम्मीद कर सकती थी कि उसे स्वीकारें? वह वास्तव में डायन थी।

बसंती को अपने बचपन की कोई स्मृति नहीं थी, सिवा जादू और नायकों की रंगीन कहानियों के जो उन्होंने अपनी दादी से सुनी थीं, और वे धृष्ट गाने, जो उनकी माँ और चाची शादियों और त्योहारों में गाया करती थीं। चापड़ी, उनके गाँव का यही नाम था, लेकिन उस जगह के बारे में उन्हें कुछ याद था तो वे थे लहलहाते हरे खेत जहाँ उन्होंने अपना पूरा बचपन मवेशियों और बकरियों को चराते हुए बिताया था। उन्हें अपने माता-पिता का घर याद नहीं था, न अपने गाँव का रास्ता याद था। उन्हें याद है कि उनके बड़े बताते थे कि यह बंगाल में कहीं था। वह ज़रूर चौदह साल की रही होंगी जब उनकी शादी एक किसान से कर दी गयी, जो उनसे उम्र में दुगुना बड़ा था। वह एक

शर्मीली, मूर्ख, सन्थाल लड़की थीं, अशिक्षित और गँवार जिसने कभी भी कार या बस नहीं देखी थी, न ही कभी चापड़ी के बाहर गयी थी।

उनकी शादी ने उनका जीवन बदल दिया। उनका दूल्हा उन्हें सालबनी, अपने गाँव, ट्रेन से लाया। विशाल, काले स्टीम रेल इंजन ने उन्हें चमत्कृत कर दिया था। बहुत सारी नयी जगहों को पार कर, वह रेलवे स्टेशन पर उतरीं और पथरीली सड़क पर तीन मील चलीं, जो उन्हें और उनके दूल्हे और साथ में सभी रिश्तेदारों को, सालबनी ले गयी थी। लेकिन आह! वह नयी दुल्हन थीं, उनका सिर हल्दी सनी हाथ से बुनी साड़ी के आँचल से ढँका था, उनकी आँखें ज़मीन पर गड़ी थीं। वह कुछ नहीं देख रही थीं।

शादी के बाद, जीवन ने उन्हें बहुत अवसर दिया उन सभी चीज़ों को देखकर आनन्दित होने का जो उन्हें चकित करती थीं और वे चीज़ें जिनके बारे में उन्होंने चापड़ी में रहती एक बच्ची के तौर पर सिर्फ़ सुना भर था। उनका आदमी हाट ले जाता, जहाँ वह उन्हें मिठाई, काँच की चूड़ियाँ, टिकली, आयनोम, चौरीत और मोरपंखी रंग के स्कार्फ़ खरीद कर देता। उनका आदमी उन्हें प्यार करता था, और वह उसे चाहती थीं। वह उसके चेहरे को पसन्द करती थीं, और, सबसे ज़्यादा, उसकी मूँछों को—मोटी, चमकीली और दोनों सिरों पर मुड़ी हुई। उन दिनों, आदमी अपनी पत्नियों को नाम से नहीं बुलाते थे। और औरतें, वे शायद ही अपने आदमियों से बात करती थीं। वे बस सुनती थीं।

एक रात, बसंती ने सुना अपने पति को ख़ुद को उस नाम से बुलाते, जिस नाम से बस उसे उसके माता-पिता बुलाया करते थे—''बासो।''

उन्हें महसूस हुआ कि उनके पैरों के नीचे की ज़मीन खिसक गयी। उनके गाल शर्म से लाल हो गये और हृदय की धड़कन बढ़ गयी जब उन्होंने अपनी कमर के चारों ओर एक मज़बूत हाथ महसूस किया। जिस चेहरे को वह प्यार करती थीं, वह उनके चेहरे पर इतना झुक आया था कि उन्हें उसकी गर्म साँसें अपनी गर्दन पर महसूस हो रही थीं। चेहरे पास, और पास आ रहे थे। उसकी मूँछें उनके गालों, उनके होंठों पर चुभ रही थीं। वह डर और उत्तेजना से सुन्न और अविचल पड़ी थीं जब उसकी जीभ उनके चिबुक पर घूम रही थी।

उन्होंने उसे दो बेटे दिये, दो स्वस्थ लड़के अपने पिता की तरह ही। वह खेत में खाना ले जातीं जहाँ वह काम कर रहा होता। थोड़ी दाक्-माड़ी, थोड़ा नमक, या एक मिर्च या एक प्याज; सब कुछ साफ़ गमछे में बँधा हुआ। उन्होंने गठरी अपने सिर पर लादी होती, और दो बच्चे उनके साथ भागते, कीचड़ वाले पानी के आस-पास उछलने का कोई भी अवसर नहीं छोड़ते थे। सुबह को, वे अपने पिता के साथ खेलते, रात में उनकी माँ उन्हें अपनी अनोखी कहानियों से लुभाती थीं।

बड़ा लड़का सिर्फ़ नौ साल का था जब बसंती विधवा हो गयीं। वह इतने सदमे में थीं कि रो भी नहीं सकीं। अपने बेटों, अपने जानवरों, अपने खेत की देखभाल करनी थी। आँसू बहाने का समय नहीं था।

बसंती को कई प्रस्ताव प्राप्त हुए, ज़्यादातर उसके मृतक पति के बहुत पहले से शादीशुदा रिश्तेदार भाइयों से जो अचानक कहीं से प्रकट हो गये थे और उनकी चीज़ों को अपना बताने लगे थे। बसंती उनके मकसद को समझती थीं और उन्होंने कठोरता से मना कर दिया। फिर भी उनके भोलेपन ने उनसे बहुत से खेत छिनवा दिये और उनके पास सिर्फ़ एक ज़मीन का टुकड़ा उनकी झोपड़ी के पीछे बच गया। छोटा, लेकिन उपजाऊ। वहाँ उन्होंने सब्ज़ियाँ उगानी शुरू कीं और उसके उत्पाद को हाट और रेलवे ट्रैक के दूसरे हिस्से के छोटे बाज़ार में बेच कर आतीं। हाट उन्हें अपने पुराने दिनों की स्मृति दिलाता जब वह एक शादीशुदा औरत थीं। लेकिन अब वह काँच की रंगीन चूड़ियाँ या साड़ी नहीं पहन सकती थीं और उनके अन्दर से मिठाई और स्टीम इंजन के लिए सारा आकर्षण ख़त्म हो चुका था।

वह तेंदू और साल के पत्ते, महुआ के फूल और बांस की टहनियाँ जमा करती थीं, जिनके उन्हें बाज़ार में अच्छे दाम मिलते थे। कभी-कभी वह इमारतों और सड़कों के निर्माण स्थल पर काम करती थीं और शहर की चावल मिल में काम करती पायी जाती थीं।

बसंती के दिमाग में पहला प्रश्न जीवन का था और उन्होंने सब कुछ झेल लिया—भूख, गरीबी, चालें चलते रिश्तेदार और कामातुर नज़रें। अप्रिय सन्थाल विधवा ने ख़ुद को सर्वोत्कृष्ट अकेली माँ साबित किया था, और

अपने पिताविहीन बेटों को बिना किसी सहायता के पाला-पोसा था, कभी भी उन्हें वंचित या हताश नहीं महसूस होने दिया।

जैसे-जैसे समय बीता, बसंती के बेटे समर्थ शरीर वाले युवा लड़कों की तरह बड़े हुए, लेकिन वे अपने पिता से बिलकुल अलग थे। वे व्यस्त रहते, अपनी मशीन को तेल पिलाते रहते और अपनी माँ के लिए स्नेह का ज़रा भी अंश या कृतज्ञता नहीं दिखाते थे। उन्होंने अपनी पसन्द की लड़कियों से शादी की। और यह बसंती के दु:खों की शुरुआत थी।

दूर से देखने पर कोई भी बसंती के जीवन से ईर्ष्या कर सकता था—दो बेटे, दो बहुएँ, पोते, एक खुशहाल परिवार। लेकिन किसी को बस सतह की एक परत उतारनी थी, यह देखने के लिए कि उस औरत पर वास्तव में क्या गुज़र रही थी। पूरे जीवन के संघर्ष और परिश्रम ने उसके अंगों को ही नहीं उसकी आत्मा को भी कठोर बना दिया था। वह जल्दी ही जान गयीं कि उनके बेटे और उनकी पत्नियाँ उन्हें अपने आस-पास नहीं देखना चाहते, इसलिए उन्होंने अपने लिए उस ज़मीन के टुकड़े पर एक कमरे की झोपड़ी बना ली, जहाँ वह सब्ज़ियाँ उगाया करती थीं। वह वहीं खाना पकातीं, सोतीं और रहतीं।

उनकी बहुएँ आलसी और गुस्सैल थीं। वे साफ़-सुथरी थीं, बाकी सन्थाल औरतों की तरह और वे अपने कमरे और राचा को व्यवस्थित रखतीं। लेकिन उनके अन्दर बस एक यही गुण था। दयालुता, समझदारी, घर को सुचारू रूप से चलाने का सामर्थ्य, अपनी सास के लिए आदर—ये चीज़ें उनके लिए कोई मतलब नहीं रखती थीं। हालाँकि, बसंती उनकी लापरवाही और अप्रत्याशित मूड बदलने को स्वीकार करने से इनकार करती थीं। वह अक्सर उनकी गलतियों की ओर इशारा कर देती थीं, खासकर जब उनके पोतों की ठीक से देखभाल नहीं होती, जिनके लिए वह जान देती थीं। बच्चे लगातार अपनी दादी के पास भाग कर आते जो उनकी माँओं से भी ज़्यादा उनकी परवाह करती थी, और यह ऐसी बात थी जिसे बसंती की बहुएँ बर्दाश्त नहीं कर सकी थीं।

फिर बसंती के छोटे बेटे का लड़का डायरिया की वजह से चल बसा। जब बच्चा ज़िन्दा था और तकलीफ़ झेल रहा था तो सिर्फ़ बसंती ही थीं जो

उसकी सेवा कर रही थीं। उसकी माँ सिर्फ़ चिल्ला रही थी और सबको अपने बच्चे की बीमारी का दोष दे रही थी।

जब बच्चा मर गया तो चीख-पुकार की तीव्रता बढ़ गयी, बहुओं ने यह घोषित करने में एक क्षण भी नहीं लगाया कि उनकी सास ही उस बच्चे की मौत की ज़िम्मेदार हैं।

उसने क्या किया है? वे क्यों उस पर दोष लगा रही हैं?

"हमें बताओ, तुम झोपड़ी के अन्दर क्या करती रहती हो?" उसके बेटे ने पूछा। "किस बुरी शक्ति की तुम पूजा करती हो, और तुम्हें बलि के लिए कितने बच्चे चाहिए?"

बसंती अवाक् थी। इस तरह के प्रश्नों का बस एक ही मतलब था। लेकिन उसके बेटे—उनके अपने बेटे!—उन्हें एक डायन बुला रहे थे?

उन्होंने बहुत ही असहाय महसूस किया, तब से भी ज़्यादा जब वह विधवा हुई थीं।

बिलकुल एकाकी, उन्होंने देखा कि उनके बेटों ने उनके एक कमरे का घर तहस-नहस कर डाला था। उनके बर्तन, उनके कपड़े, उनके मिट्टी के घड़े, उनका टिन का बक्सा सब कुछ फेंक दिया गया। अपनी माँ की झोपड़ी और उसके हृदय को इतना नुकसान पहुँचा करके भी वे सन्तुष्ट नहीं हुए, छोटे बेटे ने बसंती को बालों से घसीट कर ज़मीन पर फेंक दिया। फिर उनके पेट पर एक लात मारी। बूढ़ी औरत दर्द और दुःख से चीखी।

बेटों ने गालियाँ और लातें चलाना जारी रखा। बड़े बेटे ने इसी बीच, अपनी माँ की कमज़ोर रिहाईश को नष्ट करने की तैयारी की। कुल्हाड़ी का एक मज़बूत वार किया और बांस का दरवाज़ा निकल आया। दूसरा प्रहार, और अस्थायी रसोई का लकड़ी का फ़र्श धराशायी हो गया। एक और प्रहार और मिट्टी का चूल्हा चूर-चूर हो गया।

यह सब बहुत देर तक चलता रहा। औरतें बच्चे की मौत का विलाप करती रहीं और अपने पतियों को उस डहनी को मार देने के लिए उकसाती

रहीं, एक-दूसरे को पकड़े खड़ी रहीं। बहुत सारे गाँववाले उस तमाशे को देखने जमा हो गये, लेकिन कोई भी बसंती की तरफ़ से बोलने के लिए आगे नहीं आया। वह ज़मीन पर दर्द, दु:ख, अचम्भे और अपमान के मारे पड़ी रहीं। वह अपनी माँ की सुकून भरी आवाज़ के लिए तड़प रही थीं— "बासो! बासो!" वह अपने आदमी को याद कर रही थीं। वह उसे कहना चाहती थीं—देखो, तुम्हारे बेटे मेरे साथ क्या कर रहे हैं! तुम मुझे एक नयी साड़ी, कुछ काँच की चूड़ियाँ, थोड़ा आयनोम, थोड़ा सिन्दूर खरीद दो और मैं फिर से सुन्दर दिखूँगी।

तब अँधेरा हो गया था जब बसंती ने अपनी चीज़ें मलबे से समेटनी शुरू कीं। उन्होंने अपने कुछ कपड़े और अपनी युवावस्था की कुछ निशानियाँ रखीं—कुछ काँच की साबुत चूड़ियाँ और छोटी, खाली सिन्दूर और आयनोम की डिबिया—और उन्हें अपनी एक साफ़ धोती में लपेट लिया । फिर वह चली गयीं।

दो घंटे की ट्रेन यात्रा ने उन्हें ताँबा शहर पहुँचाया। वह कम्पार्टमेंट से पागल औरत की तरह दिखती उतरीं, प्लेटफॉर्म पर दो रातें बिताने के बाद, तीसरी रात उन पर सोरेन-बाबू की नज़र पड़ी।

सोरेन-बाबू कोई रिश्तेदार नहीं थे लेकिन वह बसंती को एक शादी में मिले थे, जिसमें दोनों ही शामिल हुए थे। बसंती उस शादी में दूल्हे की तरफ़ से थी। उसने एक बहुत ही विवादास्पद गीत गया था—"ताले चोपोज्-चोपोज् तेम् हेज् आकाना, सिंजो होटोर्-होटोर् ते चालाव जों मे।" तुम ताड़ के फल को चूसते आये हो, अब तुम पत्थर के सेब के छिलके को खोदते हुए चले जाओ—दुल्हन के दल को चिढ़ाते हुए जो दुल्हन के साथ उसकी ससुराल आये थे। उसको गाते सुनना बहुत आनन्ददायक था। सोरेन-बाबू उस औरत से प्रभावित हुए थे। वह उससे बातें करने लगे और यह जाना कि उनके कुछ रिश्तेदार चापड़ी के पास के गाँव में रहते थे और उन्हें बसंती को 'झी' कहकर बुलाना चाहिए।

ताँबा शहर के रेलवे स्टेशन पर वह बसंती को पहचान गये। थोड़ी-सी बात के बाद, कहानी बाहर आ गयी। सोरेन-बाबू बसंती को बहुत अच्छी

तरह जानते थे, इतनी अच्छी तरह कि बिना कोई सन्देह पाले उसे घर ला सकें। और उन्होंने वही किया।

~

पुष्पा जगने पर यह आशा कर रही थी कि बासो-झी झाड़ू लेकर रसोई से प्रकट होंगी।

''मैंने आपको यह सब करने के लिए मना किया था।'' उसने रसोई का दरवाज़ा खोलने से पहले बोले जाने वाली पंक्तियों का अभ्यास किया। बासो-झी वहाँ नहीं थीं। घबराकर पुष्पा ने सोरेन-बाबू को हिला कर जगाया और उन्हें यह समाचार दिया। वह बिस्तर से कूदे और आँगन में दौड़े आये। सामने का दरवाज़ा ख़ुला हुआ था।

वे उस कोने में गये जहाँ बासो-झी सोया करती थीं। फोल्डिंग चारपाई खड़ी करके रखी हुई थी। उस पर सलीके से कपड़े और कुछ और चीज़ें रखी थीं—एक कंघी, तेल, दाँत साफ़ करने के लिए साल के दातुन, साबुन—वे चीज़ें जो बासो-झी ने सोरेन परिवार से प्राप्त की थीं। उनकी रबर की चप्पल सलीके से खाट के बराबर रखी थी लेकिन बासो-झी ख़ुद और उनकी गठरी गायब थी।

अंतिम इच्छा

उस धूल भरी, कच्ची सड़क पर चल रहे सभी लोगों में, सुभाषिणी की चाल सबसे तेज़ थी, उसके चेहरे का भाव सबसे गम्भीर, और उसका दिमाग सबसे ज़्यादा चिन्ताकुल था। उसका गाँव रोशपाल, वहाँ से करीब पाँच किलोमीटर की दूरी पर था और वह अभी ख़ुद को चकुलिया के सूनबार हाट की भीड़ से निकाल पाने में सफल हो पायी थी। सामान्यत: वह कुछ सब्ज़ियाँ चुनती थी—नूतोन आलू एक पाव; आमन्त्रित करती लाल बेसाती जो कमारीगुडा के खेत से ताज़ी लायी गयी थी; और कुछ हरी पत्तेदार सब्ज़ियाँ। फिर वह धोरा-बुढ़ी नोनीबाला की झोपड़ी की तरफ़ थोड़ा टहलने निकल जाती, रुई और कतला की मौजूदगी और ताज़गी पर बात करती और फिर उनकी कीमत पर मोलभाव करती, आखिरकार दुकान से कुछ सस्ती बाँशपाता मछली लेकर निकलती जिसे मसाले में लपेट कर, धूप में सुखा कर और तीखे रस के साथ पकाया जाता था। अन्तत:—चकुलिया से बाहर निकलते हुए वह माँ मोनोसा मिष्ठान्न भंडार में रुककर, आधा दर्ज़न जोबे-लाड्डू, और कुछ सिंघारा और आलू टिक्की खरीदती, अपने तीनों बच्चों के लिए खाने की चीज़ें—चौदह साल की पारुल, ग्यारह साल की निलमोनी, और नन्हा कुनाराम, जो सिर्फ़ सात साल का था। हालाँकि, आज सुभाषिणी ने सिर्फ़ एक छोटा डोंगा उठा रखा था, जिसके अन्दर चार जलेबियाँ थीं। भले ही उसकी आँखें सड़क पर टिकी हुई थीं, उसका दिमाग कहीं और था। चावल मिल में यह एक थकाने वाला दिन था और उसे जितनी जल्दी हो घर पहुँचना था।

सुभाषिणी की सामान्य चाल को आराम से मंथर कहा जा सकता था,

और उसके आचरण को सामाजिक। वह घर जल्दी पहुँच जाती थी लगभग सूर्यास्त के समय। वह बाज़ार-कामी कुड़ी-को के एक बड़े समूह में जाती, सुभाषिणी और उसकी सहेलियाँ—औरतें जो एल्युमिनियम फैक्ट्री में काम करती थीं, साबुन फैक्ट्री में, बद्रीनाथ के फलों के बगीचे और जैम फैक्ट्री में, देबू बाबू के मुर्गी फार्म में और पूरे चकुलिया के कई निर्माण स्थलों में। औरतें, युवा और वृद्ध—युवा औरतें यत्नपूर्वक लपेटी गयीं सिंथेटिक छींट की साड़ियों में, उम्रदराज़ औरतें सादी, हाथ से रंगी गयी लूम साड़ी को पारम्परिक अन्दाज़ में बाँधे हुए—बहुत सारे डिब्बों वाले एल्यूमिनियम टिफ़िन कैरियर को पकड़े,धारीदार गमछे को कन्धे पर रखे या अपनी कमर में बाँधे, वे घर तक पहुँचने के पूरे रास्ते हँसती, खिलखिलाती, बतियाती जाती थीं। ट्रेकर और झारखंड की बसें उनकी बगल से निकलतीं, हॉर्न बजाती हुईं, उनके खलासी भाड़े के लिए और रास्ता देने के लिए चिल्लाते रहते, लेकिन औरतें कभी भी ड्राइवर को रुकने के लिए या उन्हें गाड़ी पर बैठाने के लिए हाथ नहीं दिखाती थीं, जब तक कि उन्हें बहुत देर नहीं हो रही होती थी या वे चलने के लिए बहुत थकी नहीं होती थीं। एक बार चढ़ने के बाद ये औरतें मोलभाव करतीं, अगर किराया तीन रुपया होता तो सिर्फ़ एक रुपया और पाँच होता तो सिर्फ़ दो रुपये देतीं। वे खलासी और ड्राइवर को गालियाँ देतीं और हर रुपये के लिए अन्तिम दम तक लड़तीं। ड्राइवर और खलासी इस लड़ाई का मज़ा लेते और कई बार उन औरतों को उकसाते। पुरुष यात्री और बच्चे उनका पक्ष लेते, इस लड़ाई और दुर्वचनों का आनन्द लेते।

सुभाषिणी जबकि इस तरह के मोलभाव में माहिर थी, पैदल चलने को प्राथमिकता देती थी, क्योंकि इससे उसे और डुमनी, उसकी खास सहेली को एक-दूसरे के साथ बात करने का समय मिल जाया करता था। डुमनी बलीपुर में रहती थी और दोनों औरतों को काम के घंटों और आने-जाने के अलावा कभी-कभार ही एक-दूसरे से बात करने का मौका मिलता था।

लम्बा गेरुआ रास्ता हर शाम काम से घर लौट रहीं बाज़ार-कामी कुड़ी-को की चटर-पटर बातों से जीवन्त रहता, बहुत कुछ उस गहरे लाल रंग के आकाश की तरह जो उन पक्षियों के कलरव से गुँजित रहता है जो दिन भर

भोजन के लिए घूमकर अपने बच्चों को खिलाने के लिए निवाले और कीड़े लिये अपने घोंसलों में वापस लौटते हैं।

हालाँकि आज, सुभाषिणी जल्दी चल रही थी। वह लगभग दौड़ लगा रही थी। उसने अपने सभी दोस्तों को चावल मिल पर ही छोड़ दिया था। सभी ने उससे जितनी जल्दी हो सके घर जाने का अनुरोध किया था।

''पैदल मत जाना,'' डुमनी ने सलाह दी थी। ''ट्रैकर ले लेना, तुम जल्दी घर पहुँच जाओगी।''

उसने एक ट्रैकर लेने की कोशिश की, लेकिन वह हाट से लौट रहे गाँववालों से भरा हुआ था। दो युवा लड़के—जिन्होंने बॉलीवुड मूवी के नायकों की तरह कपड़े पहन रखे थे और पाकिस्तानी क्रिकेटरों की तरह बाल बना रखे थे—वे ऊपर सामान रखने की जगह पर बैठे थे। उनमें से एक ने गुटखे का लाल थूक एक असंदिग्ध आदमी और औरत पर डाला जो एक खाली सीट खोज रहे थे। जब शिकार ने आक्रोश की दृष्टि से ऊपर देखा, वह निर्लज्जता से मुस्कुराया, अपनी आगे की लाल दन्तपंक्तियाँ दिखाते हुए। तीन आदमी ड्राइवर के साथ बैठे हुए थे। जो सबसे बाएँ किनारे बैठा था, उसका बायाँ पैर वाहन के बाहर पायदान पर था। उसकी बगल में बैठा हुआ आदमी बहुत बुरी तरह दबा हुआ था। ड्राइवर के बगल में बैठा आदमी, भय से झुका हुआ था, जब भी ड्राइवर गियर बदलता, ड्राइवर की मुट्ठी में दबे गियर की मूठ उसकी टाँगों के बीच जा लगती। ड्राइवर—रोमांच का इच्छुक—अपना आधा पृष्ठ भाग वाहन के बाहर लटका कर बैठा था।

सुभाषिणी ने सोचा कि पैदल चलना ही बेहतर है।

खलासी ने उसे सामान रखने की जगह पर चढ़ने को कहा। ''ऊपोरे चाप गो मासी।''

सुभाषिणी क्रोधित हुई। ''तुइ चाप। आमि नाय चापी।'' उसने झटके से कहा और अपने टिफिन को कपड़े के झोले में ठूँसकर, जलेबी के पैकेट को अपने सीने के करीब चिपकाकर आगे चल पड़ी।

सुभाषिणी काफ़ी दूर चल चुकी थी, आलसी बैलगाड़ी वालों और उदासीन साइकिल वालों से बचकर निकलती हुई, जब उसी ट्रैकर ने फिर उसे पकड़ा, लगातार हॉर्न बजाते हुए।

''सोर गो, मासी,'' खलासी बेशर्मी से चिल्लाया।

वह तेज़ी से सड़क के किनारे गयी और गमछे का एक किनारा अपने मुँह पर रखा। चौपहिये ने उसे लाल धूल और काले धुएँ से भर दिया।

''की मासी, मोरते ख़ुजछू''? ट्रैकर के पीछे लटका धृष्ट खलासी उस पर चिल्लाया।

''मोरबेक तोर मा,'' सुभाषिणी पलट कर चिल्लाई। ''गाड़ी ये चापी फुटानी कोरछू? जोमीने चोल देखी।''

यात्रियों से लदी हुई गाड़ी आगे बढ़ गयी, धूल में नहाई, आत्मदया से भरी अपने आँसुओं को छिपाने का संघर्ष करती सुभाषिणी को पीछे छोड़ते हुए। उसने अभी एक ऐसी औरत को कोसा था जिसे वह जानती भी नहीं थी और सिर्फ़ उसके बेटे की वजह से, उस निकम्मे ट्रैकर पर लटके लड़के के लिए जो अपनी माँ की उम्र की औरत पर चिल्ला रहा था। क्या उसका कुनाराम भी इस तरह की हरकत करेगा? नहीं, नहीं, कभी नहीं। उसने उस औरत को कोसकर सही ही किया। लेकिन उस औरत की गलती ही क्या थी? वह उसका ही बेटा था, जो उस पर चिल्लाया, और उसका मज़ाक उड़ाया।

ओह! चाँदो-बोंगा। तुम मुझे ऐसा करने के लिए क्यों बाध्य कर रहे हो? उसे ऐसा क्यों करना पड़ा? उसने मुझे अपना आपा खोने के लिए क्यों बाध्य किया? वह खलासी मुझ पर क्यों चिल्ला रहा था। क्यों, आज़ ही, मुझे ट्रेकर में सीट नहीं मिली? मैंने किसी और गाड़ी का इन्तज़ार क्यों नहीं किया? मुझे क्या हो रहा है?

ज़िन्दगी की कड़ी धूप, अधेड़ उम्र और हार्मोन की वजह से धब्बे भरे और सूजे चेहरे पर आँसुओं की दो ज़िद्दी धारों ने बहने का रास्ता तलाश ही लिया।

मैं ही क्यों? सिर्फ़ मैं ही क्यों? हे चाँदो-बोंगा, क्या आप मेरी परीक्षा

ले रही हैं। क्या पहले की परीक्षा आपके लिए मेरे विश्वास को जाँचने के लिए काफ़ी नहीं थी? अब मुझे और कितनी परीक्षाओं से गुज़रना होगा?

~

''हम इसे मेरे पिता के नाम से बुलाएँगे।'' सुनाराम ने कहा, ''हम इसे कुनाराम बुलाएँगे।''

वह लड़का चाहता था। दो सुन्दर लड़कियों, जिन पर वह जान छिड़कता था के बाद, उसे लड़का चाहिए था। सुभाषिणी भी ऐसा ही चाहती थी। लेकिन वह उसे कैसे कह सकती थी? यह एक झिझक भरी, लगभग नहीं सुनायी देने वाली ''हाँ'' थी जो वह हर बार बुदबुदाती थी, जब उसका आदमी उसके गर्भ लिये हुए पेट पर नज़र डालता था।

''यह लड़का होगा। मेरा बेटा।''

वह अपनी साड़ी अपने ऊपर खींच लेती।

''हम उसे कुनाराम बुलाएँगे। बा के नाम पर। क्या तुम मुझे सुन रही हो?''

''हाँ, हाँ। उसे कुनाराम बुलाएँगे,'' वह उसे कहना चाहती थी, लेकिन वह अपनी आँखें घुमा लेती, उन्हें झुकाकर चली जाती।

सुनाराम बहुत ख़ुश था। उसके पिता उनके पास वापस लौट रहे थे। सुभाषिणी ख़ुश थी, क्योंकि यह ख़ुशी उसके माध्यम से आ रही थी।

यह लड़का होगा। चाँदो-बोंगा, लड़का ही देना।

बच्चे का जन्म हुआ—एक लड़का—और उसे तुरन्त ही उसके दादा के नाम पर नाम दिया गया। उसका पिता उसे बेटे की बजाय बा कहता था। उसकी माँ भी उसे बा और बेटा बुलाती लेकिन कुनाराम कभी नहीं, क्योंकि वह उसके ससुर का नाम था—और किसी भी अच्छी, सम्माननीय सन्थाल औरत को अपने पति, अपने ससुर और अपने जेठ का नाम अपने होंठों पर नहीं लाना चाहिए। बाद में उसे अपने बेटे के लिए एक नया नाम मिल गया, कुनु।

सभी ख़ुश थे। सुनाराम, सुभाषिणी, पारुल, नन्ही निलमोनी। ख़ुश, जब तक सुनाराम बिजली गिरने की चपेट में नहीं आ गया।

सुनाराम का शरीर रोशपाल के बाहर विशाल मातकोम के पेड़ के नीचे छाती में एक काले गड्ढे के साथ पाया गया, जिसके चारों ओर झुलसे हुए काले बाल थे, उसका आधा शरीर जल गया था। पेड़ भी जल चुका था।

गाँववालों ने कहा—

"क्या जल्दी थी?"

"क्यों नहीं उसने स्कूल की इमारत के नीचे शरण ली जहाँ बाकी सब थे?"

"कितना अच्छा आदमी था। कितना अच्छा आदमी।"

"उसे ऐसा क्यों लगा कि बिजली उस पर नहीं गिरेगी?"

"देखो, बोयहा, मौत ढोल और बिगुल बजाकर नहीं आती।"

"वह कितना अच्छा आदमी था।"

"उसे घर पहुँचने की जल्दी थी। वह अपने बेटे को देखने के लिए प्रतीक्षा नहीं कर सकता था।"

"हाँ, उसका बेटा। बेचारा बच्चा! और दो बेटियाँ भी। ओह!"

"अब उनका क्या होगा?"

जो भी हो, अपने दुर्भाग्य के बारे में चिन्ता करके किसी का कुछ भला नहीं हो सकता। इसलिए उनकी आँखों के तारे कुनाराम को छोड़कर, उन तीनों—सुभाषिणी, पारुल और निलमोनी ने अतिरिक्त ज़िम्मेदारी ले ली। सुभाषिणी, माँ, रोटी कमाने वाली बन गयी; पारुल और निलमोनी अपने नन्हे भाई की माँ बन गयीं। कुनाराम कभी अपने पिता को याद नहीं करता था—उसने दूध भी नहीं छोड़ा था, जब उसका पिता नहीं रहा—लेकिन वह अपनी माँ से उनके बारे में बात करता—वह कैसे दिखते थे, कैसे बोलते थे, और कैसे एक बारिश की रात वह गुम हो गये थे।

जब वह चार साल का था, उसने पूछा,"बा को क्या हुआ था, यो?"

"ओह! वह...वह...वह गायब हो गये थे।"

"गायब? कैसे?"

"उम्म...देखो...बारिश। बारिश में। पानी उन्हें ले गया। हाँ, पानी।"

"पानी?"

"हाँ, हाँ। पानी।"

इस सूचना से कुनाराम इतना डर गया कि बहुत दिनों तक उसने नहाने से ही मना कर दिया। अन्ततः—जब धूल की एक मोटी परत उसके पैरों, उसकी जाँघों और पिंडली पर जमा हो गयी, सुभाषिणी और पारुल उसे कुएँ तक उठा ले गयीं, उसके कपड़े उतारे और जब वह चीखता, चिल्लाता, छूटने के लिए संघर्ष कर रहा था, उसके ऊपर बाल्टी भर-भर के ठंडा पानी डाल दिया। सुभाषिणी ने उसे बहुत ही सख्ती से पकड़ रखा था, ताकि पारुल उसके पूरे शरीर पर साबुन मलकर, एक मुलायम लूफ़े से उसे अच्छी तरह रगड़ सके।

कुनाराम को पानी से अब डर नहीं लगता था। वह गाँव के तालाब में तैरता, अपनी साँसें रोकता और पानी के नीचे चला जाता, और यहाँ तक कि किनारे के पेड़ों के ऊपर से पानी में कूदता।

वह पानी ही था जिसने उसके शरीर को पिछली शाम ठंडा करने में मदद की, हालाँकि तब भी इतना काफ़ी नहीं था। जब सुभाषिणी काम से वापस आयी, उसने पाया कि पारुल अपने भाई के चेहरे और माथे पर ठंडे पानी की पट्टी कर रही है। उसकी आँखें बन्द थीं, और उसकी कराहों ने परिवार को पूरी रात जगाये रखा। सुबह तड़के ही, सुभाषिणी ने फुचू, अपने पड़ोसी पाता के किशोर लड़के को डॉक्टर को लाने भेजा। झारग्राम के डॉक्टर मोल्लीक, जो सुबह की पैसेंजर ट्रेन से चकुलिया की एक दवा की दुकान में मरीज़ों को

देखने आते थे, किसी से मोटरसाइकिल माँग कर उतनी दूर रोशपाल पहुँचे। वह एक अच्छे आदमी थे और अक्सर गाँववालों को मुफ़्त में दवाएँ दिया करते थे। उन्होंने अपने झोले से कुछ दवाएँ सुभाषिणी को दीं। उन्होंने सिर्फ़ जाँच के पैसे लिये—तीस रुपये।

सुभाषिणी काम पर जाने से पहले कुनाराम के पास कुछ देर बैठी। कुनाराम ने अपनी बीमार आँखों से उसे देखा और जब वह जा रही थी, कहा, "यो, क्या आप बाज़ार से मुझे कुछ जलेबियाँ ला देंगी?"

"हाँ, बेटा, हाँ। मैं तुम्हारे लिए जलेबियाँ ला दूँगी।"

"यो, मेरा कुछ मीठा खाने का मन है। भूलियेगा मत, यो। जलेबियाँ लाना।"

"नहीं, बेटा। मैं नहीं भूलूँगी। अब तुम बात मत करो। आराम करो। मैं जलेबियाँ लाऊँगी।"

उस क्षण से जब सुभाषिणी ने चावल मिल के परिसर में प्रवेश किया, वह बाहर निकलने के लिए छटपटाने लगी।

मुझे जलेबियाँ खरीदनी हैं, मुझे जलेबियाँ खरीदनी हैं, मुझे जलेबियाँ खरीदनी हैं, मुझे जलेबियाँ खरीदनी हैं, मुझे जलेबियाँ खरीदनी हैं...ऐसा लग रहा था कि कुनाराम की इच्छा एक कठिन पाठ बन गयी थी, जिसे हृदय से याद करने के लिए उसे कहा गया था।

थोड़ी-थोड़ी देर में वह छोटा बाबू के दफ़्तर में भागकर जाती, वहाँ लगी नम, नीलापन लिये हुए सफ़ेद दीवार पर टँगी विशाल घड़ी का निरीक्षण करती, सूइयों की स्थिति याद करती, और कालू राना के पास दौड़ कर जाती। कालू राना रोशपाल के कामारटोला में रहता था। वह वहाँ सबसे अलग था क्योंकि वह अपना नाम लिख सकता था, गणित के आधारभूत सवाल हल करता और बैंक के नोट के आकार और रूप को देखकर उनके मूल्य निश्चित नहीं करता था। वह सुभाषिणी को घड़ी का समय देखने में मदद करता था।

"छोटी सुई यहाँ है, सही?" कालू ने कहा, सुभाषिणी के अवलोकन

के अनुसार उसने चावल के ढेर पर बांस की लकड़ी से रेखाचित्र बनाते हुए कहा, ''दो बजे हैं, दीदी।''

''दो? ओह! मुझे यहाँ कितनी देर रहना होगा?''

''सुभाषिणी-दीदी, क्या आप मुझे सुन रही हैं?'' कालू ने सुभाषिणी की बाज़ू पकड़ी।

''हाँ, हाँ। मैं सुन रही हूँ। मैं सुन रही हूँ। क्या? बोलो।''

''सुभाषिणी-दीदी, आप आज क्यों आयीं?''

''क्यों? काम पर?''

''काम पर? तुम्हारे बेटे को इतना तेज़ बुखार है और तुम यहाँ काम करने आयी हो! क्या तुम पागल हो?''

''सब ठीक है। मैं कर लूँगी सब।''

''नहीं, तुम नहीं कर पाओगी। तुम बाहर निकलने के लिए मर रही हो। मैं यह देख सकता हूँ। तुम छोटा-बाबू से बात करो और जाओ?''

यह एक सही विचार था, लेकिन सुभाषिणी ने नहीं सुना।

''वह तुम्हारी मज़दूरी नहीं काटेगा। और काटेगा भी तो क्या? कुनु तुम्हें घर में वापस चाहता है।''

फिर भी, सुभाषिणी मिल के बन्द होने तक रुकी रही। चार बजे, जब काम ख़त्म हुआ, वह तीर की तरह भागी।

''कैसी जड़बुद्धि है!'' डुमनी ने किसी को भी लक्ष्य नहीं करते हुए कहा। ''यह सुबह पैदल चलती हुई आयी। इसने मुझे बताया भी नहीं कि कुनाराम बीमार है। ज़रा इसे देखो। सुभाषिणी!'' उसने आवाज़ लगायी। ''पैदल मत जाना, ट्रेकर ले लेना, तुम जल्दी घर पहुँच जाओगी।''

"यो..."

कुनु?

अपने विचारों में खोयी सुभाषिणी अचानक आयी इस आवाज़ पर रुकी। वह पीछे घूमी। नहीं, वह कुनाराम नहीं था, हालाँकि आवाज़ बहुत ही परिचित लग रही थी।

एक बीमार दिखता लड़का, बिलकुल उसके बेटे की ही उम्र का, सिर्फ़ एक गन्दा गमछा पहने हुए, उसे भूखी नज़रों से देख रहा था।

"यह कौन है? यह किसका बच्चा है?"

सुभाषिणी ने चारों ओर देखा। अगला गाँव अब भी थोड़ी दूर था। वह बाँसों के झुरमुट और आमड़ा और पीपल के पेड़ों के पीछे घरों को देख पा रही थी। और उससे भी थोड़ा आगे, बलीपुर था, जहाँ दुमनी रहती थी। ओह! चाँदो-बोंगा। यह बच्चा कौन है? इतना छोटा लड़का, और इतना बीमार भी दिखता हुआ।

"यो, मैं बहुत भूखा हूँ। मुझे कुछ खाने को दीजिये।" वह लड़का थोड़ा पास आया और इस आवाज़ में पूछा कि सुभाषिणी को लगा कि वह जल्दी से घर पहुँचकर अपने बेटे की बगल में बैठे।

सड़क शान्त थी, हवा एक अशुभ शान्ति से भरी थी। कोई भी वाहन या व्यक्ति पास से नहीं गुज़र रहा था। यहाँ तक कि जानवर भी अनुपस्थित थे। कोई मेमना परती ज़मीन से उछलता नहीं आ रहा था, कोई बछिया संघर्ष करती, गले में टँगी भारी मालाओं को खींचती नहीं चली आ रही थी।

"नहीं... जाओ! मेरे पास कुछ नहीं है।" सुभाषिणी बच्चे पर चिल्लायी।

उसके आँसू सूख चुके थे और उसका हृदय धड़क रहा था। वह जानती थी कि दुर्भाग्य कभी-कभी आदमी की शक्ल ले लेता है और भीख माँगता है। जो भी दुर्भाग्य पर दया दिखाता है, बाकी का जीवन रोकर बिताता है। फिर यहाँ डहनी है, अँधेरे के देवताओं की पुजारिन। जब कोई डहनी मरती है, वह मूर्तियाँ जिनकी उसने कभी पूजा की थी, बच्चे का, या बूढ़े आदमी या

औरत या एक बीमार व्यक्ति का रूप धर लेती हैं, यहाँ तक कि गाय, बकरी, या सूअर का और किसी और भक्त की तलाश करती हैं। वे रोतीं, लोगों का पीछा करतीं, जान-पहचान बनातीं, खाने के लिए भीख माँगतीं, घर पर रखने के लिए भीख माँगतीं। नहीं, नहीं। यह बच्चा...यह बच्चा...

''कृपया, यो। मैं बहुत भूखा हूँ, मैं बीमार था और मैंने बहुत दिनों से कुछ नहीं खाया।''

''मैंने कहा न, मेरे पास कुछ नहीं।'' सुभाषिणी ने अपने पैकेट को मज़बूती से पकड़ते हुए अधीरता से कहा। ''तुम्हारी माँ कहाँ है? उससे खाना माँगो। उसने एक बच्चे को ऐसे भीख माँगने के लिए छोड़ दिया है...।''

वह जाने के लिए घूमी, लेकिन उस छोटे लड़के ने माँगना नहीं बन्द किया। ''मेरी माँ चकुलिया में काम करती हैं। उन्होंने कहा था कि वह मेरे लिए जलेबी लायेंगी लेकिन वह नहीं लौटी हैं। कृपया, यो...मुझे कुछ थोड़ा-सा खाने को दीजिये।''

''जलेबी...! क्या तुम मेरा पीछा कर रहे हो?'' सुभाषिणी ने उस पर एक गुस्से से भरी दृष्टि डाली और अपना चलना जारी रखा। लड़के ने पीछा किया लेकिन वह तेज़ चल रही थी।

''बाएँ, बाएँ। धीरे, धीरे।''

भारी गाड़ी की आवाज़ से सुभाषिणी रुकी और फिर से पीछे मुड़कर देखा। एक पूरी भरी हुई, झारखंड की बस। उसका खलासी जो उस ट्रेकर के पीछे लटकते असभ्य आवारा लड़के से उम्र में बड़ा था, ने सुभाषिणी से पूछा कि क्या वह सवारी करेगी।

''ओकाते?''

वह बच्चा कहाँ था? मैं उसे कहीं नहीं देख रही। वह कहाँ चला गया? वह इतना तेज़ नहीं हो सकता। क्या उसने बस ले ली?

''ओकाते? ओकाते? तुम आना चाहती हो या नहीं? हमारे पास ज़्यादा समय नहीं है,'' काले, मोटे खलासी ने दुहराया।

"हाँ, हाँ। मैं चाहती हूँ।"

"फिर आओ। कहाँ जाना है?"

"रोशपाल।"

"कोई सीट नहीं है यहाँ। तुम्हें खड़े होकर जाना होगा।"

"हाँ, मैं खड़ी हो लूँगी।"

खलासी ने उसका झोला लिया और उस पर एक मुस्कुराती हुई दृष्टि डाली जब उसने अपने कीमती डोंगे से अलग होने को मना कर दिया।

"इसमें क्या है? सोना?"

"जहाँ गे! अपना काम करो," सुभाषिणी पलट के चिल्लायी।

खलासी ने सुभाषिणी को भीड़ भरे वाहन में खींचकर चढ़ा दिया और बस के किनारे को ज़ोर से थपकाया। ड्राइवर ने गियर बदले और बस आगे बढ़ायी। सुभाषिणी ने अपने चारों ओर देखा कि उस भूखे बच्चे को खोज सके। वह बस में नहीं था।

बस ने सुभाषिणी को रोशपाल के बाहर स्कूल की इमारत के पास उतार दिया। वहाँ से वह अपनी झोंपड़ी की ओर भागी जहाँ ऐसा लग रहा था कि लगभग आधा गाँव ही जमा हो गया हो। पाता, उसके बच्चे और सारे पड़ोसी उसके घर के अन्दर-बाहर चहलकदमी कर रहे थे, तेज़, घबरायी हुई आवाज़ में बातें करते हुए।

वह भागी।

निलमोनी शान्त थी। वह अपनी माँ से लिपट गयी और सिसकने लगी।

दूसरी औरतें उन्हें देखने के लिए रुकीं और जैसे कतार में लगी हों, विलाप करते हुए, अपनी छाती पीटने लगीं और अपने केश खींचने लगीं। पाता ने सुभाषिणी को गले लगा लिया।

"कुनु की माँ! क्या हो गया, कुनु की माँ? क्या हो गया?"

सभी औरतों ने उसे घेर लिया और साथ मिलकर विलाप करने लगीं।

"क्या हो गया? हे चाँदो-बोंगा! तुमने यह क्या कर दिया? हम बर्बाद हो गये।"

पाता ने अपना सिर सुभाषिणी की झोंपड़ी के दरवाज़े पर मारा। सुभाषिणी अन्दर भागी। कुनु खटिया पर वहीं पड़ा था जहाँ उसने उसे सुबह छोड़ा था। उसकी आँखें बन्द थीं।

"सो रहा है? वह सो रहा है। हाँ, वह सो रहा है। नहीं? वह सो रहा है, हाँ।"

ऐसा लग रहा था कि कुनाराम यह कोलाहल सुनेगा और अपनी माँ को अपने सामने देखकर उठकर खड़ा हो जायेगा। "यो! तुम आ गयीं। तुम जलेबियाँ लायी हो, लायी हो न तुम, यो?"

कुनाराम शान्त पड़ा रहा।

"वह जलेबियाँ माँग रहा था, यो," पारुल अपनी माँ को पकड़ते हुए चीखी। "वह तुम्हारा इन्तज़ार कर रहा था!"

सिर्फ़ एक रंडी

कोयले की खदान के शहर, लक्खीपुर, का चहल-पहल से भरा रेड लाइट इलाका कामगारों के रिहायशी क्वार्टरों से सटा हुआ था। इन में जो किसी शहर ही झोपड़-पट्टी से भी बदतर थे, लक्खीपुर की लगभग एक तिहाई आबादी रहती थी, पुरुष धरती के गर्भ में घंटों के परिश्रम के बाद जो कमाते उससे अपना और अपने परिवार का पेट भरते। बिना कमीज़ के, पसीने में तर, कोयले और धूल से लिपटे अँधेरी सुरंगों में सिर्फ़ अपने हेडलैंप के सहारे वे खोदते और खोजते। यह दिनचर्या वे दिन-पर-दिन, हफ़्ते-दर-हफ़्ते, साल-दर-साल से पालन करते चले आ रहे थे।

इसी गन्दी बस्ती के दूसरे हिस्से में, औरतें भी अपने पसीने और मेहनत की कमाई खाती थीं। अन्तर बस इतना था कि इसमें पुरुषों का वीर्य और पसीना भी मिला होता था। वे अपने गलियारे के अन्दर मेहनत करतीं—आठ फुट बाई आठ फुट के भड़कीले नीले और हरे रंग के कमरों में, जिनमें पुरानी टेरीकॉटन की साड़ियों का पर्दा लगा होता, और सौ वाट का चमकीला बल्ब जल रहा होता था; हार्मोन से पैदा हुई गर्मी छत के पंखों और विशाल डेज़र्ट कूलरों में गोता मारती निकलती। इस दिनचर्या का वे सालों से पालन करती चली आ रही थीं।

यहाँ सब कुछ बिकाऊ था—देह, साथ। बस ज़रूरत थी तो कीमत अदा करते जाने की। पहले, खैनी चबाने वाले, तोंद लटकाए ठुल्ला, जो कम-से-कम पचास रुपये लेकर अन्दर प्रवेश के लिए लाइसेंस देते थे; फिर दल्ले और फिर लिपेपुते मुँह वाली मैडमें, जो ग्राहकों को सही कमरे में ले जाती

थीं। एक बार अन्दर जाने पर लक्खीपुर की परियाँ कमान सँभाल लेती थीं।

लेकिन हर कोई तो सोना नहीं बन सकती थी। सोना तो झरना-दी के घर सबसे मनमोहक थी। मानो वह एक सपना थी और बाकी सब सिर्फ एक रंडी।

अन्य सभी सिर्फ़ अपने पैर फैलातीं और उनका काम पूरा हो जाता। सोना आनन्द के महल के दरवाज़े का ताला खोलती और अपने ग्राहकों को एक बहुत ही माननीय अतिथि की तरह अन्दर आमन्त्रित करती। अगर अतिथि सामने वाले दरवाज़े से प्रवेश चाहता, उसका स्वागत था। अगर वह पीछे से प्रवेश करता, उसकी इच्छा उसका आदेश होती। और अगर वह प्रवेश कर सकने से पहले थोड़ा उत्तेजित होना चाहता, वह उसे भी सहर्ष पूरा करती। ये बातें सोना ने बहुत पहले सीख ली थीं और समय के साथ उन पर महारत हासिल कर ली थी—आदमी को ख़ुश करने की कला, एक ग्राहक को ख़ुश करने की कला।

सोना जब झरना-दी के घर आयी थी तो शुरू के कुछ महीनों तक, वह अपने उस जीवन के लिए बहुत रोती थी जिससे वह उखाड़ ली गयी थी और जहाँ वह कभी लौटकर नहीं जा सकती थी। लेकिन, फिर, झरना-दी ने उसे कुछ औरतें दिखायीं जो उसके साथ पेशे में उतरी थीं, सभी नर्तकी से वेश्याएँ बनी थीं। उन बेसहारा औरतों के जीवन में कोई नहीं था, अपना कहने वाला कोई नहीं था। झरना-दी और कुछ मैडमों ने उनकी देखभाल की, उन्हें भोजन दिया और उनके मरने का इन्तज़ार किया।

''हमारा अन्त भी इनकी तरह ही होगा,'' झरना दी ने आह भरी। ''हम सब का। जीवन से हमें भागना नहीं होगा। हम बस यह सुनिश्चित कर सकते हैं कि हमारा अन्त इस तरह का नहीं हो।''

सोना आवेग भरी साँसों के साथ सुनती।

''वे नहीं चल पायीं,'' झरना ने बात जारी रखी, उसकी दृष्टि कहीं शून्य में थी। ''वे पैसे नहीं कमा पायीं। बिना पैसों के देखो उनकी क्या हालत हो गयी।''

वह सोना की ओर मुड़ी।

''मेरे पास कम-से-कम ख़ुद का पेट भरने के लिए काफ़ी होगा जब

मेरे पास कोई नहीं होगा। फिर एक दिन, आशा करती हूँ कि मैं शान्ति से जा पाऊँगी। जब मैं जवान थी तब अगर मैंने अपने हाथ और पैर अपने चारों ओर बाँध लिये होते, मेरा अन्त भी इनकी तरह ही होता। तुम सोचो? इसलिए...।''

झरना जो कह रही थी उसे समझाने के लिए उसे अपनी बात पूरी करने की ज़रूरत नहीं थी। सोना समझ गयी—अगर उसे अपना अस्तित्व बनाये रखना है तो उसे चलना होगा। और उसने यही किया भी!

हालाँकि झरना-दी के घर में हमेशा प्रतियोगिता रहती थी—ताज़ा मांस हमेशा ज़्यादा मक्खियों को ललचाता था—सच्चे पारखी, नियमित आने वाले ग्राहक जो मायने रखते थे, सभी सोना की माँग करते।

~

बहुत साल पहले, झरना-दी लक्खीपुर के पास किसी गाँव के ज़मींदार की रखैल थीं। ज़मींदार की एक पत्नी थी जिससे उसने अग्नि को साक्षी मानकर शादी की थी। उसने वही किया जो उसे कहा गया—उसे वारिस दिया और उसके बाद अपना मुँह बन्द रखा।

लक्खीपुर के नज़दीक अछूतों की बस्ती थी। आस-पास के गाँवों के ज़मींदार वहाँ अपने साथियों के साथ जाते, हुक्का और दारू पीते और लड़कियों को ढोलक की थाप पर नाचते देखते। वे नाचने वाली लड़कियाँ जो अपने संरक्षकों को ज़्यादा ख़ुश करतीं उन पर नोटों की गड्डियाँ निछावर की जातीं और ज़मींदारों के निजी संग्रह से सोने और चाँदी के गहने दिये जाते। झरना ऐसे ही किसी ज़मींदार की नज़र में आ गयी और ज़्यादा दिन नहीं लगे जब उसके बिस्तर पर भी पहुँच गयी।

समय बीत गया और सम्पत्ति के शिकारियों की नज़र लक्खीपुर और उसके पास के गाँवों पर पड़ी। यह जानने के लिए किसी भविष्यदृष्टा की आँखों की ज़रूरत नहीं थी कि वहाँ मिट्टी के अन्दर कौन-सा खज़ाना गड़ा हुआ था, फिर सूखा पड़ गया। किसानों ने अपने खेत छोड़कर पलायन आरम्भ

कर दिया, ज़मींदारों ने अपनी सम्पत्ति खदान फ़र्मों को बेच दी और शहरों में अपार्टमेंट ब्लॉक और दुतल्ली कोठियों में बसने चले गये। अछूतों की बस्ती रेड लाइट बस्ती में बदल गयी।

जो झरना और उस जैसी लड़कियाँ एक आदमी के साथ करती थीं, वे दिन में कई बार कई आदमियों के साथ करने के लिए बाध्य हो गयीं जब खदान की परियोजना आरम्भ हुई, वे संगीतकार जो उनके प्रदर्शन के समय उनका साथ देते थे, उनके दल्ले बन गये।

गाँव टूटे, शहर बने—लक्खीपुर, कोयला खदान का शहर। मिट्टी के घर गिर गये, कंक्रीट के घर चारों तरफ़ उग आये। सड़कें, पुलिस चौकियाँ, रेलवे स्टेशन, बस डिपो, दुकानें, बाज़ार, गन्दी बस्तियाँ, और पूरे खदान क्षेत्र में सबसे व्यस्त रेड लाइट इलाका।

झरना, झरना-दी बन गयीं। कभी पतली कमर वाली एक नर्तकी रही वह अब एक रूखा बोलने वाली चकले की मैडम थी जिसके यहाँ रसूख़ वाले लोग आते थे। डी एस पी, थाने के बड़े बाबू, खदान के मैनेजर, यूनियन के नेता, ठेकेदार, साथ ही कोयला खदान की अँधेरी दुनिया की बड़ी मछलियाँ सब उसके संरक्षक थे।

पिछले महीने ही, उसकी तीन लड़कियों ने कोयला खदान के मालिकों द्वारा आयोजित कार्यक्रम में नृत्य किया था। उस क्षेत्र का डी एस पी वहाँ मुख्य अतिथि था, ख़दान मालिकों के गुंडों ने हवा में गोलियाँ दागीं जब लड़कियों ने हवा में अपनी कमीज़ें उछालीं और अपने अंगवस्त्रों में 'ए राजा जी, बाजा बाजी के न बाजी' की कानफोड़ू आवाज़ पर नाचीं। डी एस पी को बाद में खदान मालिकों पर अपनी सहृदयता दिखाने के बदले में उपहार प्राप्त हुआ—सोना। जब तक उनके पास सोना थी, झरना-दी जानती थीं कि वह लाभ काटती रहेंगी।

क्योंकि मानो सोना एक सपना थी और बाकी सब सिर्फ एक रंडी।

सोना झरना-दी के पास और लड़कियों के साथ एक सप्लायर द्वारा लायी गयी थी—कुछ बंगाल और बिहार से थीं, दो नेपाल से और तीन बांग्लादेश से थीं। सोना उन सबमें सबसे साफ़ रंग की थी। झरना को उसमें कुछ दिखा था।

सप्लायर हतप्रभ था, ''बस एक, झरना मैडम? अगर यह सही नहीं निकली तो क्या?''

''हाँ, मैं जानती हूँ मुझे क्या चाहिए।''

झरना-दी ने अपनी सहज वृत्ति पर भरोसा किया। उसने सोना की आँखों में देखा था, कुछ था जो मासूमियत से परे था; उसकी त्वचा के नीचे उसने अनकहे रहस्यों और उन कहानियों को महसूस किया था, जो उसने कभी कही नहीं थीं, झरना-दी ने सोना को एक साबुन और एक झींगा लूफा थमाया, ''ख़ुद को रगड़ कर साफ़ करो,'' उसने कहा। ''मैं तुम्हारा असली रंग देखना चाहती हूँ।''

झरना कभी-कभी सोचती कि सोना कहाँ से आयी है और उसका असली नाम क्या है। लेकिन वह सवाल पूछ नहीं सकी और सोना ने कभी किसी से कुछ नहीं बाँटा। वह वर्तमान को प्राथमिकता देती थी, अतीत या भविष्य को नहीं।

वी आई पी ग्राहक अपने घरों और होटल के कमरों में सोना को ले जाते थे। उसके लिए कार भेजी जाती, उसे कपड़े और गहने, इलेक्ट्रौनिक सामान मिलते। उसके कुछ ग्राहक उसके बिस्तर पर पैसों से भरा अपना पर्स भूल जाते। कुछ अपना जाँघिया भूल जाते। वे झरना को बताते कि सोना के साथ रहना उन्हें कितना भाता है, वे उसकी अदाओं को कितना पसन्द करते हैं। वह उनके हाथ में कुम्हार की मिट्टी जैसी होती है। वे उसे जितना चाहे गूँथ सकते थे। और ऐसा लगता था कि वे जितना उसे गूँथते, वह उतना ही आनन्द लेती थी। वह उनकी प्रेमिका बन जाती, कोई ऐसी नहीं जिसके साथ रात गुज़ारने के लिए उन्होंने पैसे दिये हों। वह उन्हें अपना बना लेती, हर किसी को—चाहे वह मन्त्री हो, पुलिसवाला हो, व्यवसायी हो कि गुंडा। हर बार कोई ग्राहक जब झरना-दी को फ़ोन करता, या तो सोना से मिलने के

बाद या उससे मिलने का समय लेने के लिए, वह कहता, ''माँ कसम, झरना मयडम, मुझे तारे दिखते हैं।''

~

झरना-दी के यहाँ नियमित आने वालों में युवा ट्रांसपोर्टर निर्मल था। वह अट्ठाईस या तीस का होगा, लम्बा, साँवला और सभ्रांत, अभिजात्य रुचि वाला। वह हट्टे-कट्टे, सुगठित शरीर वाला था। वस्तुतः इतना विशाल कि सोना अपना हाथ उसकी हथेली पर रखकर कहती, ''मेरा हाथ फ़ोटो है और तुम्हारा फ़ोटो फ्रेम।'' निर्मल, इस्त्री की हुई सफ़ेद कमीज़, चुस्त कॉर्डरॉय पैंट और बड़े जूते पहनता। एक गोल चपटी, सैनिक टोपी और 'रे बैन' ब्राँड का चश्मा उसकी छवि को पूर्ण करता था।

''क्या तुम दबंग हो?'' सोना ने उससे एक शाम मज़ाक में कहा, जब उसने अपना चश्मा उतारकर कपड़े उतारने से पहले, सोना के बिस्तर के पास पड़ी मेज़ पर रखा।

उसने पहले उस पर एक उलझन भरी दृष्टि डाली। फिर वह समझ गया और हँसा।

''नहीं,'' निर्मल ने अपनी टोपी उतारते हुए कहा, ''मैं युवराज हूँ।''

एक दिन, ज़ोरदार संभोग के बाद सोना ने निर्मल से पूछा कि तुम्हें हर रोज़ कसरत करने की क्या ज़रूरत है। उसने अदा से, सोना के चेहरे को सहलाते हुए कहा, ''तुम नहीं जानतीं जानू। मुझे शक्तिशाली दिखना है। रात-दिन मैं चोर और गुंडों के साथ काम करता हूँ। पता नहीं कि कब लड़ाई छिड़ जाये। मुझे एक ताकतवर शरीर रखने की ज़रूरत है ताकि जहाँ मैं काम करता हूँ, वहाँ शान्ति बनाये रख सकूँ।'' वह मुस्कुराया जब सोना ने उसकी मांसपेशियाँ सहलाईं जो उसने खिलंदड़पने में उसके लिए उभार रखी थीं।

वह उसकी आवाज़ से प्यार करती थी। वह गहरी थी, और उसके शरीर की तरह ताकतवर और मज़बूत। निर्मल की आवाज़ से सोना मूर्छित हो जाती

थी। वह किसी और आदमी की गन्ध नहीं याद रख पाती थी, निर्मल के सिवा, वह उसकी गन्ध अपने बिस्तर पर तब भी महसूस कर सकती थी, जब वह दस और आदमियों के साथ सो चुकी होती।

ऐसे दिन भी होते जब वह अपने दोनों के लिए खाना और शराब ऑर्डर करता—पुलाव, बिरयानी, मटन, चिकन, तली हुई मछली, व्हिस्की, रम, सोडा, कोल्ड ड्रिंक, बर्फ़। निर्मल सोना के बिस्तर पर बिना शर्ट पहने, अपनी पैंट या सिर्फ़ जाँघिए में लेटा, नेवी कट सिगरेट पीता, जबकि सोना उसके लिए पैग बनाती या प्लास्टिक प्लेट में उसके लिए खाना परोसती। वह उसे अपने हाथ से पुलाव या बिरयानी खिलाता। वे साथ ही छोटे प्लास्टिक कप में—ब्लेंडर प्राइड व्हिस्की ठंडे सोडे के साथ मिलाकर, या एक्स एक्स एक्स रम (XXX Rum) थम्सअप के साथ मिलाकर पीते। वह पी कर उसके साथ संसर्ग करता।

एक बार, निर्मल सोना को पीछे से ले रहा था जब निर्मल की हवा निकल गयी। पर्ट्ट...सोना जो उत्तेजना के चरम पर थी, अपने चेहरे के बल गिरी, हँसी से बेदम होती हुई। निर्मल भी हँसते हुए सोना पर गिर पड़ा। ख़ुद को बाहर निकालकर, वह उसकी बगल में लेट गया। उन्होंने एक-दूसरे को देखा और हँस पड़े। जब उनका हँसना ख़त्म हुआ, उन्होंने फिर मैथुन आरम्भ किया लेकिन पाद उनके दिमाग में वापस लौट आया और वे फिर से हँसने लगे।

एक दिन, हँसी के आवेग में, जब सोना ने बहुत सारी शराब पी ली थी, वह निर्मल की बाँहों से निकल आयी और फ़र्श पर दोहरी हो गयी। वह इतना हँसी कि मूत्राशय पर से उसका नियन्त्रण हट गया। फिर ख़ुद को फ़र्श पर पानी के बीच पड़ा देखकर, उसने भागने की कोशिश की, इस बात से बेखबर कि उसने कुछ नहीं पहन रखा था। निर्मल, नंगा ही बिस्तर से कूदा और उसे अपने पास चिपटाया।

''मुझे जाने दो!''

''नहीं, तुम इस तरह बाहर नहीं जाओगी।''

''मैं जाऊँगी।''

"नहीं, तुम वही करोगी जो मैं कहूँगा।"

सोना ने अपनी बाँहों में निर्मल को जकड़ा और उसे होंठों पर चूमने की कोशिश की। निर्मल ने अपना चेहरा घुमा लिया।

"क्यों? मैं क्यों वो करूँ जो तुम मुझे करने को कहते हो?"

"तुम वही करोगी जो मैं कहता हूँ।"

"मुझे चूमो।"

"नहीं, अभी नहीं।"

"मुझे चूमो। मैं वही करूँगी जो तुम कहते हो, तुम करो जो मैं कहती हूँ।"

"मैं करूँगा। पहले तुम मेरे साथ आओ।"

"नहीं, तुम मुझे अभी चूमो।"

निर्मल ने गाल पर उसे हल्का-सा चूमा।

"मेरे होंठों को चूमो।"

निर्मल ने सावधानी से उसका चेहरा ख़ुद से दूर किया और उसे बिस्तर तक ले गया।

"तुम सही हालत में नहीं हो," उसने उसे लिटाते हुए कहा। "तुम अब आराम करो। मैं बाद में आऊँगा।"

"नहीं, मुझे छोड़कर मत जाओ, मत जाओ," सोना निर्मल का हाथ नहीं छोड़ रही थी। हालाँकि उसकी आवाज़ टूट रही थी। वह नींद में डूब रही थी।

जब सोना गहरी नींद में चली गयी, निर्मल ने उसे एक चादर ओढ़ायी, कपड़े पहनाए और नोटों की एक गड्डी सोना की बगल में छोड़कर चला गया।

यह सब सोना को बहुत विचित्र लगता। वे चीज़ें जो निर्मल उसके साथ, उसके लिए करता। वो शब्द जो निर्मल कहता, उसकी आवाज़ की वह गहराई जिससे वह उन शब्दों को कहता। उसकी त्वचा पर उसकी उँगलियों

का स्पर्श, उसकी साँसें, उसके शरीर से उठती शराब की महक, सिगरेट का धुआँ और रजनीगंधा-तुलसी की गन्ध—सब कुछ सोना को इतना परिचित लगता कि सोना सोचने लगती कि क्या वे सब असली हैं। वह उस स्थिति की कल्पना करने लगती जब निर्मल उससे शारीरिक संसर्ग से ज़्यादा भी चाहेगा। सोना ख़ुद को उस छोटे से अवसर के बारे में सोचने की अनुमति दे देती जब वह आदमियों के इस रोज़ के जुलूस से अलग, एक निरन्तर नग्नता के जीवन से अलग, झरना-दी के घर की प्रतियोगिता से अलग, बीमारी और अकेलेपन के जीवन, जब उसका समय ख़त्म हो जायेगा से अलग भी एक जीवन जी सकती थी। वह एक ऐसे जीवन का सपना देखने लगती, जिसमें वह और निर्मल पूरे कपड़ों में रह सकते थे और लक्खीपुर की सड़कों पर हाथों में हाथ डाले, हँसते हुए और आज़ादी से बातें करते हुए घूम सकते थे न कि सोना के छोटे, पर्दे लगे कमरे में नग्न एक-दूसरे के कानों में फुसफुसाते हुए।

''तुम्हारे पास बंदूकें हैं?'' सोना, निर्मल के नग्न निपल्स के चारों ओर धीरे-धीरे गोले बनाते हुए उसे उत्तेजित करती पूछती, जिससे कि वह उसके पृष्ठ भाग को उठाकर, उसके पैरों को अपने शरीर पर चढ़ा लेता।

''बंदूकों को हमेशा इस्तेमाल नहीं कर सकता,'' वह उसके निचले होंठ को अपने अँगूठे और तर्जनी उँगली से पकड़ता, फुसफुसाता। ''अगर मैं आदमियों से अपने हाथों से लड़ सकता हूँ, मुझे उन्हें गोली मारने की क्या ज़रूरत है? वह जोख़िम भरा है।'' वह उसके होंठों को खींचता और उसके चेहरे को अपने करीब लाता। ''हमारे व्यापार में हमें जोख़िम पर नियन्त्रण रखना होता है। नहीं तो हम समाप्त हैं।''

सोना को आशा थी कि निर्मल उसे होंठों पर चूमेगा। लेकिन उसने नहीं चूमा। वह ऐसा कभी नहीं करता था और सोना को अपने होंठों पर उसके होंठ होने की चाहत लिये छोड़ दिया करता था।

एक बार, झरना–दी ने सोना से सावधानीपूर्वक, अपने निवेश को सँजो कर रखने के लिए सजग होकर कहा—''हम अलग दुनिया से सम्बन्धित हैं, बच्ची।''

''वह दूसरों की तरह नहीं है,'' सोना ने बात काटी। ''कुछ क्षण उसके साथ, बस कुछ क्षण उसके साथ...और यह बात कुछ लोगों के लिए असहनीय हो जाती है!''

झरना–दी ने कुछ नहीं कहा। ऐसा नहीं था कि निर्मल सोना को लक्खीपुर से दूर ले जा रहा था। वह बाकी ग्राहकों की तरह आता, सोना को पूछता, उसके बाद बहुत ही उदारता से पैसे देता और चला जाता।

~

निर्मल का दोस्त, नंदू पहली बार उसे एक एहसान के बदले में लक्खीपुर ले कर आया था। झरना–दी ने उसके सामने लड़कियों की पूरी पंक्ति खड़ी कर दी—''कोई भी माल चुन लो।'' अतिथि होने के नाते, निर्मल पहले गया। उसने फटी आँखों से सभी लड़कियों का निरीक्षण किया, हर कोई दूसरे से कहीं अधिक भड़कीले ढंग से सजी थी। फिर उसने सोना को देखा, पंक्ति में सबसे अन्त में खड़े, इस प्रक्रिया पर रहस्यमय ढंग से मुस्कुराते हुए। वह ब्लाउज़ और साये में थी, उसके ख़ुले बाल उसके पुष्ट वक्षों पर बिखरे हुए थे और उसके चेहरे का रंग अच्छी तरह पके हुए मिट्टी के बर्तन जैसा था। उसकी आँखें सोना की नज़रों से टकराकर रुक गयीं, उन्होंने एक–दूसरे को एक–दो क्षण देखा, फिर सोना ने अपनी नज़रें हटा लीं और नंदू पर टिका दीं और उसे देखकर मुस्कुरायी।

''अच्छा चुनाव!'' नंदू ने उकसाया।

सोना अपने आठ बाई आठ फुट के कमरे में निर्मल को ले गयी।

''लक्खीपुर में तुम पहली बार आये हो?''

''हाँ,'' निर्मल ने कहा और तुरन्त ही उसे यह लगा कि उसे इस तरह ख़ुद को नहीं दे देना चाहिए। एक आदमी का वेश्यालय में पहली बार आना,

एक आदमी का औरत के साथ पहली बार होना भी माना जा सकता है। और वेश्याओं के पहली बार वाले लोगों से निबटने के बड़े खराब तरीके होते हैं, उसने ऐसा सुना था। यह उसका पहली बार नहीं था। उसने सम्मानजनक औरतों के साथ संसर्ग किया था—यहाँ तक कि अपने दोस्तों की पत्नियों और प्रेमिकाओं के साथ—होटल और लॉज में—दोस्तों के घर पर, यहाँ तक कि बस स्टैंड पर जहाँ टिकट दलाल ने उसके लिए एक लड़की उपलब्ध करायी थी। लेकिन हाँ, वेश्यालय में यह उसका पहली बार था।

''तो, मैं आपके लिए क्या कर सकती हूँ?'' सोना की आँखों में शरारती चमक थी। क्या वह उसका मज़ाक उड़ा रही थी?

मादरचोद! वह उसे गालियाँ देना चाहता था। लेकिन वह उसके दोस्त का उपहार थी और उपहारों को सहेजना होता है।

''नाचो।''

''क्या?'' उसकी आँखों ने आश्चर्य से पूछा।

''हाँ, तुमने सही सुना,'' उसकी आँखों ने कहा।

जब निर्मल और सोना एक-दूसरे की परीक्षा ले रहे थे, उसने बस स्टॉप पर हुई पार्टी के बारे में सोचा।

वह लड़की आठ आदमियों की दर्शकदीर्घा के सामने नाची थी जब निर्मल खटिया पर एक बॉस की भूमिका का फ़ायदा उठाते हुए आराम से लेटा था।

वह लड़की, जो अभी बच्ची ही थी, बस ब्रा और पैंटी पहने हुए थी—सफ़ेद और पारदर्शी और गाने का अनुसरण करती नाच रही थी—''टिप टिप बरसा पानी, पानी ने आग लगाई''—उसके आस-पास सभी आदमी, नशे में धुत्त लड़खड़ाते नाच रहे थे और लड़की पर बिसलरी की बोतल खाली किये जा रहे थे, जिससे उसके वक्ष, उसके गुप्तांगों के बाल, उसके पृष्ठ भाग की दरार, सब कुछ दिखाई दे रहा था, उसकी भीगी और चिपकी हुई ब्रा और पैंटी के अन्दर से।

"चीज़ है, बूरचोदी!" दलाल ने कहा। वह इतना उत्तेजित था कि उसने एक खाली बियर की बोतल उसके पैरों के पास फेंकी। बोतल टूटकर चूर-चूर हो गयी, जिसे देखकर सभी आदमी हँसने लगे, निर्मल सिर्फ़ मुस्कुराया।

"बॉस, कईसन बा?" दलाल ने निर्मल से पूछा।

निर्मल ने कुछ नहीं कहा, मुस्कुराते हुए उसने अपनी नज़रें उस नाचती हुई लड़की पर जमाये रखीं, अपने बाएँ हाथ को उठाया, बाएँ अँगूठे को तर्जनी उँगली से छूते हुए, बाकी की तीन उँगलियाँ उठा दीं।

लड़की नाचती रही। वह घबरायी हुई थी, फिर भी मुस्कुरा रही थी जब वह गाने के बोल बुदबुदा रही थी, इस जानकारी से ख़ुद को सुरक्षित महसूस करते हुए कि कोई भी उसे कुछ करने की हिम्मत नहीं कर सकता, जब तक उनका बॉस उनके साथ है। वह आख़िरकार निर्मल बॉस का माल थी। निर्मल उस नन्ही, चुहिया जैसी लड़की के लिए बहुत ज़िम्मेदारी महसूस कर रहा था।

नृत्य के बाद, लड़की को निर्मल के पास भेजा गया। वहाँ, अपने कपड़ों के साथ, निर्मल ने अपने विरक्त और सभ्य व्यवहार को भी हटाया जो उसने बहुत ही सफलतापूर्वक अपने अधीनस्थों के सामने ओढ़ा हुआ था। वह फ़र्श पर बिछे कंबल पर नग्न लेट गया जो उसके आदमियों ने बहुत सोच-समझ कर डाला था, उसका लिंग कड़ा और ऊपर उठा था।

"बैठ इस्स के ऊपर," उसने लड़की को अपनी ओर खींचा।

लड़की ने आज्ञा का पालन किया और निर्मल के पैर की ओर अपना मुँह करके, उसके लिंग को हाथ से पकड़े, ख़ुद को उस पर झुकाया। वह इतनी छोटी थी—और जिस तरह से वह व्यवहार कर रही थी, यह स्पष्ट था कि वह इस व्यापार में नयी है—उसे ख़ुद को वहाँ स्थित करने और निर्मल के लिंग को अपने अन्दर डालने में थोड़ा समय लगा। अधीर और तुरन्त छूट जाने की मंशा लिये निर्मल ने उसके शरीर को स्थिर किया और अपना लिंग उसके अन्दर डाल दिया। "आ...!" लड़की चिल्लायी। निर्मल ने उसे शान्त किया। "न, न, आवाज़ नहीं। कुछ नहीं होगा।" फिर उसने लड़की को अपने लिंग

पर ऊपर नीचे उछलाया, जबकि लड़की दर्द से कराह रही थी। यह स्थिति बहुत असन्तोषप्रद थी इसलिए निर्मल ने उसका चेहरा नीचे किया, उसे घुटनों के बल आगे की ओर बिठाया, ख़ुद को पीछे उसके घुटने के पास स्थित किया और पीछे से उसके साथ मैथुन करने लगा। लड़की छोटी और पतली थी, हड्डियों का ढाँचा। एक शक्तिशाली धक्का और निर्मल की जाँघें उस लड़की के पृष्ठ पर तेज़ी से लगीं। जब वह स्थिर गति में आया, ऐसा लग रहा था कि उसके संसर्ग की आवाज़ पूरे शान्त बस स्टैंड में सुनी जा रही थी। पट पट पट पट... ''आह आह आह आह...'' लड़की कराह रही थी और उसके दिमाग से निर्मल के भला आदमी होने के सारे खयाल दूर हो चुके थे। कमरे के बाहर आदमी खिलखिला रहे थे।

''का बॉस, मार ही डालियेगा का?'' किसी ने हँसते हुए पूछा।

निर्मल मुस्कुराया। उसने अपने माथे का पसीना पोंछा, लड़की की कमर पकड़ी और अपने दोलन को जारी रखा।

''बॉस, कुछ बोले नहीं? हमरो लिए कुछो बचेगा?'' उसी आवाज़ ने दोबारा पूछा। ''दूसरा जुगाड़ करना होगा का? इहाँ सब का फनफनाया हुआ है!''

''रुक बे लौड़ा,'' निर्मल हँसते हुए चिल्लाया, ''यहाँ हम पसीना बहा रहे हैं और साला तुम लोग...''

कमरे के बाहर मौजूद आदमी हँस-हँस कर दोहरे हो रहे थे। निर्मल लड़की के पीछे झुका और उसकी ग्रीवा संधि पर चूमा। वह कराही और सिहरी।

''क्या नाम है तेरा?'' वह उसके कान में एक शराबी की अत्यधिक कोमलता से फुसफुसाया।

''हाँ?'' लड़की ने उलझन के साथ कहा।

''तेरा नाम क्या है?'' निर्मल ने पिछली बार से ज़ोर से दुहराया और उसके वक्षों और निपल को दबाया।

''पी-पिंकी।''

''पिंकी?''

''हाँ।''

''बड़ी चुदास चीज़ है तू, पिंकी!'' निर्मल फुसफुसाया। ''कब से ये धंधा कर रही है?''

इससे पहले कि पिंकी उत्तर दे पाती, निर्मल का स्खलन हो गया, वह पिंकी को दबाते हुए, उसके ऊपर ढह गया। लगभग आधे मिनट के बाद, वह उठा। उसने कॉन्डोम हटाया, उसे फेंका, कपड़े पहने और कमरे से बाहर चला गया। बाहर उसका हीरो की तरह स्वागत हुआ।

उस रात की स्मृति उसके दिमाग में घिर आयी जब सोना उसके सामने नृत्य कर रही थी।

''मुन्नी बदनाम हुई, डार्लिंग तेरे लिए....''

उसका लिंग असहनीय रूप से कड़ा हो गया था।

''रुको!'' उसने आदेश दिया। ''मेरे पास आओ।''

''अब क्या, सर?'' सोना ने नम्रता और आत्मविश्वास के साथ पूछा।

अचानक से आयी नृत्य की माँग से वह चौंकी थी लेकिन अब तक सामान्य हो गयी थी।

''मेरे पास आओ,'' निर्मल ने उसे अपनी तर्जनी उँगली से इशारा किया। ''मैं थका हुआ हूँ। मेरी मालिश कर दो।'' वह अब बिस्तर पर लेट गया था।

सोना सरसों के तेल की शीशी ले आयी।

उसने निर्मल के कपड़े उतारने शुरू किये, और उसके जाँघिए के पास आकर रुकी।

''उसे भी उतारो। मुझे पूरे में मालिश करो।''

सोना मुस्कुरायी, इस अभ्यास से वह परिचित थी।

नग्न, निर्मल सोना के बिस्तर पर लेटा हुआ था। उसने उसके बाज़ुओं, पीठ और पृष्ठ भाग पर तेल डाला, फिर अपनी हथेलियों पर तेल मला। फिर उसने नीचे तेल मला। उसकी पुष्ट जिम की अभ्यस्त हथेलियों पर, उसके सुगठित, पतले, कड़े पृष्ठ भाग पर, जो उसके शरीर के रंग से थोड़ा गहरा था।

''अन्दर, अन्दर,'' निर्मल ने कहा, उस पर उत्तेजना छा रही थी।

सोना ने अपनी उँगलियाँ उसके पृष्ठ भाग के अन्दर डालीं और उसकी कोमलता महसूस की। उसने उसके गुदाद्वार और अंडकोश के बीच के छोटे हीरे को सहलाया। वह आनन्द से कराहा। जब उसने निर्मल को आगे पलटने को कहा ताकि वह उसकी छाती पर मालिश कर सके, उसका लिंग विस्तार ले चुका था। उसने सोना को पकड़ा और उसके ब्लाउज को खींच कर ऊपर कर दिया। सोना निर्मल के ऊपर पैर फैलाकर बैठ गयी और जब वह उसके ऊपर झुकी, उसके वक्ष उसकी छाती पर गिर गये। वह उस पर भूखों की तरह टूट पड़ा, जैसे कि सेक्स खाना हो और वह कई महीनों से भूखा हो। सोना ने उसके बाल पकड़े, जब उसने उसके स्तनों को पकड़ा, आनन्द से कराहते, चीखते हुए, उसे ख़ुद से लपेट लिया। उसने अपना पैर उठाया और घुटनों को मोड़ा जब वह उसके अन्दर एक सन्तुष्टि वाला अन्त पा रहा था।

यह निर्मल के जीवन का अब तक का सबसे बढ़िया सेक्स था। वह ज़रूर रहा होगा नहीं तो वह क्यों झरना-दी के घर सोना के लिए लौट कर आता रहता! और ऐसा नहीं था कि निर्मल के पास सोना से तुलना करने के लिए कोई नहीं था। वास्तव में कई और थे। निर्मल के उसी समय दो और प्रेम सम्बन्ध चल रहे थे। वह अपनी दोपहर खदान कम्पनी के अधिकारी की अधेड़ औरत को ख़ुश करते बिताता। उसे उसके पति द्वारा काम मिलता था और बदले में निर्मल उसकी पत्नी को सन्तुष्ट करता, उसके साथ उसके आनन्द के अनुसार मैथुन करके। सुबह को, वह यूनियन नेता—जो उसका व्यापार का परिचित था—की अट्ठारह साल की बेटी को गाड़ी चलाना सिखाने का प्रशिक्षण देता और उसे मुख मैथुन का आनन्द उठाने के लिए उकसाता। और भी कई औरतें थीं, जो थोड़े समय के लिए आतीं, मैथुन के लिए उत्सुक।

उस दिन के अन्त में, नंदू ने पैसे दिये और निर्मल को अपनी कार में

ले गया। और पूरे रास्ते, पूरी तरह से शराब में धुत्त और प्रसन्न, उसने नंदू को बार-बार कहा—"तू एक नम्बर का दोस्त है! तू मेरा असली भाई है! भाई, क्या चीज़ दिलाया तुम हम को! क्या चीज़ है सोना!"

नंदू हँसा, किंगफिशर बीयर की बोतल से घूँट-घूँट पिया, और बोतल निर्मल की ओर बढ़ायी।

छह घंटे लगातार सोने के बाद, जब उसका नशा उतरा, वह नहाया और पूरा खाना खाया, सोना निर्मल के दिमाग में फिर से लौट आयी।

सोना का जादू चल गया। दूसरी बार, बिना नंदू के, वह सीधा झरना-दी के पास गया।

"मुझे वह लड़की चाहिए," उसने माँग रखी।

~

"तुम क्यों मेरे पास बार-बार आते हो?" सोना ने निर्मल से पूछा। उन्होंने तुरन्त एक सैक्स का दौर ख़त्म किया था, लेकिन सोना को सफ़ाई कर दूसरे ग्राहक को लेने की कोई जल्दी नहीं थी।

सोना के धंधे पर अब तक कोई प्रभाव नहीं पड़ा था। वह अब भी बहुत लोकप्रिय, अब भी माँग में थी। लेकिन कौन जानता था कि आगे क्या होने वाला है? निर्मल के लिए मोहग्रस्त सोना देख नहीं पा रही थी कि उसकी पीठ के पीछे क्या चल रहा था, उसके बारे में क्या कहा जा रहा था, क्या प्रश्न पूछे जा रहे थे। लेकिन झरना, जिसके अपने दुःखों ने उसे शातिर बना दिया था, स्पष्ट देख पा रही थी कि उसकी सबसे बढ़िया कमाने वाली लड़की ने गलत रास्ता पकड़ लिया है—वह रास्ता जो सिर्फ़ निराशा और दिल टूटने की ओर ले जाता था।

"क्या, झरना-मयडम?" सोना के नियमित ग्राहक शिकायत करते। "आपकी लड़की को क्या हो गया? जब भी हम उसके लिए आते हैं, वह व्यस्त रहती है।"

''और नयी लड़कियाँ लक्खीपुर में आ रही हैं, झरना-मयडम,'' एक और ग्राहक जो ख़ुद ही हट्टा-कट्टा और निर्मल को जानने वाला था, ने झरना से कहा। ''हमारे जैसे आदमियों को लड़कियों की तलाश में भटकना नहीं पड़ता। हम अपनी हर उँगली पर एक को रखते हैं। अगर आपकी सोना सोचती है कि हममें से कोई एक उससे शादी कर लेगा और उसे कहीं और ले जायेगा, तो...''

उसे अपना वाक्य पूरा करने की ज़रूरत नहीं पड़ी, झरना समझ गयी।

''हमारे पास पंख नहीं हैं, लड़की। हम उसे उगाने की सोच भी नहीं सकते,'' झरना सिर्फ़ सावधानी से संकेत देती।

सोना सुनती, एक दु:खभरी साँस छोड़ती और झरना का कहा अनसुना कर देती।

अब, अपने छोटे कमरे में अकेले निर्मल के साथ, वह कुछ और नहीं सोचना चाहती, न अपने अतीत के बारे में, न ही वर्तमान के बारे में। उसके दिमाग में सिर्फ़ निर्मल होता।

''ओ!'' उसने निर्मल को पुकारा जो बिस्तर पर लेटा था, उसके शरीर ने लगभग पूरे बिस्तर को घेर रखा था जबकि सोना दीवार से लगी हुई थी। उसका बायाँ हाथ उसके सिर के नीचे का तकिया बना हुआ था, जबकि उसके दायें हाथ में सिगरेट थी।

''ओ! सुनो।'' सोना ने उसके पेट में उँगलियाँ गड़ाईं।

''क्या?''

''मैंने पूछा, तुम बार-बार मेरे पास क्यों आते हो?''

यह पहली बार था जब सोना ने किसी ग्राहक से यह प्रश्न पूछा था। उसे यह पूछने की ज़रूरत नहीं थी।

''क्यों?'' निर्मल ने अपना चेहरा उसकी ओर घुमाया, मुँह में भरा सिगरेट का धुआँ उसके चेहरे पर उड़ाया, फिर घूम गया। ''क्या तुम नहीं चाहतीं कि मैं तुम तक लौटूँ?''

"नहीं," सोना शरारत से कहते हुए, अपनी तरफ़ घूमी, और अपना सिर अपनी कोहनी के बल पर टिकाया। उसके लिए बहुत जगह नहीं बची थी, इसलिए उसने निर्मल को थोड़ा-सा खिसकाया। "मैं यह नहीं कह रही।"

"फिर," निर्मल ने सिगरेट का टुकड़ा ज़मीन पर फेंका, सोना की ओर घूमा, और उसकी नग्न पीठ को बहुत ही कोमलता से सहलाते हुए कहा, "तुम क्या कहना चाहती हो?"

"देखो," सोना ने अपनी कोहनी पर आराम करते हुए अपना सिर बिस्तर पर रखा और निर्मल को देखते हुए कहा। "मैं कह रही हूँ...कि यहाँ इतनी नयी लड़कियाँ आ रही हैं। क्या तुम उन्हें नहीं चाहते?"

"अच्छा..." निर्मल मुस्कुराया और सोना की आँखों में झाँका। "मुझे नयी लड़की के साथ अच्छा लगेगा, कोई ऐसी, जिसके साथ मैं सारा दिन मैथुन कर सकूँ। तुम्हारी तरह नहीं," उसने गम्भीर होने का दिखावा किया। "तुम सिर्फ़ काम और पैसे की चिन्ता करती हो।"

"क्या?" सोना ने निर्मल के मज़ाक पर बहुत ही ईमानदार गम्भीरता से प्रतिक्रिया दी। वह अपनी कुहनियों पर उठी। "मुझे सिर्फ़ काम की चिन्ता है? मुझे बताओ। मैं और क्या करूँ अगर मैं यह नहीं करूँ तो? मुझे कौन कपड़े और खाना देगा?"

"क्यों? मेरे साथ रहो। मैं तुम्हारी देखभाल करूँगा," निर्मल हँसता। फिर वह सोना का हाथ पकड़ता, अपनी ओर खींचता और उसका हाथ अपनी छाती पर रखकर कहता। "क्या? तुम्हें मुझ पर भरोसा नहीं?"

ऐसे क्षणों में सोना पिघल जाया करती। इन तमाम समयों में सोना की काम और पैसे की चिन्ता पूरी तरह से हवा हो जाती और वह निर्मल के साथ अपनी ज़िन्दगी बिताने के सपने देखने लगती।

सोना ने थोड़ी देर निर्मल के मुस्कुराते चेहरे को ध्यान से देखा, उसका हाथ अब भी उसकी छाती पर था। फिर वह खिलखिलाई और निर्मल की छाती में अपना चेहरा छिपा लिया, निर्मल उसकी लार को उसके मुँह के कोने

से निकलते और अपनी त्वचा पर लगते महसूस कर रहा था।

"ऐ! तुम मुझे गुदगुदी कर रही हो।"

सोना ने सिर उठाया, वह अब भी हँस रही थी, उसकी ओर देखते हुए उसने कहा, "तुम..." उसने शर्माते हुए, अपनी मुस्कान को नियन्त्रित करते हुए, उससे नज़र हटा कर पूछा। "तुम यह सच कह रहे हो?"

"क्या सच?"

"यही कि तुम...तुम..." वह किसी वजह से यह वाक्य पूरा नहीं कर पायी।

"अच्छा," निर्मल ने अपना चेहरा एक विरक्ति का भाव लाते हुए बनाया, "अगर तुम्हें मुझ पर विश्वास नहीं, तो मैं अब भी उस नयी लड़की के पास जा सकता हूँ। उसका नाम क्या है? हाँ...टीना। वह सुन्दर है।" उसने सोना के भाव देखे।

सोना के चेहरे की मुस्कान गायब हो गयी थी। टीना, नयी लड़की पहले ही अपना नाम बनाने लगी थी। नंदू उसके पास दो बार जा चुका था और निर्मल से उसके नाम की पेशकश की थी। हालाँकि निर्मल लक्खीपुर की किसी और वेश्या के पास नहीं गया था। उसे ज़रूरत नहीं थी। सोना उसे उन तरीकों से सन्तुष्ट करती थी, जिनसे वह होना चाहता था।

"उस कुतिया के पास कभी मत जाना!" सोना निर्मल पर चिल्लायी और बिस्तर पर बैठ गयी, उसका नग्न वक्ष गुस्से में उठ-गिर रहा था। निर्मल को अपनी हँसी और अपनी उत्तेजना दोनों पर नियन्त्रण कर पाना मुश्किल लग रहा था।

"हँसो मत!" सोना ने बिस्तर पर पालथी मारकर बैठते हुए कहा और निर्मल ने पहली बार ध्यान से देखा कि उसने अपने गुप्तांग के बाल कितनी सुघड़ता से काट रखे थे। निर्मल फिर से एक बार उत्तेजित हो गया।

लेकिन सबसे पहले ज़रूरी था कि निर्मल सोना की बात सुने और उसके गुस्से को शान्त करे।

‘‘मुझे ध्यान से सुनो! वह टीना, वह धोखेबाज़ है! तुम्हें पता है उसने क्या किया?’’

निर्मल ने यह बताने के लिए सिर हिलाया कि वह नहीं जानता।

‘‘कुछ रातों पहले उसके पास एक ग्राहक आया। वह पूरी तरह नशे में था। उसने टीना से पूछा कि वह उसके लिए क्या खरीद सकता है। उसने संतरे माँगे। वह ग्राहक उस किनारे वाली फलों की दुकान पर गया। अरे...वह जो पूरी रात ख़ुली रहती है। वह वहाँ गया और उसने एक किलो संतरे खरीदे। तुम जानते हो उस हरामी दुकानदार ने एक किलो संतरे के लिए कितने पैसे माँगे? दो सौ रुपये! क्या तुम सोच सकते हो! एक किलो संतरे के लिए दो सौ रुपये! वह बेचारा ग्राहक, वह लाया और उसने संतरे टीना को दिये। लेकिन उस टीना ने संतरे खाये नहीं। उसने एक भी संतरा नहीं खाया। जब वह ग्राहक चला गया तो वह उन संतरों को उस बहनचोद दुकानदार के पास ले गयी और उसे वापस उन संतरों को सौ रुपये किलो में बेच दिया! तुम यह सोच सकते हो!’’

‘‘अच्छा!’’ निर्मल ने चकित होने का नाटक किया।

‘‘और क्या? और तुम उस टीना के पास जाना चाहते हो! जाओ, उसे लो! तुम्हें कौन रोक रहा है?’’

‘‘तुम मुझे रोक रही हो,’’ निर्मल ने सोना को अपनी ओर खींचा। ‘‘और तुम भी मुझे धोखा दे रही हो।’’

‘‘मैं तुम्हें धोखा दे रही हूँ? कैसे?’’ सोना ने उसकी पकड़ से छूटने का प्रयत्न किया।

निर्मल ने उसे मज़बूती से पकड़ रखा था। उसने उसका हाथ पकड़ा और अपने खड़े लिंग पर रख दिया।

सोना शर्मा गयी।

यह विचित्र था। वह किसी और ग्राहक के सामने नहीं शर्मायी थी। वह पहले भी कितनी बार निर्मल के सामने नग्न हुई थी। यह पहली बार नहीं था

जब वह उसके उत्तेजित लिंग को अपने हाथ में ले रही थी। वह शर्मा क्यों रही थी?

"देखो तुमने मुझे क्या कर दिया है," निर्मल उसके हाथ को अपने लिंग पर रगड़ते हुए मुस्कुराया। "अब तुम इस बारे में कुछ करोगी या मुझे ऐसे ही सूखा और उत्तेजित छोड़ दोगी जैसे टीना अपने आदमियों के साथ करती है?"

सोना ने अपना हाथ छुड़ाया और खिलखिलाई।

"तुमने उसे कहाँ रखा है?" निर्मल अधीरता से कुछ खोजने लगा।

"क्या?" उसने खिलखिलाते हुए यह पूछा, यह जानते हुए कि वह क्या खोज रहा था।

"कान्डोम। कहाँ है?"

"तुम्हें अब इसकी क्या ज़रूरत है?" वह मुस्कुरायी और बिस्तर से थोड़ा परे हटी।

"मेरे साथ मज़ाक मत करो! कहाँ है वह!"

"साजन मेरा उस पार है...मिलने को दिल बेकरार है..."

सोना ने खिलंदड़पने के साथ गुनगुनाया, नग्न, दीवार के साथ लगे हुए अपनी बाँहें फैलाये, अपने दायें पैर के बड़े अँगूठे को बाईं पिंडली पर रगड़ा।

तब तक, निर्मल को उसके गद्दे के नीचे कॉन्डोम मिल गया था। उसने अपने लिंग को ढँका, उसके ऊपर कूदा और उसके बालों को पकड़ा।

वे फिर शुरू हो गये, पहले से भी ज़्यादा जोशीले होकर। निर्मल ने सोना को दीवार पर टिकाया, उसकी बायीं जाँघ को अपनी दायीं जाँघ पर सहारा दिया, उसके पृष्ठ भाग को पकड़ा, फिर उठाकर नीचे करने लगा, अपूर्व सन्तुष्टि में कराहते हुए।

सोना उससे ऐसे चिपकी जैसे वह जीवन हो।

"मुझे चूमो," उसने निर्मल से कहा।

''क—क्या?''

''कृपया, मुझे चूमो।''

निर्मल ने अपना दोलन धीमे किया और उसके गाल पर एक सतर्क चुम्बन लिया।

''नहीं। नहीं, यहाँ,'' सोना ने अपने होंठ छुए।

''देखो,'' निर्मल ने घुरघुराहट की ध्वनि के साथ कहा, ''मुझे यह शान्ति से करने दो। तुम्हें पता नहीं, अभी मैं कैसा महसूस कर रहा हूँ।''

''नहीं, नहीं,'' सोना ने उसके बाल पकड़े और उसका सिर अपने शरीर से अलग हटाया। ''कृपया, मुझे चूमो। तुम मुझे कभी नहीं चूमते।''

निर्मल ने अपने हाथ स्वतन्त्र किये और सोना के पूरे चेहरे को चूमा, उसकी गर्दन, उसकी छाती, उसके वक्ष—हर जगह सिवा उसके होंठों के। उसने उसके स्तन के अग्र भाग को चूसा, उसे थोड़ा और उत्तेजित करने की कोशिश में ताकि वह उसे होंठों पर चूमने से कहना छोड़ दे।

''क्या तुम ख़ुश हो?'' निर्मल ने पूछा। ''क्या मैं तुम्हें ख़ुश नहीं करता? मुझे बता, साली।''

''नहीं, यह मत करो,'' सोना ने उसका सिर अपने वक्ष से परे हटाया। ''तुम मुझे होंठों पर क्यों नहीं चूमते?''

''मादरचोद! मूड खराब कर दिया!'' निर्मल ने ख़ुद को खींचा। ''चूमूँ? मैं एक रंडी को उसके होंठों पर नहीं चूमता। मैं तुम्हारे साथ जो कर रहा हूँ, उससे तुम ख़ुश नहीं हो? अब देखो मैं तुम्हारे साथ और क्या कर सकता हूँ?''

गुस्से से उसने सोना को बिस्तर पर फेंक दिया, उसका चेहरा नीचे किया और उसके नितंब फैलाये। फिर उसने ख़ुद को ज़बरन उसके गुदाद्वार में घुसाया, बिना किसी चिकनाई के।

जब वह उस पर टूट रहा था तो गुस्से में बके जा रहा था—''साली!

वहाँ उस यूनियन नेता की बेटी मेरा लण्ड चूसती है, और तुम चाहती हो कि मैं तुम्हारे होंठों पर चुम्बन लूँ? थोड़ा प्यार से क्या बोल लो, ये अपनी जगह भूल जाती हैं। रंडी!''

निर्मल ने ख़ुद को खाली किया और बाहर खींचा, लेकिन इतने बल से कि उसके वीर्य से भरा कॉन्डोम अन्दर ही फँसा रह गया।

उसने कपड़े पहने, करेंसी नोटों की एक गड्डी सोना की ओर उछाली और कमरे से बाहर चला गया।

सोना बहुत देर तक उसी स्थिति में रही—नग्न, चेहरा झुका हुआ, कॉन्डोम अब भी उसके गुदाद्वार पर चिपका हुआ था। वह अपने सामने की दीवार को घूरती रही। उसे रोने का मन हुआ लेकिन पिछली बार वह जब रोयी थी, वह सालों पुरानी बात थी।

जबकि झरना-दी का घर उसके और निर्मल के बीच गुज़री घटना की चर्चा से गुँजित था, किसी ने सोना से कुछ भी ज़िक्र नहीं किया। फिर एक सुबह, सोना ने टीना पर एक गिलास दे मारा। उसका निशाना चूक गया और गिलास दीवार पर लगकर चूर-चूर हो गया, वह पीछे हट गयी। जैसे ही सोना वहाँ से हटी, टीना पागलों की तरह हँसने लगी।

झरना-दी को सहानुभूति थी लेकिन वह कठोर थीं। ''अपने काम पर ध्यान दो। ज़िन्दगी हमें पाठ पढ़ाती है। उन पाठों को पढ़ो और आगे बढ़ जाओ।''

सोना झरना-दी के चेहरे की ओर देख नहीं पा रही थी। उसके पास कहने को कुछ नहीं था।

वे तीन महीने बाद फिर आये—निर्मल, नंदू और उनके तीन दोस्त। पहली बार

की तरह ही वे सभी नंदू के मेहमान थे। इस बार, हालाँकि निर्मल झरना-दी के घर इस तरह नहीं घुसा जैसे कि उसी का घर हो।

''आंटी, हमारे दोस्त की शादी हो रही है,'' नंदू ने निर्मल की ओर इशारा किया जो ख़ुलकर हँस पड़ा। ''सात दिनों में, उसके पास संसर्ग के लिए स्थायी चीज़ होगी,'' इस बात पर निर्मल सबसे तेज़ हँसा। ''आंटी,'' नंदू ने बात जारी रखी। ''क्या आप उसे ऐसा कुछ नहीं देंगी जिसे वह पूरी ज़िन्दगी याद रख सके?''

झरना-दी की लड़कियाँ, जो कि ग्राहकों के सामने प्रदर्शन के लिए तैयार रहती थीं, इन बातों पर कभी ध्यान नहीं देती थीं। लेकिन इस बार, बात दूसरी थी। सोना और निर्मल के बीच जो घटा, उसे जानते हुए वे सब साँसें रोककर हर कहे गये शब्द को ध्यान से सुन रही थीं।

''क्यों नहीं?'' झरना अपनी बेहतरीन नम्रता के साथ थी। ''आप सब हमारे नियमित ग्राहक हो।'' फिर उसने निर्मल की ओर घूमते हुए कहा, ''शादी के बाद हमें भूल मत जाइयेगा।''

''अरे आंटी! आप क्या कह रही हैं? बिलकुल भी नहीं, मैं आऊँगा। मैं आपको कैसे भूल सकता हूँ?'' निर्मल फिर ज़ोर से हँसा। सोना का दिल बैठ गया। क्या निर्मल सच कह रहा है? क्या वह सच में लौटेगा?

एक बार फिर, निर्मल को पहले चुनने को कहा गया।

बिना सोचे या और लड़कियों को देखे हुए, उसने टीना को चुना। उसने सोना की तरफ़ देखा भी नहीं।

नंदू ने सोना को चुना।

''तो मैं फिर तुम्हारे पास आया,'' नंदू ने सोना को देखकर मुस्कुराते हुए कहा जब वह उस पर चढ़ रहा था, दोनों नंगे थे। सोना उसकी ओर देखकर मुस्कुरायी।

''लम्बा समय, बहुत लम्बा समय। मैं बता नहीं सकता मैंने तुम्हें कितना

याद किया,'' नंदू ने सोना के निप्पल चूमे। ''मुझे वही पुराना संसर्ग दो।'' उसने उसके पृष्ठ भाग को पकड़ा और अपने शरीर पर टिकाया। सोना ने उसकी इच्छा का पालन किया।

जैसे ही नंदू ने ख़ुद को सोना के अन्दर डाला और दोलन शुरू किया, उसने कुछ और बातें कहीं। लेकिन सोना ने कुछ भी नहीं सुना। उसने बस अपना पैर नंदू के पीछे बाँध लिया और उसके धक्के का जवाब देने लगी। वह इससे ख़ुश हुआ। उसने अपना चेहरा सोना की गर्दन पर गहरा धँसाया और उसे बहुत ही गहराई से चूमा।

आदिवासी नहीं नाचेंगे

उन्होंने मुझे ज़मीन पर गिरा दिया। उन्होंने मुझे बोलने नहीं दिया, मुझे विरोध नहीं करने दिया। अपना सिर उठाकर अपने साथी संगीतकारों और नर्तकों को भी नहीं देखने दिया। जब उन्हें पुलिस पीट रही थी। मैं अगर कुछ सुन रहा था तो वह उनकी दया की पुकार थी। मैं उनके लिए बहुत शर्मिंदा महसूस कर रहा था। मैंने उन्हें धोखा दिया था। क्योंकि मैंने जो किया था, ख़ुद किया था। फिर भी, क्या मेरे पास कोई विकल्प था? अगर मैंने उन्हें अपनी योजना के बारे में बताया होता तो वे ज़रूर मेरे साथ खड़े होते। क्योंकि वे भी उतना ही झेल रहे थे जितना कि मैं। वे मेरे साथ खड़े होते, वे मेरे साथ बोले होते, तो साथ मिलकर हमारी आवाज़ एक साथ गूँजी होती। वे हमारे सन्थाल परगना के बाहर हमारे झारखंड के बाहर, सारे रास्ते तय कर दिल्ली तक और पूरे भारोत-दिसोम में यात्रा करते तो पूरी दुनिया को हमारे दुखों का पता चल जाता। फिर, शायद हमारे लिए कुछ किया जा सकता था। फिर शायद, हमारे राष्ट्रपति मान जाते जो मैंने उन्हें कहा था।

लेकिन मैंने अपनी योजना किसी को नहीं बतायी। मैं अकेले आगे बढ़ा, मूर्ख की तरह। उन्होंने मुझे पकड़ा, मुझे मारकर ज़मीन पर गिरा दिया, अपना हाथ मेरे मुँह में डाला और मुझे बोलने नहीं दिया। मैंने बहुत ही असहाय और मूर्ख-सा महसूस किया।

लेकिन हम सन्थाल मूर्ख होते हैं, नहीं होते हैं क्या? हम सारे आदिवासी मूर्ख होते हैं। कई सालों से, कई पीढ़ियों से, दिकू ने हमारी मूर्खता का फ़ायदा उठाया है। मुझे बतायें अगर मैं गलत हूँ।

मैंने सिर्फ़ इतना कहा, "हम आदिवासी अब और नहीं नाचेंगे"—इसमें क्या गलत है? हम खिलौनों की तरह हैं—कोई हमारा ऑन का बटन दबाता है, या पीछे की चाभी घुमाता है, और हम सन्थाल, हमारे टामाक् और तुमदाक् पर संगीत बजाने लगते हैं या हमारे तिरियों पर धुन बजाने लगते हैं जबकि कोई हमारे नाचने की ज़मीन ही छीन लेता है। मुझे बतायें, क्या मैं गलत हूँ?

मैंने यह उम्मीद नहीं की थी कि सब कुछ बिगड़ जायेगा। मुझे लगा कि मैं देश के सर्वश्रेष्ठ व्यक्ति से बात कर रहा हूँ, हमारे राष्ट्रपति। मुझे लगा वह मेरे शब्दों को सुनेंगे। क्या वह हमारे पड़ोसी नहीं हैं? उनके सारे पूर्वज हमारे बगल के बीरभूम ज़िले के थे। उनके पूर्वजों का घर अब भी वहाँ है। बीरभूम, जहाँ रबीन-हाड़ाम सन्थालों के साथ समरसता के साथ रहते थे। मैं उस जगह पर गया था जहाँ रबीन-हाड़ाम स्थित था। इसे क्या कहा जाता है? हाँ, शान्तिनिकेतन। मैं वहाँ बहुत पहले गया था, अपने दल के साथ प्रदर्शन करने। मैंने देखा कि हम सन्थालों को शान्तिनिकेतन में बहुत आदर के साथ देखा जाता है। शान्तिनिकेतन बीरभूम में है और हमारे राष्ट्रपति भी बीरभूम के है। उन्हें मुझे बोलते हुए सुनना चाहिए था, नहीं? लेकिन उन्होंने नहीं सुना।

मैं इतना बड़ा मूर्ख हूँ! एक मूर्ख सन्थाल। एक मूर्ख आदिवासी।

~

मेरा नाम मंगल मुर्मू है। मैं एक संगीतकार हूँ। नहीं, रुकिए...मैं एक किसान हूँ। या...एक किसान था। एक किसान था ही ज़्यादा सही है क्योंकि मैं अब खेती नहीं करता। पाकौड़ जिले के आमड़ापाड़ा ब्लॉक के मेरे गाँव मटियाजोरे में, बहुत सारे सन्थाल अब खेती नहीं करते। हममें से कुछ के पास ही अब भी खेत बचे हैं; अधिकांश खेत खदान कम्पनी द्वारा काबिज़ कर लिये गये। वह एक सम्पन्न कम्पनी थी। ऐसा नहीं था कि हम अपने अधिकार के लिए नहीं लड़े। हम लड़े। जब हम लड़ रहे थे, यह राजनेता आया, वह राजनेता आया, यह किरिस्तान सिस्टर आयी, वह किरिस्तान फादर आया। प्रत्यक्ष रूप से हमारा समर्थन करने। लेकिन हम हार गये। और जब हम हार गये, सब

चले गये। नेता वापस राँची चले गये और दिल्ली या जहाँ भी उन्हें जाना पड़ा। किरिस्तान अपनी लक्ष्यपूर्ति के लिए लौट गये। लेकिन हमारी ज़मीन हमारे पास वापस नहीं लौटी। वहीं दूसरी ओर, एक किरिस्तान सिस्टर मारी गयी और हमारे लड़कों को उसकी हत्या में फँसा दिया गया। अखबारवाले, मीडिया, सभी ने हमारे लड़कों को दोषी कहा। उन्होंने खबर दी कि किरिस्तान बहन हमारे अधिकारों के लिए लड़ रही थीं और फिर भी हमारे लड़कों ने उन्हें मार दिया। किसी ने यह देखने की तकलीफ़ नहीं उठायी कि हमारे लड़के अपनी ज़मीन और अधिकारों के लिए तब से लड़ रहे थे जब किरिस्तान बहन आयी भी नहीं थीं। वे उन्हें क्यों मारते? बस इसलिए कि हमारे लड़कों के कोई पत्रकार दोस्त नहीं थे, उनकी लड़ाई अनदेखी रह गयी; जबकि किरिस्तानी बहन को, साथ खड़े मिशनरी तन्त्र और उनके दोस्तों की वजह से सारा ध्यान मिला। अब हमारे लड़के हत्या के झूठे आरोप में जेल में हैं, हमारे लिए कौन लड़ेगा? अब वे मिशनरी और उनके दोस्त कहाँ हैं? अगर मिशनरी हमारा भला चाहने वाले थे और हमारे लिए लड़ रहे थे, फिर वे भाग क्यों गये? एक जानी-मानी किरिस्तान सिस्टर को मार दो, कुछ अनजान सन्थाल लड़के जो अपनी ज़मीन के लिए लड़ रहे हैं, उन्हें इस हत्या का ज़िम्मेदार ठहरा दो, दोनों ही बाधाओं को रास्ते से हटा दो—किरिस्तान बहन और सन्थाल लड़के—जितनी ज़मीन हो सके हथिया लो, जितनी खदानें हो सकें, बनाओ और सारा कोयला खोद डालो। ऐसे ही कोयला कम्पनी काम करती है। क्या यह परिदृश्य समझना इतना मुश्किल था कि मीडिया इसे नहीं समझ पा रही थी?

अगर कोयला व्यापारियों ने हमारी ज़मीन का एक हिस्सा लिया था तो दूसरे हिस्से पत्थर के व्यापारियों द्वारा ले लिये गये थे, सभी दिकू थे—मारवाड़ी, सिंधी, मंडल, भगत, मुस्लिम। उन्होंने हमारी ज़मीन को अपनी भारी मशीनों द्वारा पूरा खोद डाला था। वे हमारी ज़मीन से खोदे पत्थरों को दूरस्थ स्थानों तक बेचते—दिल्ली, नोएडा, पंजाब। यह कोयला कम्पनी और ये खदान मालिक, वे हमारी ज़मीन से इतना पैसा कमा रहे थे। उन्होंने अपने लिए शहर में बड़े घर बना लिये थे; वे अच्छे कपड़े पहनते थे; वे अपने बच्चों को दूर स्थित अच्छे स्कूलों में भेजते थे; जब वे बीमार पड़ते थे, वे राँची, पटना, भागलपुर, मालदा, बर्धमान, कोलकाता के सबसे अच्छे चिकित्सकों

से अपना इलाज़ करवाते। हम सन्थालों को बदले में क्या मिलता? पहनने के लिए चिथड़े, बहुत ही कम खाना। ऐसी बीमारियाँ जिनकी वजह से हमारा साँस लेना भी मुश्किल हो जाता, हम खून की खाँसी करते और हमेशा हड्डियों का ढाँचा बने रहते।

शिक्षा के लिए हमारे बच्चे या तो उन मुफ़्त सरकारी स्कूलों की दया पर थे, जहाँ शिक्षक सिर्फ़ दोपहर का भोजन पकाने आते, या उन किरिस्तान मिशनरी स्कूलों के जहाँ हमारे बच्चों को लगातार यही कहा जाता कि वे हमारे बोंगा-बुरु की पूजा बन्द करें और यीशु और मरियम की आराधना शुरू करें। अगर हमारे बच्चे मना करते, सिस्टर और फादर हमारे बच्चों को कहते कि उनके सन्थाल नाम—होपना, सोम, सिंगरय—सही नहीं हैं। उनका नाम डेविड, मिकाइल और क्रिस्टोफर क्यों नहीं रखा जाता। और जैसे कि इतना काफ़ी नहीं था, मुस्लिम हमारे घरों में घुस जाते, हमारी औरतों के साथ सोते और हम सन्थाल पुरुष कुछ नहीं कर पाते।

लेकिन हम क्या कर सकते हैं? वे हमसे संख्या में अधिक हैं। सन्थाल परगना के गाँव-दर-गाँव—जो हम सन्थालों का घर होने चाहिए थे—मुस्लिम गाँवों में बदल रहे हैं। हिन्दू पाकौड़ शहर के आस-पास या अन्य जगहों पर रहते हैं। जो कुछ हिन्दू यहाँ सन्थाल गाँव में रहते हैं, निचली जाति के हैं। वे भी शक्तिहीन और संख्या में कम हैं। लेकिन हिन्दू हमारी मदद क्यों करेंगे? वे सम्पन्न हिन्दू जो पाकौड़ शहर में रहते हैं सिर्फ़ हमारी ज़मीनों में रुचि रखते हैं। वे सिर्फ़ अपनी शादियों में हमसे गीत गवाने और नचाए जाने में रुचि रखते हैं। अगर वे हमारी सहायता के लिए आयेंगे तो वे कहेंगे कि हम सन्थालों को गाय और सूअर का मांस खाना छोड़ना चाहिए, हमें हांडी पीनी छोड़नी चाहिए। वे यह भी चाहते हैं कि हम अपना सरना धर्म भूल जायें, साफा-हॉड़ में परिवर्तित हो जायें और उनकी संख्या बढ़ाते हुए कीमती वोटबैंक में बदल जायें। साफा-हॉड़, पवित्र लोग, साफ़ लोग, लेकिन निश्चित ही उतने साफ़-सुथरे, उतने पवित्र नहीं, जितने वे हैं, यह तो तय है। हमेशा उनसे थोड़ा कम, जितने वे हैं। हिन्दुओं की दृष्टि में, हम सन्थाल या तो सिर्फ़ किरिस्तान हो सकते हैं, या पूरे साफा-हॉड़। हम अपने सरना-धर्म को खो रहे हैं, हमारा अस्तित्व

और हमारी जड़ें। हम ऐसे लोग बनते जा रहे हैं, जिनका अपना कोई देश नहीं, अपनी कोई पहचान नहीं।

यह कोयला और पत्थर हमें आलसी बना रहे हैं। कोयला सड़क हमारे गाँव के बीच से दौड़ती है। जब दैत्याकार ट्रक कोयला लेकर कोयला सड़क पर चक्कर लगाते हैं, किसी और वाहन के लिए कोई जगह नहीं बचती। इतने रूखे होते हैं, ये ट्रक ड्राइवर, वे अपने रास्ते में आने वाले किसी भी वाहन को कुचल सकते हैं। वे इसमें कुछ कर नहीं सकते, यह उनका काम है। वे जितने चक्कर लगायेंगे, उतने पैसे कमायेंगे। और क्या हुआ अगर वे मार डालते हैं? कोयला कम्पनी कुछ मौतों की वजह से अपना धंधा कम नहीं कर सकती। वे मृतकों के परिवार को पैसे देते हैं, मामला बिना दर्ज हुए रह जाता है और ड्राइवर बिना दंडित हुए कम्पनी के लिए और माल लेकर चक्कर लगाता रहता है।

और हम सन्थाल हैं? बेशक, हम इन्तज़ार करते हैं, जब कोयला सड़क पर 'नो एंट्री' हो, क्योंकि तब ही हमारे आदमी, औरत और बच्चे सड़क पर आते हैं और इन ट्रकों को घेर लेते हैं। फिर, नाखून, उँगलियों, हाथ और जो भी औज़ार हमें उपलब्ध हो पाता है, उससे कोयला चुराते हैं। ड्राइवर हमें नहीं रोक सकता, न ही मटके जैसे पेट वाले बिहारी सुरक्षाकर्मी जिन्हें कम्पनी ने कोयला सड़क पर नियुक्त किया होता है। क्योंकि वे जानते हैं कि अगर वे हमें कोयला नहीं चुराने देंगे तो हम सड़क का घेराव करेंगे और ट्रकों को नहीं चलने देंगे।

लेकिन चुराये हुए कुछ क्विंटल मायने ही नहीं रखते, जब कम्पनी टनों कोयला खोद रही है। वे जानते हैं कि हम—महान क्रान्तिकारी सिदो और कान्हू के वंशज—अगर अपना मन बना लें तो इस क्षेत्र का सारा व्यापार बन्द कर सकते हैं। इसलिए वे दिमाग लगाकर, व्यावहारिक होकर काम करते हैं। आखिरकार उनके पास पहले से ही हमारी ज़मीनें हैं, वे पहले से ही हमारा कोयला चुरा रहे हैं, वे हमसे इसे दोबारा चुराने का अधिकार नहीं छीनना चाहते।

यह वही कोयला है, सर जो हमें धीरे-धीरे निगल रहा है। पूरी कोयला सड़क पर—कालिमा है—गहरी, अमिट। हमारे गाँव के पेड़ और झाड़ियाँ काले पत्ते उगाते हैं। हमारी गेरुआ धरती काली हो गयी है। पत्थर, चट्टानें, रेत सभी काले हैं। हमारी झोपड़ियों की छतों के खप्परों ने अपना आग में तपा लाल रंग खो दिया है। वे लताएँ और फूल और मोर जो हम सन्थाल अपने घरों के बाहरी दरवाज़े पर उकेरते हैं, सभी काले हैं। हमारे बच्चे—काली त्वचा वाले—हमेशा के लिए महीन काली गर्द से ढँक गये हैं। जब वे रोते हैं, और आँसू उनके चेहरे पर छलकते हैं, ऐसा लगता है कि कोई नदी सूखा पीड़ित इलाके से गुज़र रही है। सिर्फ़ हमारी आँखें लाल, जलती हैं, अंगारे की तरह। हमारे बच्चे शायद ही स्कूल जाते हैं। लेकिन वे—वे स्कूल जायें या नहीं—चौकस रहते हैं, दिन-रात, कोयला चुराने के तरीकों और उन्हें बेचने के बारे में।

सन्थाल व्यापार नहीं समझते। हमें कोयला आसानी से मिल जाता है फिर भी हम इसके लिए बहुत पैसे नहीं लेते; बस खाना, कपड़े और शराब भर के लायक कीमत। लेकिन ये जोल्हा—जिन्हें आप मुस्लिम कहते हैं; हम जोल्हा कहते हैं—वे कोयले की कीमत जानते हैं, वे पैसों की कीमत भी जानते हैं। वे वही कीमत लेते हैं, जो उनके लिए सबसे बढ़िया हो। और कोयला मटियाजोरे से आगे की यात्रा करता है, उसकी कीमत बढ़ती जाती है।

एक दशक पहले, जब मटियाजोरे के सन्थाल नामाल के खेतों में फसल लेने की अपनी वार्षिक यात्रा आरम्भ कर रहे थे, चार जोल्हा परिवार न जाने कहाँ से आये और हमसे आश्रय माँगा। वे बेचारे, हम जैसे ही कुपोषित लग रहे थे। शायद हमसे भी ज़्यादा। बदले में उन्होंने अपनी सेवा हमें देने की पेशकश रखी। उन्होंने कहा कि हमारी अनुपस्थिति में वे हमारे खेतों की देखभाल करेंगे और उन पर उत्पाद के हिस्से के लिए खेती करेंगे। हमने उन पर भरोसा किया। उन्होंने हमारे खेतों में काम शुरू किया और मटियाजोरे के दूरस्थ कोने में चार झोपड़ियाँ बनायीं। आज, चार झोपड़ियों का वह छोटा-सा समूह सौ घरों से भी ज़्यादा के टोले में बदल गया है। घर, झोंपड़ियाँ नहीं। जबकि हम सन्थाल, अपने ही गाँव में, अब भी मिट्टी के घरों में रहते हैं, हर जोल्हा घर की कम-से-कम एक दीवार ईंटों की है और एक सीमेंट किया हुआ आँगन

है। यह टोला अब मटियाजोरे का 'जोल्हा टोला' कहलाता है।

कभी मटियाजोरे पूरी तरह से सन्थाल गाँव हुआ करता था। आज इसमें सन्थाल टोला और जोल्हा टोला है जो पहले से ज़्यादा बड़ा है। कभी-कभी मुझे आश्चर्य होता है कि यहाँ अल्पसंख्यक कौन है। वे जोल्हा मेहनतकश हैं और उनमें एकता है। वे भले ही एक-दूसरे से लड़ लें, भले ही वे तुच्छ बातों के लिए एक-दूसरे का सिर फोड़ दें, वे एक-दूसरे के खिलाफ़ थाने में एफ आई आर दर्ज करा दें, वे एक-दूसरे को अदालत में खींच लें; लेकिन अगर कोई जोल्हा समुदाय के बाहर का आदमी किसी जोल्हा को एक भी अभद्र शब्द कहे तो पूरा जोल्हा टोला उस आदमी के खिलाफ़ मिलकर खड़ा हो जाता है। पाकौड़ और साहेबगंज और दूर-दूर से जोल्हा नेता अपनी एकता प्रदर्शित करने आते हैं। और हम सन्थाल? हमारे आदमियों को मारा जाता है, उन्हें पुलिस की हिरासत में, जेल में बहुत ही नगण्य कारणों या झूठे मामलों में डाल दिया जाता है। हमारी औरतों का बलात्कार किया जाता है, कुछ कोयला सड़क पर अपनी देह बेचती हैं। अधिकांश अपने जन्मस्थान को छोड़कर भाग रहे हैं। हममें कितनी एकता है? हमारे सन्थाल नेता कहाँ हैं? वे चोर-चुहाड़ नेता, वे कहाँ हैं?

मुझे माफ़ करो। मैं क्या कर सकता हूँ? मैं खुद को रोक नहीं सका। मैं साठ साल का हूँ और बुरी तरह मार खा के हिरासत में बन्द हूँ, अब मेरे अन्दर बिलकुल भी धैर्य नहीं है। सिर्फ़ गुस्सा है। तो मैं क्या कह रहा था? हाँ, सन्थालों में कोई आवाज़ उठाने वाला नहीं है, कोई भी बलशाली आवाज़ नहीं है। और हम सन्थालों के पास पैसे नहीं हैं—जबकि हमारा जन्म उस धरती पर हुआ है जिसके अन्दर अथाह सम्पदा गढ़ी है। हम सन्थालों को नहीं पता कि अपनी सम्पदा को कैसे बचाना है। हम बस बच के निकलना जानते हैं।

शायद इसी वजह से पाकौड़ जिले और सन्थाल परगना की और जगहों से हज़ारों सन्थाल हर कृषि सत्र में नामाल के लिए ट्रेन पकड़ते हैं। वे भाग रहे हैं।

क्या मैंने आपको बताया? मैं पहले एक किसान था। कभी। मेरे बेटे अब खेती करते हैं। सबसे बड़ा खेतों में काम करने के लिए रुकता है, जबकि अन्य दो अपने परिवारों के साथ नामाल को विस्थापन करते हैं। मैं पहले गाने तैयार किया करता था। मैं अब भी करता हूँ। और अब भी मेरा एक डांस ग्रुप है। हालाँकि यह नियमित नहीं है, जैसा कि मेरे पास पहले हुआ करता था, कोई पन्द्रह-बीस साल पहले, जब मैं जवान, ऊर्जा, उत्साह और आशा से भरा हुआ था। मटियाजोरे, पठारकोला, आमड़ापाड़ा—मेरे पास इन सभी गाँवों से नर्तक और संगीतकार थे। मैं गाने लिखा करता और उन पर संगीत तैयार करता। और मेरा दल, जवान पुरुष और औरतें, वे मेरे गीतों को अपने नृत्य और अपनी आवाज़ से जीवन्त किया करते थे, टामाक् और तुमदाक् के संगीत के मध्य, तिरियो और बानाम की ध्वनि के मध्य।

और उस समय हमारा सन्थाल परगना बहुत सारे ज़िलों में नहीं बँटा था। आज, सभी दिकू, बिहारी और सभी ने हमारे सन्थाल परगना को अपने लाभ के लिए बाँट लिया है। अगर उनका फ़ायदा हो, वे ज़िले को तोड़ते जायें और हर दस फुट बाय दस फुट को नापकर एक ज़िला बना दें। उस समय जब मैं छोटा था, झारखंड भी बिहार से अलग नहीं हुआ था। तब भी, बहुत आशा हुआ करती थी। हम अपने गाँव में, पड़ोसी गाँव में, पाकौड़, दुमका, साहेबगंज, देवघर, जामताड़ा, पटना, राँची यहाँ तक कि कोलकाता, और भुवनेश्वर में, पुरी, जहाँ हमें समुद्र दिखाने ले जाया गया था, प्रदर्शन किया करते थे। क्या दृश्य था वह! और हमने गोड्डा में भी प्रदर्शन किया था, जहाँ मेरी बेटी, मुगली की शादी हुई थी। हमें पैसे भी मिला करते थे। हमें अच्छा खाना, मेडल और सर्टिफिकेट भी मिला करता था। हमारे बारे में अखबारों में भी लिखा जाता था।

अब सब कुछ बदल गया है। पहले तो यह, मेरे दल के सभी सदस्य अब बूढ़े हो गये हैं। कुछ मर भी गये हैं। बहुत सारे विस्थापित हो गये हैं, या मौसम के अनुसार विस्थापन करते हैं। जो बचे हैं, वे गुनगुनाते हैं, एक-दूसरे के लिए गाते हैं, लेकिन एक मंच प्रदर्शन? नहीं, अब और नहीं। मेरी तरह, वे भी थक गये हैं, उनका मोहभंग हो गया है। हमारे सारे सर्टिफिकेट और

शील्ड, उन्होंने हमें क्या दिया? दिकू बच्चे स्कूल और कॉलेज जाते, शिक्षा और नौकरी पाते हैं। हम सन्थालों को क्या मिलता है? हम सन्थाल गा सकते हैं, नाच सकते हैं, और हम अपनी कला में अच्छे हैं। फिर भी हमारी कला ने हमें क्या दिया है? विस्थापन, तपेदिक।

मैं अब साठ साल का हो चुका हूँ। शायद उससे भी ज़्यादा। मुझे अब हाड़ाम बुलाया जाता है, हाड़ाम, आदर से। मुझे मोटा चश्मा पहनना होता है। यहाँ तक कि मेरे सुनने की ताकत भी कमज़ोर हो गयी है। हालाँकि मेरी आवाज़ अब भी अच्छी है। मेरे गाँव के लोग कहते हैं कि मेरी आवाज़ अब भी उन्हें प्रभावित करती है। कभी-कभी वे मुझे गाने के लिए कहते हैं। मैं अपनी कुछ पुरानी रचनाएँ गाता हूँ। यह उन्हें ख़ुश करता है। मैं अब भी गीत लिखता हूँ। ज़्यादा नहीं। शायद छह या आठ महीने में एक गाना। एक गीत बस छह या आठ पंक्तियों का। और चूँकि मैंने अतीत में कुछ प्रसिद्धि पायी है, मुझे अब पाकौड़, दुमका और राँची के सार्वजनिक कार्यक्रमों में प्रदर्शन करने के लिए बुलाया जाता है।

लेकिन मैं नये दल बनाना जारी रखता हूँ, हालाँकि सदस्य हमेशा बदलते रहते हैं। मेरे पास आज एक नर्तक है, कल वह बर्धमान में किसी बंगाली ज़मींदार के लिए आलू उगा रहा होता है। इसलिए मुझे उसे किसी और नर्तक से बदलना पड़ता है। दो दिनों बाद, मूल नर्तक लौट आता है। फिर मुझे उसके विकल्प को बदलना पड़ता है। इस तरह आजकल मेरा दल काम करता है। लेकिन इससे हमारे पास कुछ पैसे आ जाते हैं। और जब हमें शहर में बुलाया जाता है, हमें सामान्यत: अच्छा खाना दिया जाता है। इसलिए हम प्रदर्शन करते हैं।

हमारा संगीत, हमारा नृत्य, हमारे गीत हम सन्थालों के लिए पवित्र हैं। लेकिन भूख और गरीबी ने हमें वह बेचने के लिए मजबूर किया जो हमारे लिए पवित्र है। जब मेरे लड़के दिकू की शादी में प्रदर्शन करते हैं, मैं इतना मूर्ख हूँ, मैं उम्मीद करता हूँ कि सब ध्यान देंगे। कौन-सा दिकू हमारे संगीत पर ध्यान देता है? यहाँ तक कि उन 'हाई प्रोफाइल' कार्यक्रमों में भी अधिकांश दिकू हमारे प्रदर्शन के समाप्त होने की प्रतीक्षा करते हैं। फिर भी, चाहे कोई

एथलेटिक मीट हो, कोई उद्‌घाटन हो या कोई और कार्यक्रम किसी रसूखदार, सम्पन्न व्यक्ति द्वारा आयोजित हो—आदिवासी संस्कृति और झारखंड की संस्कृति के नाम पर, आदिवासी नृत्य होना ज़रूरी है। यहाँ तक कि बिहारी, बंगाली और उड़िया भी कहते हैं कि झारखंड उनका है। वे अपनी संस्कृति और संगीत और नृत्य को हम आदिवासियों से श्रेष्ठ मानते हैं। वे क्यों नहीं अपनी औरतों को झारखंड की संस्कृति के नाम पर ख़ुले मैदान में नाचने भेजते? हर लाभ के लिए, नौकरी में, शिक्षा में, हर चीज़ में दिकू झारखंड को अपना बताते हैं—और आदिवासियों को नर्क में जाने दो। लेकिन जब झारखंड की संस्कृति के प्रदर्शन की बात होती है, संगीत और नृत्य का दायित्व अकेले आदिवासियों पर ही रहता है।

तो मैं राष्ट्रपति के सामने कैसे पहुँच गया, आप पूछेंगे। तीन महीने पहले, एक आधिकारिक पत्र मेरे मटियाजोरे के घर में आया—एक मोटा, सफ़ेद लिफ़ाफ़ा जिस पर झारखंड सरकार की मुहर लगी थी। वह पन्ना जिस पर हिन्दी में टंकण किया गया था, वह भी उतना ही मोटा और कड़ा था। पाँच वाक्यों से भी कम में मुझे कहा गया था कि झारखंड सरकार किसी कार्यक्रम में मेरे द्वारा किये गये संगीतमय प्रदर्शन का आनन्द उठाने की इच्छुक है, कार्यक्रम स्थल के बारे में मुझे बाद में बताया जायेगा और मैं पन्द्रह-बीस मिनट के प्रदर्शन के लिए एक दल एकत्र कर लूँ, सभी प्रतिभागियों को अच्छी धनराशि दी जायेगी। पत्र पर राँची के किसी उच्च प्रशासनिक आई ए एस अधिकारी के हस्ताक्षर थे।

एक भूखे आदमी को क्या चाहिए होता है? खाना। एक गरीब व्यक्ति को क्या चाहिए होता है? पैसे। मुझे दोनों चीज़ों की ज़रूरत है। और एक पहचान की भी। हम कलाकार लालची होते हैं। हम स्वीकृति, थोड़ी-सी पहचान, थोड़ी-सी स्मृति के भूखे होते हैं। इसलिए बिना सोचे, मैंने अगले ही दिन एक प्रत्युत्तर भेज दिया कि हाँ, मुझे प्रदर्शन करने में प्रसन्नता होगी। मैं बहुत ख़ुश था, मैं पाकौड़ के बड़े डाकघर में, बीस किलोमीटर से भी ज़्यादा दूर, अकेला जाकर, उस पत्र की रजिस्ट्री कर आया। मैं विक्रम में गया था,

जो कि मेरे जैसे ही सन्थालों से भरी थी, सभी पाकौड़ जा रहे थे। लगभग हम सभी यात्री कोयला सड़क की धूल से काले पड़ गये थे। फिर भी मैं इतना ख़ुश था कि मैंने इस पर बिलकुल ध्यान नहीं दिया।

जब मैं प्रदर्शन के लिए तैयारियाँ कर रहा था, जवान मर्द और औरतों को दल के लिए चुन रहा था, अपनी स्मृति से पुराने संगीत चुन रहा था, मुझे एक विचित्र स्थिति का सामना करना पड़ा।

मैंने आपको बताया था कि मुगली, मेरी बेटी की शादी गोड्डा जिले के एक परिवार में हुई थी, बताया था न? तो हुआ यह कि, उसने नियमित रूप से मेरे मोबाइल पर मुझे फ़ोन करना शुरू किया। शुरू में, मैं इस स्थिति को ठीक से समझ नहीं पाया, लेकिन मुझे ऐसा प्रतीत हुआ कि इसका कुछ वास्ता उनकी ज़मीन से है। उसका पति एक किसान था—वह किसानों का परिवार था—जैसे कि उस गाँव के सभी सन्थाल परिवार हैं। वहाँ आस-पास और भी गाँव हैं, जहाँ सन्थाल, पहाड़िया और नीची जाति के हिन्दू रहते हैं।

हुआ यह कि ज़िला प्रशासन ने सभी गाँव के निवासियों को उनकी ज़मीन खाली करने का निर्देश दिया है—उनका गाँव, खेत, सब कुछ। ग्यारह गाँव! क्या आप कल्पना कर सकते हैं? पहला प्रश्न जो सबने पूछा वह यह था—सरकार इतनी सारी ज़मीन का क्या करेगी?

आरम्भ में मैंने सोचा कि यह सब अफ़वाह है। और मैंने सोचा कि कैसे कोई सन्थालों को सन्थाल परगना की अपनी ज़मीन खाली करने के लिए बाध्य कर सकता है? क्या हमारे पास हमें सुरक्षित करने के लिए काश्तकारी कानून नहीं था?

फिर भी, जब अफ़वाहें फैलने लगीं, मैं गोड्डा गया। हम सब एक बड़े दल में ब्लॉक ऑफ़िस तक पैदल गये। अधिकारी ने हमें भरोसा दिलाया कि यह सब बस एक अफ़वाह है। ज़मीनें सुरक्षित थीं। गाँव सुरक्षित थे।

फिर भी, बाद में पुलिस को गाँवों में भेजा गया। वे ज़िला प्रशासन के लिखित आदेश के साथ आये थे। गाँवों को खाली करना था ताकि थर्मल

पावर संयंत्र के लिए जगह बनाई जा सके।

गाँववालों ने स्पष्ट तौर पर मना कर दिया। सन्थाल, निचली जाति के हिन्दू, पहाड़िया, हर कोई अपनी ज़मीन के लिए लड़ना शुरू हो गये थे।

ज़िला प्रशासन ने भी पलट कर जवाब दिया। सभी प्रदर्शनकारियों की पिटाई की गयी और उन्हें पुलिस हिरासत में डाल दिया गया। मैंने अपनी बेटी और उसके छोटे बच्चे को मटियाजोरे बुला लिया जब उसके पति को जेल में डाल दिया गया। मुगली, और उसके बच्चे और ससुरालवाले सभी आये। यह विचित्र बात थी—एक गाँव जो हर साल ख़ुद को कुछ महीनों के लिए खाली कर लेता था, विस्थापितों को आश्रय प्रदान कर रहा था।

मैं इतने सारे लोगों का वहाँ कैसे प्रबन्ध कर पाऊँगा जो अब मुझ पर आश्रित हो गये हैं? मेरे दल के लोग अब उन सभी का पेट कैसे भर पायेंगे जो उनके घरों में आश्रय लेने आये थे? हमें पैसों की ज़रूरत थी। और हमें वर्तमान में—दिया गया रहस्यमय—कार्य ही हमारी एकमात्र आशा थी। हमारी मुश्किलों के बाद भी, हमने अभ्यास जारी रखा।

उसी बीच कुछ लोग, गोड्डा में विस्थापन झेल रहे गाँववालों की मदद के लिए आये। उन्होंने राँची और दिल्ली की सरकारों को पत्र लिखे। उन्होंने उस व्यवसायी को भी पत्र लिखा जो गोड्डा में थर्मल पावर संयंत्र लगाने की योजना बना रहा था। हमने सुना था कि वह बहुत ही अमीर और चालाक आदमी था। वह सांसद भी था। हमने यह भी सुना कि उसे पोलो पसन्द था—कोई खेल जो घोड़ों के साथ खेला जाता है—और यह भी कि उसके घोड़े पूरे सन्थाल परगना के सभी सन्थालों से हृष्ट-पुष्ट थे।

कुछ दिनों बाद अख़बारों और टीवी पर गोड्डा में हो रहे विस्थापन की खबरें आने लगीं। हम सभी हमारे अभ्यास पर ध्यान देने का प्रयास कर रहे थे, लेकिन इस तरह के तूफ़ान के आगमन की आशंका से घिरे हम किस तरह नाच-गा सकते थे? इसी बीच, मेरे पास राँची, दुमका और पाकौड़ के कई दफ़्तरों से फ़ोन आने लगे। उन्होंने मुझे प्रदर्शन के लिए तैयारी करते रहने को कहा। वे मुझे यह याद दिलाना कभी नहीं भूलते थे कि यह प्रदर्शन बहुत

महत्त्वपूर्ण है, और हम कुछ बहुत महत्त्वपूर्ण लोगों के सामने प्रदर्शन करने जा रहे हैं। दुमका और पाकौड़ से कुछ अधिकारी यह देखने पाकौड़ आये भी कि हम अभ्यास कर रहे हैं या नहीं। जब उन्होंने यह देखा कि हम सच में ख़ूब मेहनत कर रहे हैं, वे ख़ुश थे। वे मुस्कुराए और उन्होंने हमारा उत्साहवर्धन किया, उन्होंने हमसे बहुत प्यार से बात की। इतने प्यार से कि हमें आश्चर्य होने लगा कि क्या वे सच में यह नहीं देख पा रहे कि हम कितना परेशान महसूस कर रहे हैं। कई बार, मेरा उनसे यह पूछने का मन हुआ— ''आप सब इतने उदासीन कैसे हो सकते हैं? आप कैसे हमसे गाने और नाचने की उम्मीद कर सकते हैं जब हमारे परिवार उनके गाँवों से उखाड़ दिये गये हैं?'' कभी मेरा यह पूछने का मन करता—''कौन-सा वी आई पी आ रहा है? भारत के राष्ट्रपति?, अमेरिका के राष्ट्रपति? आप पाकौड़ में हमसे सन्थाल नृत्य करा रहे हैं और आप सन्थालों को उनके गोड्डा के गाँवों से विस्थापित कर रहे हैं? क्या आपका वह वी आई पी यह नहीं देखेगा? क्या आपका वी आई पी अखबार नहीं पढ़ता होगा या टीवी पर समाचार नहीं देखता होगा? हम मूर्ख सन्थाल देख सकते हैं कि हमारे चारों ओर क्या क्षति हो रही है। क्या आपका वी आई पी यह सब नहीं देख सकता?''

लेकिन मैं चुप रहा।

हमारे प्रदर्शन के तीन हफ़्ते पहले हम पर वास्तविकता प्रकट होने लगी। पहले उड़ती अफ़वाहों की शक्ल में, बाद में अखबारों की रिपोर्ट से पुख्ता सच सामने आया।

वास्तविकता यह थी कि वह व्यवसायी गोड्डा में निश्चित तौर पर थर्मल पावर संयंत्र लगाने जा रहा था। वह संयंत्र पाकौड़ और साहेबगंज के खदानों से निकले कोयले से चलाया जायेगा। अगर ज़रूरत होगी, कोयले को दूसरी जगहों से भी लाया जायेगा। वह व्यवसायी, झारखंड में अपने लगाये जाने वाले लोहे और स्टील के प्लांट के लिए बिजली चाहता था। यह संयंत्र उसकी अपनी स्वार्थी ज़रूरतों के लिए लगाया जा रहा था; लेकिन अगर उसकी बातों पर विश्वास किया जाता तो सारा झारखंड उस संयंत्र से बिजली प्राप्त करने वाला था। सारे शहरों को लगातार बिजली मिलेगी, फैक्ट्रियाँ कभी भी

बिजली की कमी की वजह से नहीं रुकेंगी। उन्नति होगी, नौकरियाँ होंगी और सब ओर खुशहाली होगी। और आखिरकार, हमें यह समाचार भी मिला कि उस संयंत्र की नींव भारत के राष्ट्रपति द्वारा डाली जायेगी। हम उनके लिए ही प्रदर्शन करेंगे।

हाँ, मैं चकित था। हम सभी। हतप्रभ और दुःखी, लेकिन आश्चर्यचकित और आनन्दित भी। हम अपने भाग्य पर भरोसा नहीं कर पा रहे थे। हमने मन्त्रियों, मुख्यमन्त्रियों और राज्यपालों के सामने अपनी कला का प्रदर्शन किया था। लेकिन कभी भी देश के राष्ट्रपति के सामने नहीं।

फिर, हमने और समाचार सुने। लोग जो ज़बरन ज़मीन छीन लिये जाने के खिलाफ़ प्रदर्शन और विरोध कर रहे थे, पुलिस द्वारा पीटे जा रहे थे, उन्हें हिरासत में लिया जा रहा था। संसदीय बल, सी आर पी एफ स्थिति को नियन्त्रण में रखने के लिए बुलाये गये। ग्यारह में से चार गाँव पहले ही बुलडोज़र द्वारा ज़मीन पर गिराये जा चुके थे, ताकि नींव का पत्थर रखने के आयोजन हेतु जगह बनाई जा सके।

लेकिन अखबार उन सड़कों की चमकदार रिपोर्टों और तस्वीरों से भरे थे, जिन्हें राँची और दुमका में मरम्मत और पुनर्निर्मित किया जा रहा था। लगातार, यह खबर दी जा रही थी कि राष्ट्रपति तीन दिन झारखंड में रहेंगे। वह एक दिन राँची में गुज़ारेंगे। दूसरे दिन वह दुमका विश्वविद्यालय के दीक्षांत समारोह की अध्यक्षता करेंगे। तीसरे दिन, वह गोड्डा की यात्रा करेंगे, नींव का पत्थर रखेंगे और झारखंड छोड़ देंगे।

हमें इस कार्यक्रम की आधिकारिक सूचना इसके होने से एक हफ़्ता पहले ही दी गयी। कार्यक्रम से एक दिन पहले हमें बस द्वारा गोड्डा ले जाया गया। पूरा ज़िला, ज़िला मुख्यालय पहचान में नहीं आ रहा था। एक फुटबॉल के मैदान को एक वृहद् हवाई पट्टी में बदल दिया गया था। वहाँ सैकड़ों पुलिसवाले और सी आर पी एफ के जवान थे। और हम जहाँ भी सिर घुमाते, हमें लोगों का विशाल हुजूम नज़र आता। मुझे पता था कि वे सब हेलीकॉप्टर देखने आये थे। अखबार में यह भी रिपोर्ट नत्थी थी कि सभी प्रदर्शनकारियों

को हिरासत में ले लिया गया है और कहीं और ले जाया जा रहा है। शायद मेरा दामाद भी उनमें ही था।

जहाँ मैं खड़ा था वहाँ से मंच बहुत विशाल दिख रहा था, लेकिन इतना भी विशाल नहीं कि उस पर चढ़े हुए सब लोग, उस पर पूरी तरह समा सकें। दिल्ली और राँची के मन्त्री, सभी अपने बेहतरीन नेता वाले कपड़ों में एक-दूसरे के साथ हँस-बोल रहे थे। सभी तरक्की से, विकास से बहुत ख़ुश थे। सन्थाल परगना अब चाँद तक जायेगा। सन्थाल परगना अब दिल्ली और मुंबई में बदल जायेगा। व्यवसायी बहुत ज़्यादा दाँत निपोर रहा था। मैदान के हर कोने में लाउडस्पीकर पर देशभक्ति के गानों की आवाज़ गूँज रही थी। दर्शकों को जगाने की कोशिश में कोई मंच से चिल्लाया, ''भारत महान'' और लाउड-स्पीकर पर उसकी आवाज़ और भी तेज़ होती गयी। क्या महान! मैं हैरान हुआ, ऐसे कौन-सा देश महान हो सकता है जो हज़ारों लोगों को उनके घरों से बेघर करके, उनकी रोज़ी-रोटी छीनकर शहरों और फैक्टरियों के लिए बिजली उत्पन्न करे। और नौकरियाँ, कौन-सी नौकरियाँ? एक आदिवासी किसान का काम खेती करना है। और कौन-सा काम करने के लिए उसे बाध्य किया जायेगा? किसी अरबपति की फैक्ट्री में नौकर बन जाना, जो फ़ैक्ट्री उसी ज़मीन पर थी जो—एक हफ़्ता पहले उसी आदिवासी की थी?

सभी जगहों पर रिपोर्टर कैमरा लेकर तैनात थे। छत पर तीन बड़े डिस्क एंटिना लगी वैन कार्यक्रम स्थल पर लगी हुई थी। मैंने एक प्रसिद्ध टीवी चैनल का लोगो पहचाना जो कि वैन के किनारों पर चस्पा था। मैंने हैरानी से सोचा कि क्या कोई भी रिपोर्टर उस जगह पर गया था जहाँ पुलिस ने गाँववालों को हिरासत में रखा था।

मेरा दल स्थल पर अदाकारों के लिए बने एक घेरे में प्रतीक्षारत था। सभी औरतों ने लाल ब्लाउज़, नीली लुंगी, हरी पंछी पहनी थी, माथे पर बड़े प्लास्टिक के फूल अपने जूड़े में लगा रखे थे। उन्होंने स्टील के लोटे ले रखे थे, जिनके अन्दर फूल और पत्तियाँ थीं। सभी पुरुषों ने लाल फुटबॉल जर्सी और हरा काचा पहन रखा था और अपने माथे पर हरा गमछा बाँध रखा था। हम सभी बहुत अच्छे लग रहे थे।

हेलीकॉप्टर पहुँचा...थड थड थड थड... उसकी मोटर ने खेल के मैदान की धूल उड़ाई। भीड़ उत्तेजित थी और भीड़ में से एक शोर उठने लगा।

राष्ट्रपति अपने सुरक्षाकर्मियों के साथ मंच पर आये। वह कद में छोटे, विचारवान पुरुष थे। सभी बंगाली विद्वान और विचारवान दिखते हैं। फिर यह बंगाली राष्ट्रपति क्यों अलग दिखते?

उत्सव आरम्भ हो गया। वह आदमी जो "भारत महान" चिल्ला रहा था, अब घोषित कर रहा था कि झारखंड की ज़मीन कितनी सौभाग्यशाली है कि एक प्रतिष्ठित अरबपति ने इसे थर्मल पावर संयंत्र लगाने के लिए अनुकूल समझा। उसने यह नहीं कहा कि वह अरबपति कितना सौभाग्यशाली है कि उसे झारखंड आने का अवसर मिला—एक जगह जिसकी ज़मीन के नीचे खनिज का भंडार है; एक निष्कपट आबादी है; और चालाक, लालची, चोर नेता, अधिकारी, व्यवसायी हैं जो राज्य चलाते हैं और इसकी ज़मीन, लोगों और संसाधनों को नियन्त्रित करते हैं।

"भारत महान" का नारा लगाने वाले व्यक्ति ने स्वागत नृत्य की घोषणा की और मेरा दल मंच के सामने की ख़ुली जगह पर आया। हम हमारे टामाक्, तुमदाक्, तिरियो और बानाम् के साथ आये। राष्ट्रपति प्रभावित लग रहे थे। व्यवसायी ऊबा हुआ लग रहा था।

हमने मंच के सामने की अपनी जगह ली, मैंने अपने हाथ में माइक लिया और राष्ट्रपति के सामने झुका। फिर मैंने माइक को जाँचने के लिए उसे थपथपाया कि वह काम कर रहा है या नहीं और हिन्दी में बोलना शुरू किया, अपनी भावनाओं के चरम पर जितनी अच्छी हिन्दी मैं बोल सकता था। वास्तव में यह एक चमत्कार था कि मैं रोया नहीं या मेरा गला अवरुद्ध नहीं हुआ।

"जोहार, राष्ट्रपति-बाबू। हम बहुत गौरवान्वित और प्रसन्न हैं कि आप हमारे सन्थाल परगना में आये और हम इस बात के लिए भी बहुत गौरवान्वित हैं कि हमें आपके सामने गाने और नाचने के लिए और आपका स्वागत करने के लिए कहा गया है। हम आपके सामने गाएँगे और नाचेंगे लेकिन आप

हमें बतायें कि क्या हमारे पास नाचने-गाने का कारण है? क्या हमारे पास ख़ुश होने का कारण है? आप अब पावर प्लांट का निर्माण आरम्भ करेंगे, लेकिन यह प्लांट हम सबका अन्त होगा, सभी आदिवासियों का अन्त। वह सज्जन जो आपकी बगल में बैठे हैं उन्होंने आपको कहा है कि यह पावर प्लांट हमारा भाग्य बदल देगा, लेकिन उन्होंने ही हमें हमारे घरों और गाँवों से ज़बरन निकाल दिया है। हमारे पास कहीं जाने की जगह नहीं है, कहीं अपनी फ़सल उगाने की जगह नहीं है। पावर प्लांट हमारे लिए अच्छा कैसे हो सकता है? और कैसे आदिवासी नृत्य कर सकते हैं और ख़ुश हो सकते हैं? जब तक हमें हमारा घर और ज़मीन वापस नहीं दी जायेगी, हम नहीं गाएँगे और नहीं नाचेंगे। यह आदिवासी नहीं नाचेगा। आदिवासी नहीं नाचेंगे...''

❑❑❑

आभार

आदिवासी नहीं नाचेंगे की दस में से आठ कहानियाँ मूल अंग्रेज़ी में तनिक अन्य रूप में–और कहीं पर अन्य शीर्षकों के साथ निम्नलिखित पत्र–पत्रिकाओं में प्रकाशित हुईं।

'वे मांस खाते हैं' ल. लिट में,

'बेटे' नॉर्थईस्ट रिव्यू में,

'दुश्मन के साथ दोस्ती' व 'सिर्फ एक रंडी' द फोर क्वार्टर्स मैगज़ीन में,

'ब्लू बेबी' द स्टेट्समैन फेस्टिवल इश्यू में,

'बासो–झी' व 'अंतिम इच्छा' इंडियन लिटरेचर में, और

'आदिवासी नहीं नाचेंगे' द धौली रिव्यू में।

मुझे आशा है कि आप को मेरी कहानियाँ अच्छी लगीं। मेरी पुस्तक *आदिवासी नहीं नाचेंगे*, पढ़ने के लिये धन्यवाद। आयमा सारहाव्।

जोहार्।

—हाँसदा सौभेन्द्र शेखर

पाकौड़, सन्थाल परगना, झारखंड

23 जून 2014

स्थापित 1912
100 वर्षों की
श्रेष्ठ प्रकाशन परम्परा
राजपाल

राजपाल एण्ड सन्ज़ की स्थापना एक शताब्दी पूर्व 1912 में लाहौर में हुई थी। आरम्भिक दिनों में अधिकतर धार्मिक, सामाजिक और देश-प्रेम की पुस्तकें प्रकाशित होती थीं और हिन्दी के अतिरिक्त अंग्रेज़ी, उर्दू व पंजाबी भाषा में भी पुस्तकें प्रकाशित की जाती थीं।

1947 में भारत-विभाजन के बाद राजपाल एण्ड सन्ज़ को नए सिरे से दिल्ली में स्थापित किया गया और साहित्यिक पुस्तकों के प्रकाशन का आरम्भ हुआ। रामधारी सिंह दिनकर, महादेवी वर्मा, बच्चन, अज्ञेय, शिवानी, आचार्य चतुरसेन, विष्णु प्रभाकर, राजेन्द्र यादव, मोहन राकेश, रांगेय राघव, कमलेश्वर और अन्य साहित्यिक लेखकों की कृतियाँ यहाँ से प्रकाशित होने लगीं। राजपाल एण्ड सन्ज़ से प्रकाशित *मधुशाला, कुरुक्षेत्र, मानस का हंस, आवारा मसीहा, कितने पाकिस्तान, आषाढ़ का एक दिन* जैसी पुस्तकें हिन्दी साहित्य की 'क्लासिक पुस्तकें' मानी जाती हैं और आज भी लोकप्रियता के शिखर पर हैं। भारत के राष्ट्रपतियों और प्रधानमंत्रियों की पुस्तकें प्रकाशित करने का गौरव भी राजपाल एण्ड सन्ज़ को प्राप्त है। नोबेल पुरस्कार से सम्मानित अर्थशास्त्री डॉ. अमर्त्य सेन की सभी पुस्तकों के हिन्दी अनुवाद यहाँ से प्रकाशित हैं। अन्तरराष्ट्रीय चर्चित पुस्तकों के अनुवाद, विश्वविख्यात कोशकार डॉ. हरदेव बाहरी द्वारा सम्पादित 'राजपाल' शब्दकोशों की शृंखला और किशोरों के लिए सैकड़ों पुस्तकें राजपाल एण्ड सन्ज़ से प्रकाशित हुई हैं।

पाठकों के स्वस्थ और सुरुचिपूर्ण मनोरंजन और ज्ञानवर्धन के लिए समर्पित राजपाल एण्ड सन्ज़ से हिन्दी और अंग्रेज़ी में पुस्तकें प्रकाशित होती हैं जो देश के सभी बड़े पुस्तक-विक्रेताओं और विश्व भर के ऑनलाइन विक्रेताओं के यहाँ उपलब्ध हैं।

राजपाल एण्ड सन्ज़

1590 मदरसा रोड, कश्मीरी गेट, दिल्ली-6, फोन: 011-23869812, 23865483
email: sales@rajpalpublishing.com, facebook: facebook.com/rajpalandsons
website: www.rajpalpublishing.com